KLARHEITS MORGENRÖTE

DIE HIMMELWÄRTS SAGA
BUCH 3

A.R. KNIGHT

KAPITEL 1

ZUHAUSE

MEIN ZUHAUSE ERSCHEINT aus dem Nichts in der Dunkelheit. Ein großer braun-weißer Kreis, der vor einer endlosen schwarzen Weite mit hell funkelnden Lichtern hängt, wie Löcher in einem Blätterdach. Ich starre durch die Frontscheibe des Shuttles darauf, den Mund offen. Meine Augen blinzeln und sehen, dass mein Zuhause immer noch da ist. Als ich es verließ, als ich davon weggebracht wurde, dachte ich, ich würde seine Dschungel, seine Ozeane und Berge nie wiedersehen. Ich dachte, meine Familie, alles, was ich kannte, wäre für immer verloren.

Und doch ist es wieder da.

Bist du glücklich?

Ignos, den ich einst für einen Gott hielt, jetzt ein seltsames Wesen, das in mir lebt, sendet seine Worte auf die gleiche Weise, wie ich sie denken würde. Hauchzarte Gefühle, Bilder und Emotionen, die durch mich hindurchgehen. Bin ich glücklich?

Ja.

Das Shuttle wird sich selbst steuern. Genieß die Aussicht. Entspann dich.

Ich habe sowieso keine große Wahl. Die Bänder, die sich um meine Füße schlingen, und das Netz, das an meinem Rücken klebt, die Dinge, die mich während des Sprungs stabil hielten, ziehen sich nicht zurück. Ich sitze fest, genau wie meine beiden Freunde, Viera und Malo, hinter mir. Das könnte ein Problem sein, wenn wir irgendwohin gehen müssten, aber im Moment sind wir wie gebannt von dem, was sich vor uns abspielt.

Der braune Kreis wird größer, kommt näher. Zwischen den weißen Schleiern, die Ignos mir als Wolken erklärt, sehe ich schwarze Flecken, die über das Bild huschen. Einige größer als andere, einige scheinen wie die Vögel meiner Heimat in Formation zu fliegen.

Sind das andere? Neue Oratus, neue Kreaturen, die kommen, um mich wegzubringen, sobald ich lande?

Nein. Das sind meine Freunde.

Ignos hatte erwähnt, als ich ihn vor Monaten in diesem abgestürzten Felsen fand, dass seine Freunde folgen würden. Seine Aufgabe war es, die Erde für sie vorzubereiten. Diese anderen Götter würden uns aus der Not retten. Unsere Probleme lösen und uns in eine neue Ära des Glücks und Friedens führen.

Warum also, warum bildet sich dieser seltsame Knoten in meinem Magen, während ich auf die wachsende braune Masse starre? Während die Flecken sich zu seltsamen Formen verdichten. Einige sind, wie der Planet, kreisförmig. Andere sind zackig, aus Linien und scharfen Kanten gemacht, während sie herumflitzen.

„Was auch immer das ist, es kommt näher", sagt Viera.

Sie spricht von einer Gruppe von drei Dingen zu unserer Linken. Ich kann sie sehen, weil von den Doppelflügeln an ihren Seiten helle rote Lichter zu uns herüberleuchten.

„Ich kann mich nicht bewegen", fügt Malo hinzu. „Kannst du das, Kaishi? Kannst du uns befreien?"

Ich stelle Ignos die Frage, aber das Wesen antwortet nicht. Es bleibt jetzt still, und mein Unbehagen wächst. „Ich weiß nicht wie."

„Hoffen wir besser, dass das Freunde sind, sonst haben wir ein Problem", sagt Viera.

„Ignos sagt, sie sind es."

„Verzeih, wenn ich diesem Ding nicht traue."

Ich beobachte, wie die drei Schiffe draußen um uns herum gleiten. Bis zu dem Punkt, an dem ich, wenn die Schiffe aus meinem Blickfeld verschwinden, immer noch den leichten Schein dieser roten Punkte sehen kann. Die Welt vor uns ist gewachsen und füllt den sichtbaren Raum aus. Teile des Braun schattieren sich unterschiedlich. Große Kreise. Wellen in der Erde, die, wie ich annehme, Berge sein müssen. Andere sehen wie tiefe Mulden aus. Krater vielleicht.

Was ich nicht sehe, sind Dschungel. Was ich nicht sehe, sind Ozeane.

Sind sie auf der anderen Seite?

Ignos antwortet nicht. Das Shuttle beginnt zu wackeln, und plötzlich glühen die Ränder, dann die gesamte Windschutzscheibe weiß und orange und rot.

„Was passiert hier?", sagt Malo. „Sagt Ignos dir irgendetwas?"

Alles wird gut.

Ignos' Worte tragen Herablassung in sich, die gleiche Art von freundlicher Abweisung, die meine Eltern mir gaben, als ich ein kleines Kind war. Eine Antwort, die sagt, dass Ignos mir nicht mehr zutraut.

So schnell wie das Feuer aufkommt, lässt es nach, und jetzt beginnen sich eisige Partikel zu bilden. Seltsame kristalline Formationen wachsen auf dem Glas. Von heiß zu kalt zu schmelzend, fast so schnell, wie sie sich bilden. Alles, was ich jetzt sehe, ist neblig grauweiß.

„Ich weiß nicht, was passiert", sage ich.

„Das macht drei von uns", erwidert Viera.

In einem früheren Leben, davor, hätte ich gebetet. Zu Ignos gebetet, dem wahren Gott, nicht dem Wesen, mich vor Schaden zu bewahren. Und zum ersten Mal seit jener seltsamen Nacht im dunklen Dschungel, als ich das Schiff sah, das dieses Wesen zu mir brachte, bete ich. Bete zu einem Gott, von dem ich nicht mehr glaube, dass er in mir ist, einem, von dem ich hoffe, dass er um mich herum ist. Mich leitet.

Malo hört meine Worte und stimmt ein. Es ist ein einfaches, übliches Ritual. Eine Bitte um Vergebung, um Mut, um Führung. Um Schutz und Liebe.

„Hoffen wir, dass das wirkt", sagt Viera, als wir fertig sind; die Lunare schließt sich unserem Gebet nicht an, ist aber gerne bereit, die Vorteile davon zu ernten.

Für einen Moment scheint es, als würde es funktionieren. Das Grau bricht auf und unter uns sehe ich etwas, das ich erkennen kann; die hohe Spitze, schneebedeckt, eines Berges. Obwohl dieser, anders als das felsige Grau gegen den grünen Dschungel meiner Heimat, fast ganz schwarz ist. Um ihn herum, an seiner Basis und so weit das Auge reicht, gibt es kein Grün. Nur Weiß und Grau und Blau und Rot. Nur Gebäude. Gebogen und übereinander gestapelt, gestapelt und verschmelzend. Geteilt durch lange zylindrische Röhren, die sie umkreisen und teilen wie Adern auf einem Farnwedel.

Der Knoten in meinem Magen wächst zu voller Panik. Denn jetzt weiß ich es.

Das ist nicht mein Zuhause.

Das Shuttle sinkt tiefer. Wir gleiten am Berg entlang, und in den schimmernden Reflexionen der hohen Gebäude kann ich sehen, dass wir immer noch verfolgt werden, begleitet von den drei Fluggeräten, die uns über dem Himmel getroffen haben. Aber das sind nicht die einzigen Dinge, die sich mit uns in der Luft befinden. Während meine Himmel mit Vögeln gefüllt waren, sind diese voll von Objekten aller Größen. Sie sausen und flitzen überall hin, füllen die leeren Räume auf die gleiche Weise, wie Nebel oder Heuschrecken es zu Hause tun würden. Ich verstehe nicht, wie keines von ihnen mit den anderen zusammenstößt, und Ignos antwortet mit einem einzigen Wort:

Automatisch.

Ich weiß nicht, was es bedeutet. Ich weiß nicht, was all das ist. Ich verstehe nicht, was ich sehe, wenn ich in die Gebäude blicke, an denen wir vorbeifahren, gefüllt mit seltsamen Geräten, merkwürdigen rosa und gelben Lichtern. Breite Hallen mit Gruppen von Kreaturen, die ich mir zuvor nie hätte vorstellen können, die dort stehen oder sich bewegen. Sie reden oder feuern in einigen Fällen seltsame Waffen ab, ähnlich denen, die die Oratus auf der *Cobalt* hatten.

Unter uns scheinen die Röhren alles zu teilen, ich sehe mehr Gestalten, einige, die wie Coorvin aussehen, der pelzige und großäugige Führer, den wir auf der Station zurückgelassen haben. Ein Flaum, glaube ich.

Unter uns rasen die Reisenden in kleinen Kapseln vorbei, sitzend, während sie zu welchem Ende auch immer geschossen werden. Darunter, auf der Oberfläche, gibt es rot umrandete Straßen. Gepflastert mit Stein. Roter Backstein, der nahtlos geformt erscheint. Gehende Füße, Klauen oder noch seltsamere Dinge bedecken die Oberfläche, während Horden von Kreaturen hin und her schlendern. Es ist ein Anblick, der mich mit Staunen erfüllen sollte, stattdessen verdreht er mich mit Grauen.

„Wo sind wir?", sagt Malo. „Das ist nicht zu Hause."

Nein, ist es nicht.

Ich frage Ignos, ob es mich belogen hat.

Ich habe dich nie belogen. Ich habe dich annehmen lassen. Wenn du jetzt nach Hause zurückkehren würdest, würden die Oratus dich einfach wieder mitnehmen. Ich kann das nicht zulassen. Ich kann nicht zulassen, dass du in ihre Hände fällst.

Was ich tue, ist meine Entscheidung.

Nein. Nicht mehr.

Das Shuttle macht eine scharfe Rechtskurve und gleitet über eine breitere Allee und unter einer Reihe von Bögen hindurch, die rot aufleuchten, als wir unter ihnen durchfahren. Die vor uns schimmern in einem blassen Gelb, dasselbe, das ich bei Insekten gesehen habe, die einen warnen, nicht zu nahe zu kommen. Ich erkenne, dass diese Bögen uns nach unten leiten, zu einem weit klaffenden Loch, das in den Boden zu führen scheint.

„Ich weiß nicht, was dieses Ding in deinem Kopf dir sagt, Kaishi", sagt Viera. „Aber ich bin nicht geneigt, auch nur ein Wort davon zu glauben. Wo auch immer wir hier sind, es ist nicht zu Hause. Was auch immer diese Dinge sind, ich wette, sie sind nicht unsere Freunde."

„Wir können jetzt nichts tun", sage ich. „Schau und lerne. Versuche nicht in Panik zu geraten."

Du kannst es akzeptieren. Du kannst verstehen, dass dein Platz in einer größeren Galaxie hier ist. Bei uns.

Mein Platz ist bei meinem Volk.

Kaishi, du hast kein Volk. Alles, was du hast, bin ich. Alles, was du hast, ist das, was die Sevora dir geben werden.

Als ich nach vorne blicke, während wir durch den letzten der Bögen und in eine alles verschlingende Dunkelheit unter der Erde tauchen, ist das Einzige, was den betäubenden Schock durchbricht, die kühle Nässe von Tränen.

KAPITEL 2

FREI SCHWEBEND

ZEIT IST EIN FLIESSENDES KONZEPT. Zumindest für Sax ist die Definition von vergangenen Ereignissen ständig im Fluss. Lokale Zeit, gemessen an dem Ort, an dem er sich gerade befindet. Galaktische Zeit, die schon lange auf Messungen in Zyklen umgestellt wurde, wobei große Ereignisse Verschiebungen in der Macht und den Zielen der Zivilisation markieren. Und natürlich seine eigene Biologie. Die Rate des Zellverfalls und der Regeneration in seinen Muskeln, Sehnen und Organen. Letzteres ist ihm jetzt am deutlichsten bewusst, während er zusammengekauert mit Bas, seiner Partnerin, und dem alten, gefleckten Flaum Coorvin in einem Evakuierungsmodul durch den Weltraum rast.

Sie waren beschäftigt, wobei Sax und Bas alle Heilsalben im Modul für sich beanspruchten. Coorvin, der seine Fähigkeiten bei der Pflege von Dalachites vielen Bedürfnissen erlernt hat, hat die beiden Oratus wieder zusammengeflickt, Verbrennungen behandelt und entfernt, was nicht heilt, für das, was kann. Die Zeit vergeht in einem juckenden Nebel, während Sax' Kraft langsam zurückkehrt, obwohl er nirgendwo die Möglichkeit hat, sie einzusetzen oder sich zu testen. Die Aussicht, so weit zurückgekommen zu sein und keine Möglichkeit zu haben, es zu beweisen, lässt seinen Schwanz zucken.

„Weißt du, was es für uns bedeuten würde, hier draußen zu sterben?", zischt Sax plötzlich.

Er tut dies mehr, um die Stille zu brechen, die sich seit ihrer Flucht von der *Cobalt* stetig ausgebreitet hat. Seit sie von einer Raumstation geflohen sind, die auf ihren eigenen Untergang zusteuerte, sei es durch einen Asteroiden oder durch interne Stromausfälle.

„Ich glaube, in einer Umgebung wie dieser würden unsere Körper, sollten sie versagen, lange Zeit weitgehend konserviert dahintreiben", sinniert Coorvin, seine großen schwarzen Augen starren ins Leere. „Ich glaube nicht, dass hier genug biologisches Material vorhanden ist, damit wir richtig verwesen können."

„Genau", sagt Sax, obwohl das überhaupt nicht das war, was er meinte, aber es passt trotzdem. „Wir würden unsere Chance auf Ehre verlieren. Auf Sieg. Darauf, den Grund für das Warum zu finden."

„Warum?", zischt Bas mit einem helleren, reineren Ton als Sax.

Wie bei den meisten Dingen zwischen den beiden ist Bas besser, schöner.

„Weil wir es noch nicht wissen. Wir wissen nicht, warum dieser Amigga sich so sehr um die Menschen gekümmert hat. Ich weiß nicht, warum Fassoths auf dem Planeten der Menschen waren oder wie die Technologie, die wir dort gesehen haben, entstanden ist. Ihre Beziehung zu den primitiven Strukturen stimmt einfach nicht."

„Ein neugieriger Oratus?", sagt Coorvin. „Ich dachte,

alle eurer Art wären Bruten. Gezüchtet für den Krieg und nichts anderes."

„Das war ich", sagt Sax. Er betrachtet seine Klauen, die grauen Schuppen, die sich von durchscheinenden rosa und grauen Spitzen zurückziehen. Vier davon, ein Satz an jedem Arm, und zwei weitere Krallen an jedem seiner dicken Beine, die derzeit zusammen mit seinem Schwanz unter ihm eingezogen sind. „Ich sollte mitten unter den Feinden sein, reißen und zerfetzen und zerschneiden. Doch hier sitze ich in diesem engen Gefängnis und warte auf den Tod. So ein Raum bringt einen zum Nachdenken. Zum Grübeln."

„Evva wird es uns sagen", meint Bas.

Sie ist gelassen, mit ihren rosa-goldenen Schuppen, lehnt sich gegen die vordere Schottwand des Moduls. Dieses hat keine Fenster, obwohl es nichts zu sehen gibt. Alles, was sie tun, ist durch den Weltraum zu rasen. Ein einzelner Satz Notfallbaken leuchtet auf, aber wer weiß, ob irgendetwas in der Nähe ist, wer weiß, ob jemals etwas in der Nähe sein wird. Sie könnten in einen Asteroiden, einen Planeten krachen und es erst merken, wenn es passiert.

Das stört Sax nicht im Geringsten: Wenn er schon einen beleidigenden Tod sterben muss, dann lieber als Überraschung.

„Wisst ihr, dass Dalachite dachte, die Oratus seien das Schlimmste in der Galaxie?", sagt Coorvin über den nun sehr toten Meister der *Cobalt*, und jetzt wendet sich sein weißbüscheliges, schwarzpelziges Gesicht ihnen zu. „Ein gescheitertes Experiment nannte es euch."

„Experiment?", Bas öffnet ihre Augen, gelb mit schwarzen vertikalen Schlitzen. „Was meinte es damit?"

„Ich weiß es nicht", sagt Coorvin. „Es hat nie näher

erläutert. Ich habe nicht gefragt. Das stand mir nicht zu, und es interessierte mich auch nicht."

„Und was interessiert dich?", Jetzt ist Bas ebenso begierig, das Gespräch weiterzuführen, wie Sax es war, es zu beginnen.

„Die Antwort zu finden, natürlich. Den Schlüssel zum Frieden in der Galaxie. Das ist der ganze Grund, warum die *Cobalt* gebaut wurde. Warum wir uns alle für das Projekt gemeldet haben."

„Wir alle?"

„Die meisten sind gegangen, bevor ihr kamt", sagte Coorvin. „Sie haben anderswo Positionen angenommen, als Dalachite seine Pläne änderte. Als es sich sicher war, dass der einzige Weg zu überleben darin bestand, alles andere zu eliminieren."

„Es ist gescheitert", sagt Sax.

„Es ist näher dran gekommen, als du denkst", kontert Coorvin.

Aber bevor der Flaum fortfahren kann, ertönt ein Summen im Inneren des Moduls; das Kommunikationsarray erwacht zum Leben. Momente später ergießt sich eine nasse Stimme inmitten von Störgeräuschen. Hochfrequent und durchnässt, wie ein Fluss, der durch Worte rauscht.

„Rufe das Modul, rufe das Modul. Sieht so aus, als würdet ihr in die falsche Richtung fliegen. Möchtet ihr uns sagen warum? Wo wir doch hier für die *Cobalt* sind und die *Cobalt* sich anscheinend in einem, sagen wir mal, chaotischen Zustand befindet?"

Die drei treffen sich mit den Augen. Dann springt Coorvin auf, um zu antworten.

„Hier spricht Coorvin, wir haben die Station evakuiert. Kritischer Stromausfall. Erbitten Abholung."

Es gibt einen Ausbruch von Störgeräuschen und dann

kommt die Stimme zurück. „Stromausfall! Na, das ist ja wirklich schlecht. Dann werden wir diese Vorräte wohl behalten müssen. Vielleicht eine Lieferung, sie verkaufen. Wer sagtest du, ist in diesem Modul, nur du, Coorvin?"

„Ein paar andere", antwortet Coorvin.

„Wir nähern uns eurer Position. Ich würde gerne etwas mehr über die anderen wissen, wenn es dir nichts ausmacht, Coorvin. Du weißt, wie sehr ich Überraschungen verabscheue."

Coorvin ließ den kleinen Knopf am Transponder los. „Plake. Sie könnte uns umbringen, wenn ich ihr sage, was ihr seid."

„Warum sollte sie das?", fragt Bas. „Wir haben ihr nichts getan."

„Ihr seid Oratus. Sie ist Vyphen."

Das erklärt alles. Sax lehnt seinen Kopf zurück gegen das Schott. Kein Vyphen würde freiwillig einen Oratus retten. Es ist schwer, viel Mitgefühl für die Spezies zu haben, die deine eigene in den Ruin getrieben hat. Die ihr den einzigen Existenzgrund genommen hat.

Aber die Vyphen verschwanden nicht. Sie entluden sich, strömten zurück in die Zivilisation und fanden neue Bedürfnisse und Wünsche. Taten, was andere Spezies schon seit Zyklen taten – fanden neue Begierden, die bestimmte Mittel erforderten.

„Sie mag Geld, ja?", zischt Sax nach einem Moment.

„Sie ist eine Läuferin. Natürlich."

„Dann sag es ihr. Sag ihr, dass wir ihr mehr zahlen können, als sie weiß, was sie damit anfangen soll. Bas und ich sind angesehen. Hoch oben in der Vincere. Sie werden für unsere Rückkehr zahlen."

Das Evakuierungsmodul bebt. Etwas dockt an sie an. Der Transponder summt erneut.

„Coorvin, wie du feststellen kannst, es sei denn, dieser Amigga hat dir alle Sinne geraubt, haben wir an euch angedockt. Wir werden in einem Moment die Tür öffnen. Vorausgesetzt natürlich, du sagst mir, warum du so geheimnisvoll tust. Und während du dabei bist, erkläre mir vielleicht, warum *Cobalt* beschlossen hat zu explodieren. Amigga lassen normalerweise keine Stromausfälle ihre Stationen zerstören."

Coorvin blickt sowohl Bas als auch Sax an. Die Oratus nicken dem Flaum zu, der für einen Moment die Augen fest zusammenkneift und dann den Transponderknopf drückt.

„Es ist ein Paar Oratus, Plake. Ich weiß, was du denkst. Ich weiß, das ist nicht das, worauf du hoffst, aber sie sagen, sie hätten Geld. Sie kamen in einem offiziellen Schiff, in militärischer Mission. Sie können dich bezahlen."

Nur summendes Rauschen. Dann ein weiterer Schlag, ein Klopfen an der Tür.

„Ich verstehe, warum du versuchtest, diese Tatsache vor mir zu verbergen, Coorvin. Wirklich. Du denkst, ich würde zwei Monster auf mein Schiff lassen? Glaubst du das wirklich?"

Sax greift über Coorvin hinweg und drückt eine Klaue auf den Knopf. „Kapitän Plake, hier spricht Sax von der Vincere, dritter Rangbuchstabe. Ich habe nie etwas getan, um den Vyphen zu schaden. Nie etwas getan, um Ihnen, Ihrem Schiff oder Ihrer Crew zu schaden. Mein Paar und ich bitten nur um Transport zur nächsten Station und werden Sie dafür gut bezahlen. Wenn Sie möchten, können wir in Ihrem Frachtraum bleiben. Aus dem Weg. Sie werden eine gute Summe für unsere Übergabe erhalten."

Sax lässt den Knopf los und wendet sich wieder Bas zu, als er ihr amüsiertes Zischen hört.

„Wusste gar nicht, dass du so diplomatisch sein kannst", erwidert Bas.

„Wenn ich muss."

„Interessant", Plakes Blubbern bricht aus dem Kommunikationsarray. „Ich nehme an, ich könnte meinen Hass auf euch für eine Weile begraben. Wir sind nicht zu weit von einer anderen Station entfernt, einem Ort, wo ihr eine Passage zurück dorthin sichern könnt, wo ihr hin müsst. Aber wenn ich die Tür öffne, gelten meine Regeln auf meinem Schiff. Ihr werdet sie befolgen, oder ich werde nicht zögern, euch zu Schlacke zu schmelzen. Nichts würde mich glücklicher machen."

„Sie klingt wie eine Kämpferin", sagt Sax.

„Sie ist effizient und sehr beschützend, was ihr Schiff angeht", antwortet Coorvin.

Es ertönt ein pfeifendes Geräusch von sich druckausgleichender Luft, und plötzlich dreht und schiebt sich die äußere verriegelte Tür vom Modul weg. Sie offenbart ein Trio von Kreaturen, die alle Bergbaugeräte halten und diese direkt auf Sax und Bas richten.

„Coorvin, komm raus", ein pechschwarzer Flaum mit einem kleinen Bergbaugerät in der Hand winkt Coorvin zu.

Coorvin zögert nicht und krabbelt aus dem Modul. Sax ist leicht beleidigt, aber es ist nicht so, als ob der Flaum den Oratus etwas schulden würde. Wegen ihnen ist er nicht mehr auf der Station, auch wenn das bedeutet, dass Coorvin außerhalb von Dalachites Fängen ist.

„Ihr zwei", brummt ein dunkelroter Whelk, eine schneckenartige Kreatur, die zwei Meter groß ist, obwohl ihre kurzen, stämmigen Arme Sax' Klauen nicht gewachsen sind.

Es hält eine große Waffe, nein, Sax sieht jetzt: Das Bergbaugerät ist in die Seiten des Whelk-Körpers eingearbeitet. Es ist nicht die einzige Modifikation, die an der Schnecke zu sehen ist; eine Art seltsamer Helm mit einem kybernetischen Okular ruht auf dem gewölbten Kopf des Whelk. Die Haut des Whelk, ein schleimiges Karmesinrot, schimmert, als Sax sie betrachtet.

Was auch immer sie hier vor sich haben, dies ist kein gewöhnliches Handelsschiff.

„Zeit rauszukommen, und ihr werdet es langsam tun. So wie ich es sage." Die Stimme des Whelk kommt aus einem Schlitz, den er in seiner Haut öffnet, und die verstreuten Laute kommen von Wellenbewegungen tief in seinem Körper. Es ist ein seltsames Geräusch, aber es funktioniert. „Zuerst der rosa. Langsam und vorsichtig."

Sax möchte protestieren. Argumentieren und fordern, dass er vor seinem Paar geht, um besser einschätzen zu können, ob sie einer überraschenden Hinrichtung entgegensehen. Doch das Letzte, was er tun möchte, ist ihre potenziellen Retter zu verärgern, also bleibt Sax still, während Bas über ihn klettert. Ihr Schwanz umschlingt ganz kurz seinen eigenen und drückt ihn leicht. Dann ist sie weg, durch den Kreis und vorbei an dem roten Whelk. Sax sieht, wie der andere Flaum sich abwendet, das schwarzfellige Geschöpf zwitschert bereits mit Bas.

„Jetzt du. Du warst derjenige, der gesprochen hat, richtig? Derjenige, der Bargeld für die Lieferung angeboten hat?" Der Whelk klingt selbstgefällig, als er das sagt.

Sax spürt, wie sich seine Klauen zusammenziehen. Er zwingt sie, sich wieder zu öffnen. Hält seine Arme unten. „Ich meinte es ernst. Liefern Sie uns aus, und Ihre Kapitänin wird ihr Geld bekommen."

„Was glaubst du, wie viel sie für einen statt für zwei bekommen wird? Oder tot statt lebendig?"

„Du wirst einen Schuss haben", zischt Sax und lässt

sein Maul offen, damit der Whelk sehen kann, wie viele Zähne zum Beißen bereit sind. „Du wirst einen Schuss haben, und dann werde ich dich in zwei Hälften reißen. Dann werde ich den Rest deiner Crew in Stücke reißen. Ich werde deine Kapitänin finden und sie hier mit dem, was von dir übrig ist, zurückstopfen und ins All schießen. Ein Schuss. Besser, du tötest mich, oder ihr seid alle tot."

Die Haut unter dem Helm des Whelk verändert sich, ein blassblauer Streifen bildet sich gegen das Karmesinrot in Form eines fiesen Grinsens. „Gut, dass wir die Drohungen aus dem Weg haben. Zumindest weiß ich jetzt, dass du wirklich ein Oratus bist. Kein Sevora würde sich mit so einer Rede aufhalten. Komm schon, raus da. Die Kapitänin mag euch vielleicht hassen, aber ich weiß, was ihr tut. Von einem Krieger zum anderen, Respekt."

Sax folgt dem Whelk, klettert aus dem Evakuierungsmodul und betritt einen großen Frachtraum. Ihm fällt sofort auf, dass dies kein kleines Shuttle ist, sondern ein ernsthaftes Schiff. Ein Frachter von beachtlicher Größe, der gerade eine Menge Lebensmittel zu transportieren scheint. Die Kisten türmen sich um sie herum auf, die breiten Entladetüren zu seiner Linken sind geschlossen. Unter sich kann Sax das Summen der Triebwerke spüren, die Vibrationen des ionisierten Gases, das das Schiff vorwärts treibt. Zweifellos würden sie bald in den Sprung gehen.

Jenseits der Kisten beginnt die Decke des Frachters abzufallen und teilt sich dann in drei separate Portale, die geradeaus, nach links und rechts führen.

„Denk aber nicht, dass du die große Führung bekommst", sagt der Whelk, als Sax sich umschaut. „Kapitän Plake will, dass ihr auf das rechte Modul beschränkt bleibt. Zum Glück ist es ein gutes. Küche, Unterhaltung. Genug Platz für eure großen Körper."

„Danke", sagt Sax.

„Dank mir nicht. Dank ihr."

Der Whelk zeigt mit seiner fixierten Kanone an Sax vorbei, über die Kisten hinweg zum geradeaus führenden Portal, das sich gerade geöffnet hat und ein gefiedertes, glatthäutiges, gelbliches Wesen enthüllt, mit zwei langen Beinen und einem Paar gefiederter Arme, die in kreisförmige, mit Schwimmhäuten versehene Hände mit stummelhaften Fingern übergehen. Große runde Augen, die sich über ihren Kopf erheben, drehen sich zu Sax. Ihr Mund öffnet sich, und Sax kann selbst aus dieser Entfernung die gefaltete Windung ihrer Zunge sehen.

„Agra-Red", verkündet Plake, ihre Stimme genauso gurgelnd, wie sie durch den Transponder geklungen hat. „Bring sie unter Verschluss. Ich will aus diesem trostlosen Flecken Weltraum springen und die beiden von meinem Schiff werfen, bevor ich mich entscheide, sie zu töten."

„Plake ist ein Wunder, nicht wahr?", lacht Agra-Red, der Whelk, und schubst Sax mit der Kante seines Bergbaugeräts nach vorne.

Entzückend.

KAPITEL 3

EINE NEUE WELT

VIMELIA.

Ignos sendet mir den Namen, als das Shuttle in eine große Höhle unter der Erde einfliegt. Ich kann nicht einmal das Ende sehen, denn sobald wir den Tunnel verlassen, öffnet sich über uns ein helles, weißes Licht und verfolgt das Shuttle, gleitet knapp voraus und führt uns zu einem leeren Platz. Es ist ein blendender Schein, und das Licht überstrahlt alles, was ich sonst hätte sehen können. Die Triebwerke werden langsamer und stoppen, als das Shuttle sich auf den Boden senkt. Stützen fahren aus und das ganze Ding setzt sich mit dem leisesten Ruck ab.

Vimelia ist meine Heimat.

„Heißt das, wir können jetzt aussteigen?", sagt Viera, und ich sehe, dass ihr Netz verschwunden ist.

Die Gurte, die Vieras Füße am Boden halten, ziehen sich zurück, und eine Sekunde später tun es meine ebenfalls. Ein kurzer, schneller Ruck, und dann stolpere ich vorwärts, plötzlich frei. Meine Beine sind steif, meine Knie schmerzen, aber ich kann mich bewegen.

Die Sevora haben nicht hier begonnen, aber dies ist, wohin wir gegangen sind. Wo wir leben.

Ich halte mich an den Terminals fest, den Bildschirmen, die früher eine Karte der Galaxie zeigten und jetzt tot und leer sind. Ich verstehe nicht. Dieses Shuttle gehörte den Oratus. Sax und Bas. Warum ist es hierhergekommen?

Weil du es ihm gesagt hast. Als es ankam, haben meine Freunde es heruntergeführt. Hab keine Angst, Kaishi.

„Weißt du, wo wir sind?", fragt mich Malo, und während er die Worte sagt, legt er seine Hand auf meine Schulter.

Das ist die erste Berührung, die ich hatte, seit wir aufgebrochen sind. Seit ich erfahren habe, dass ich meine zwei Freunde an einen Ort gebracht habe, der so weit von zu Hause entfernt ist, dass er nicht einmal in unserer Vorstellung existiert. Ich breche fast zusammen in diesem Moment. Fast kollabiere ich bei dem Gedanken, dass wir so weit gekommen sind und doch nirgendwo in der Nähe sind, wo wir hin müssen.

Sag es ihnen.

„Das ist, wo Ignos, wo seine Art lebt", sage ich, obwohl ich es nicht ganz schaffe, mich umzudrehen und Malo und Viera anzusehen, während ich spreche. „Als es mir sagte, welche Zahlen ich drücken sollte, schickte es das Shuttle hierher."

„Die Kreatur hat uns reingelegt", sagt Viera. „Scheint, als sollten wir es aus deinem Kopf holen und unter meinen Stiefel bringen."

„Ausnahmsweise stimme ich der Lunare zu." Malos Stimme ist wütend, resigniert. „Es hat dich verraten, Kaishi. Wir können ihm nicht mehr vertrauen."

„Wir hatten keine Wahl", sage ich. „Wir wissen nicht,

wie man dieses Ding fliegt. Wir wussten nicht, wohin wir gehen sollten-"

Ich will weitermachen, meine Frustrationen eine nach der anderen herauslassen, als ein Rauschen von hinten, aus der Mitte des Shuttles, mich ablenkt. Meinen Mund schließt. Viera und Malo zögern jedoch nicht. Die Lunare tritt zurück, in meine Nähe, und hebt ihre geballten Fäuste vor ihr Gesicht. Malo macht seine eigene Version, geht in die Hocke und behält seine Augen geradeaus gerichtet.

Dann sehe ich es. Etwas, das genauso aussieht wie das, was wir zurückgelassen haben. Nur sind diese Schuppen statt grau oder rosa-golden von einem seltsamen verblassten Gelb, und viele haben schwarze Ränder, einige fehlen sogar. Der Oratus steht immer noch aufrecht und wird von einem Paar sehr realer, nicht flauschiger Flaum flankiert, die hinter ihm ins Shuttle stampfen. Während Sax und Bas keine Kleidung zu tragen schienen, trägt dieser seltsame schwarze Metallstücke. Armbänder um seine Handgelenke und Fußgelenke. Als er mich mit brennenden grünen Augen ansieht, habe ich das Gefühl, dass er Möglichkeiten sieht.

„Bitte, beruhigt euch", sagt der Oratus. „Ich bin Nasiya, Anführer der Sevora. Wer von euch ist der Meister?"

„Ich bin es", sage ich und trete vor Viera und Malo.

Es macht keinen Sinn, sie die Schuld tragen zu lassen, verletzt zu werden, falls es einen Angriff gibt.

„Du hast den Code eingegeben, um hierher zu kommen?", erwidert Nasiya mit der rauen zischenden Stimme, die Oratus haben.

„Ignos hat mir gesagt, was ich eingeben soll", antworte ich.

Dies scheint die Kreatur nur zu verwirren, und seine Augen verengen sich.

„Hat dir gesagt?" Der Oratus dreht sich nicht um, aber ich kann erkennen, dass er nicht mit mir spricht, als er sagt: „Wir haben bestätigt, dass keine Waffen auf dem Schiff sind, ja?"

„Natürlich", antwortet ein braunfelliger Flaum. „Der Scan zeigte, dass, obwohl dies ein Vincere-Schiff ist, mindestens eine Wirtskreatur unter diesen ist."

Der Oratus richtet seine Augen wieder auf mich. „Eine Wirtskreatur. Ich sehe drei. Obwohl ich zu meinem Bedauern nicht weiß, was ihr seid."

Antworte ihm.

Ich weiß nicht, was ich sagen soll. Ein Teil von mir will gar nichts sagen. Will zurückdrängen, verlangen, dass wir nach Hause gebracht werden. Ein Teil von mir will kämpfen, sich widersetzen. Aber wir kämpfen schon so lange. Es fühlt sich wie eine Ewigkeit an, seit wir die Stadt, Damantum, verlassen haben, auf dem Marsch, um die Oratus-Eindringlinge aufzuhalten. In Wahrheit weiß ich nicht, wie lange es her ist.

Ich weiß, dass ich müde bin. Mein Kopf schmerzt und meine Knochen sind schwach. Ich brauche Essen, Schlaf. Und das Letzte, was ich jetzt tun kann, ist zu kämpfen.

„Wir sind Menschen", sage ich. „Von einem Planeten namens Erde. Ignos kam zu mir und lebt jetzt in mir."

Die Dinge geschehen schnell. Nasiya löst ein unsichtbares Signal aus. Seine Gestalt, diese blassgelben Schuppen, verschwimmen und verschwinden dann völlig. Ich kann das kaum verarbeiten, bevor die beiden Flaum uns nach vorne winken und uns drei aus dem Shuttle schieben.

Als wir die Rampe hinuntergehen, sehe ich ein Dutzend schneckenartiger Kreaturen, die rechts stehen und das halten, was Ignos Instrumente nennt. Sie fegen die Rampe hoch, nachdem wir sie verlassen haben, und Geräusche von reißendem Metall, sich verschiebenden Kisten und laute Rufe dringen zu uns zurück.

Jetzt, da ich in der Bucht bin, bekomme ich einen besseren Blick auf den riesigen Raum und bemerke, dass er mit anderen Schiffen vollgepackt ist. Einige kommen und gehen, wobei diese Lichter aufleuchten, um sie zu führen. Die Flaum führen uns durch die Dunkelheit, obwohl ich mir nicht sicher bin, wie die Sevora-Gastgeber sehen können, wohin sie gehen, bis ich anfange, auf dem Boden zu laufen. Niedrige grüne Kreise erscheinen – es scheint, als würde der Boden selbst die Farbe wechseln – und zeigen mir, wohin ich gehen soll.

Es liest mich, Kaishi. Vimelia verbindet sich mit mir, so wie ich mich mit dir verbinde.

Wir drei folgen den Flaum, während weitere hinter uns hergehen. Falls sie irgendeine Art von Waffe tragen, kann ich sie nicht sehen, und sobald die Bedrohung unserer Hinrichtung nachlässt und mein pochendes Herz sich beruhigt, fange ich tatsächlich an, mich umzusehen. Wir gehen von der großen Höhle in wunderschöne Gänge über. Oder zumindest erscheinen sie mir so. Die Wände sind in Wellen von wechselnden Farben codiert, die sich verändern, während wir vorbeigehen. Ein Abschnitt kann mit Streifen von hellem Blau beginnen und sich mit einer Welle von Grün verwandeln, die in Rosa und Gelb übergeht, während wir sie hinter uns lassen. Ich frage Ignos, was das bedeutet.

So wie ihr eure Gemälde habt, haben wir Sevora unsere. Ein Großteil unserer Geschichte wird durch Lichtmuster und deren Veränderungen erzählt. Es ist eine Sprache, es ist eine Geschichte. Eine, die ich dir eines Tages erzählen werde, wenn du möchtest.

Der Gang endet in einer langen Kammer mit einer Wand voller kreisförmiger Türen. Reihen von Spezies stehen davor und treten durch diese Öffnungen ein, während andere herauskommen. Wir gehen zur größten, ganz rechts. Es ist die einzige ohne Schlange und auch die einzige mit einer roten Linie um den Türrahmen. Zwischen den Kreisen zeigen Bildschirme Meldungen über Schließungen, Verspätungen und Nachrichten voller Begriffe, die ich nicht verstehe.

„Wenn es sich öffnet", verkündet der führende Flaum mit seiner quietschenden Stimme, „werdet ihr drei zuerst eintreten. Ihr werdet eure Plätze auf der gegenüberliegenden Seite einnehmen, so gut ihr könnt. Wir werden folgen, und wenn wir gesichert sind, werden wir fortfahren."

Als hätte es auf das Ende seiner Rede gewartet, öffnet sich die kreisförmige Tür, sobald der Flaum verstummt, und offenbart eine seltsame Perlenscheibe, die auf uns wartet. Die drei Flaum vor mir teilen sich und winken uns durch.

„Ich schätze, wir fahren mit diesem Ding?", fragt Viera.

„Ich nehme an?", sage ich. „Ich glaube nicht, dass wir eine Wahl haben."

„Du meinst, wir sind wieder Gefangene?", erwidert Viera, und ich kann nicht anders, als über ihren Sarkasmus zu lächeln.

Humor ist wie ein Becher kaltes Wasser gerade jetzt; erfrischend und lebenswichtig.

„Wir werden tun, was wir zuvor getan haben", sagt Malo, und ich bemerke, dass er zur Charre-Sprache gewechselt ist.

Es funktioniert hier, wie es auf der *Cobalt* funktioniert hat. Die Flaum, die uns begleiten, starren einander verwirrt an. Sie wissen nicht, was Malo gesagt hat. Wir haben unser Geheimnis, und ich schüttle leicht den Kopf, um sie zu warnen, es nicht zu benutzen. Nicht hier.

Ich gehe voraus, trete durch die kreisförmige Tür – wobei ich Malo warne, auf seinen Kopf zu achten – und steige auf die weiße Scheibe. Um uns herum ist eine durchsichtige Röhre in Azurblau. Ab und zu markieren schwarze Linien die Nähte zwischen den Teilen, die Dichtungen, die sie zusammenhalten. Ich kann vor mir sehen, dass sich die Röhre nach oben und leicht nach rechts krümmt. Weg von der Bucht.

Ich bin gerade dabei zu fragen, wo die Sitze sind, als die Scheibe erzittert und, scheinbar aus dem Nichts, drei einzelne Stühle aus der Oberfläche hervorquellen. Sie sind kaum breit genug, um mich aufzunehmen, und Viera und Malo quetschen sich in ihre, alle in einer Reihe angeordnet, in seltsamen Winkeln. Sobald wir uns setzen, fließt wie die Gurte im Shuttle mehr perlmuttartiges Zeug vom Boden hoch und umschließt unsere Arme und Beine. Drei Flaum steigen hinter uns ein, und diesmal sehe ich, dass die Stühle tatsächlich aus der Scheibe herausfließen und dabei die Plattform selbst schrumpfen lassen. Amorphes Material, das sich den Bedürfnissen der Fahrgäste anpasst.

„Versucht während der Fahrt nicht zu sprechen", warnt uns der führende Flaum, obwohl er nicht erklärt, warum.

Es gibt kein Signal, kein Zeichen. In einem Moment sitzen wir auf der Plattform in unseren engen Stühlen, und im nächsten schießen wir durch die Röhre nach oben. Wir steigen mit einer Geschwindigkeit auf, die ich noch nie zuvor gespürt habe. Viel schneller als durch die Bäume zu rasen. Wind bläst mein Haar nach vorne, dunkle Strähnen peitschen über mein Gesicht. Ich schließe die Augen.

Nein. Halte sie offen. Schau.

Das tue ich dann. Und ich bin froh darüber. Was ich um mich herum sehe, übertrifft alles, was ich je zuvor gesehen habe. Vom Shuttle aus, von oben, wirkte die Stadt irgendwie falsch. Unwirklich. Ich konnte nicht hinausgreifen und sie berühren, ich war nicht auf Augenhöhe mit den Gebäuden und den wirbelnden, schwingenden Strukturen. Aber hier, während uns die Röhre aus der Höhle hinaus und in den Tag katapultiert, bin ich verblüfft von einer gebauten Schönheit, die mit den Dschungelblumen meiner Heimat wetteifert.

Glitzernde Strukturen in allen Höhen und Farben erheben sich um uns herum. Einige ähneln Formen, die ich auf der Erde gesehen habe: Quadrate oder hohe Türme. Andere erheben sich als Dreiecke oder geneigte Kuppeln. Dünne Spitzen, die zu hoch in der Luft schwebenden Würfeln führen.

Neben uns, auf beiden Seiten, steigen andere Röhren auf und gleiten parallel, dann schneiden sie weg oder nach oben oder unten. Neue schließen sich unserer Bahn an. Wir verschieben uns, obwohl ich es abgesehen von einem leichten Ruck in der Szenerie kaum spüre. Alles, was ich weiß, ist, dass wir uns bewegen. Irgendwohin fahren.

Die Flaum vor uns scheinen nicht zu reagieren. Ihre Augen sind auf mich, Malo und Viera fixiert. Sie sind so ernst. Ich weiß nicht warum, wo wir doch von Wundern umgeben sind.

In den Legenden der Solare sprechen wir von den großen Städten der Götter; Gold und Silber und Jade überall. Ganze Paläste aus Edelsteinen gebaut, die mit unendlichem Glanz funkelten. Wenn ich einen Ort hätte wählen können, der diese Geschichten beschreibt, wäre es Vimelia.

Die Sevora können die Eigenschaften der Spezies, die wir aufnehmen, nicht wählen, aber wir können wählen, was wir erschaffen. Uns durch die Welten ausdrücken, die wir machen. Was wir uns wünschen, um uns herum zu sehen. Vimelia ist eine Darstellung dessen, was wir sein möchten.

Jenseits der Gebäude sehe ich einen beigefarbenen Himmel, übersät mit sich bewegenden Punkten und wechselnden Formen. Alle Formen, von den eckigen, zornigen Dingen, die uns hereineskortiert haben, bis hin zu größeren schwebenden Barken, die durch die Luft treiben. Andere schießen von der Oberfläche hoch, rasen zum Himmel, bevor sie verschwinden. Es gibt so viel Bewegung überall, dass es mich fast schwindelig macht. Der Dschungel war, abgesehen von summenden Insekten, oft still.

Ich versuche, Atem zu holen, um Viera und Malo zu fragen, was sie denken, was sie sehen, aber wenn ich Luft aus meinen Lungen drücke, will sie nicht hinaus. Die Worte entstehen und sterben sofort. Quietschen inmitten des konstanten Windrauschens. Deshalb haben sie uns gewarnt, nicht zu sprechen.

Die Plattform dreht und wirbelt durch eine Reihe von ineinandergreifenden Toren, und ich spüre einen plötzlichen Fall, obwohl ich ihn nicht sehe, und wir verlangsamen zu einem Kriechtempo, als wir unter einer Reihe von großen, metallischen Schleifen hindurchfahren. Der Himmel verschwindet für einen langen Moment, und wir werden in Dunkelheit getaucht.

Eine Umschaltstation.

Dann sind wir wieder draußen, diesmal bewegen wir uns in einer geraderen Linie. Ich kann die Umschaltstation hinter uns sehen, und von außen sieht sie aus wie die Amigga; so viele Röhren, die von überall her einlaufen. Plattformen schießen von allen Winkeln und Seiten herein und dann wieder in verschiedene Richtungen hinaus.

Wir sind fast da. Du solltest wissen, Nasiya und die anderen wollen dir helfen. Uns helfen. Du musst ihnen vertrauen.

Ignos zerstört den Zauber des Moments, indem es die

Realität zurückbringt. Wie kann ich ihnen vertrauen? Wie kann ich irgendeinem dieser Dinge vertrauen?

Weil du keine Wahl hast. Weil du weit weg von zu Hause bist und der einzige Weg zurück darin besteht, dass wir ihn dir geben, Kaishi. Du bist keine Kaiserin, du bist kein junges Mädchen mit dem Schutz ihres Stammes oder ihres Vaters. Du bist allein und du bist in Gefahr. Also lass uns dir helfen.

Ich antworte nicht. Zumindest nicht direkt. Ignos kann meine Gefühle lesen, meine Gedanken scannen. Ich kann nichts vor dem Wesen verbergen, aber zumindest kann ich seine Antworten ignorieren. Also tue ich das und beobachte die Bewegung, bis die Plattform langsamer wird. Bis der Himmel dunkel wird und wir uns unter ein weißes Vordach bewegen. Dann kommt unsere Fahrt zum Stillstand. Sobald die Flaum aufstehen, fließen ihre Sitze wieder in die Plattform zurück. Wie eine schmelzende Kerze.

Die drei Wesen bewegen sich zur kreisförmigen Tür, die sich bei ihrer Annäherung öffnet. Zwei weitere der schneckenartigen Dinge auf der anderen Seite, leuchtend grün gefärbt und mit eigenen Minern ausgestattet.

„Wir brauchen keine weiteren Eskorten", sagt der führende Flaum, laut genug, dass ich es hören kann.

„Es gab einen Alarm", sagt einer der Schnecken, seine Stimme ein stakkato Summen. „Klarheits Morgenröte. Nasiya will, dass diese drei geschützt werden. Stark geschützt."

Klarheits Morgenröte? Ich weiß nicht, was das bedeutet.

Das ist nichts, worüber du dir Sorgen machen musst.

„Das war das Verrückteste, was ich je gesehen habe", sagt Viera, als wir aufstehen. Ich falle fast, als der Stuhl unter mir verschwindet, aber Malo fängt meinen Arm und hält mich fest.

„Es ist erstaunlich", sage ich. „Hast du all diese Dinge gesehen, die durch die Luft flogen? Wir könnten das eines Tages auch tun. Zu Hause."

„Ihr zwei, hört auf zu reden", knurrt der führende Flaum und dreht sich zu uns um. „Folgt bitte. Und bleibt still. Es wird später genug Zeit zum Reden geben."

„Kein Grund, pampig zu werden", murmelt Viera, aber der Flaum hört sie nicht.

Wir folgen ihnen, weg von der Röhre auf eine andere Landeplattform. Diese ist nicht so überfüllt, aber während die Spezies in der Höhle in allen möglichen Arten und Kleidungen kamen, von Lumpen bis zu Rüstungen und Metall und darüber hinaus, scheinen diese alle die gleiche grünlich-orange Kleidung zu tragen. Viele von ihnen, ob auf Fell, glatter Haut oder etwas ganz anderem, tragen ein einfaches quadratisches Abzeichen mit einem orangen Kreis auf einer blassgrünen Oberfläche.

Das Symbol meines Volkes. Das Orange sind wir, eine starke Linie gegen Außenstehende. Das Leben im Inneren beschützend.

Hinter dem Ladebereich gehen wir in eine hohe, breite Halle mit schrägen Seiten, die zu einem gewölbten Dach hinaufführen. Ich werde an das Vaos erinnert, den großen Tempel in Damantum, obwohl dieses Sevora-Gebäude in Material und Design nichts damit gemeinsam hat. Vielmehr spüre ich die gleiche Großartigkeit, einen Puls der Macht, der hier resoniert, genau wie zu Hause.

Während wir gehen, spüre ich die Augen von tausend Wesen, die mich beobachten. Einige freundlich, neugierig. Andere wütend oder bedroht.

„Glaubst du, wir sind erwünscht?", frage ich. „Einige von denen schauen uns an, als wären wir Feinde."

„Ich hoffe doch sehr, schließlich haben sie uns hierher gebracht. Schließlich war es dein Kumpel, der den Code in das Shuttle eingegeben hat." Viera scannt die Menge, und ich sehe, wie ihre Hände zu ihrem Gürtel wandern, obwohl dort keine Waffe ist.

„Sie hatte keine Wahl, Viera. Keiner von uns hatte eine. Keiner von uns hat eine."

Malo, der mich immer verteidigt. Selbst wenn ich es nicht verdiene.

Bei den Worten meines Freundes dreht der Flaum-Anführer seinen Kopf ruckartig zu uns zurück und schnippt mit seinen pelzigen Fingern. Sein Punkt ist gemacht, Malo verstummt und ich sage nichts. Stattdessen beobachten wir und gehen durch einen faszinierenden Raum nach dem anderen, bis wir uns schließlich an dem zu befinden scheinen, was die Spitze ist.

Es ist ein geschlossener Raum mit durchsichtigen Wänden rundherum. Der Boden scheint vollständig aus demselben weißen Zeug zu bestehen wie die Plattform, auf der wir gefahren sind. Die Flaum weisen uns in die Mitte des Raumes, wo sich, als wir stehen, ein Tisch erhebt. Nur ist dies kein Rechteck oder Quadrat, es ist ein Kreis, der sich um uns herum bildet. Uns einsperrt. Kleine Stühle wachsen unter uns und zwingen uns zum Sitzen.

Die Flaum ziehen sich zur Tür zurück, durch die wir gekommen sind, und verlassen dann den Raum vollständig.

„Ich glaube, ich könnte darüber springen", sagt Viera.

„Es muss einen Grund geben, warum wir hier sind", sage ich. „Also mach nichts Dummes."

„Sie spricht mit dir, Viera", sagt Malo.

„Ich spreche mit uns allen, mich eingeschlossen."

Es gibt ein Flimmern. Die Unschärfe, und dann erscheint wieder der blassgelbe Oratus nahe dem hinteren Fenster. Er starrt uns drei einen Moment lang an, lässt seinen Blick von einem zum anderen wandern.

„Willkommen auf Vimelia. Willkommen in eurem neuen Zuhause."

Es herrscht einen Moment Stille, und dann sagt Viera, was wir alle denken: „Zuhause? Das ist nicht unser Zuhause."

Nasiya schaut meine Freundin an. Breitet seine Zähne zu einem Grinsen aus. „Ihr seid unbeherbergt, ja?"

„Wenn du damit meinst, dass ich nicht so ein Schneckending in meinem Kopf habe wie Kaishi hier, ja. Ich bin unbeherbergt."

„Dann habt ihr es noch nicht verstanden. Ihr werdet bald genug sehen, dass Vimelia euch gehört. Ihr alle werdet es sehen. Ich bin sehr erfreut, dass ihr gekommen seid. Sehr erfreut, dass ihr euch entschieden habt, euch uns anzuschließen."

„Wir haben uns für nichts entschieden", sage ich. „Wir wurden hereingelegt. Wir wollten nicht hierherkommen."

„Das Glück begegnet manchmal denen, die es nicht erwarten." Nasiya wischt meine Bemerkung beiseite. „In einem Moment werden eure Mahlzeiten eintreffen. Dann werdet ihr zu euren Quartieren geführt. Morgen wird eure wahre Tour durch Vimelia beginnen."

Wir bekommen keine Chance, ihm Fragen zu stellen; Nasiya verschwimmt und verschwindet, lässt uns allein in dem weißen Raum zurück.

Nasiya war noch nie ein Mann vieler Worte. Er bevorzugt Taten, wie ihr sehen werdet.

Ich schüttele den Kopf. Nasiya ist mir egal. Worum ich

mich aber sorge, ist von diesem Planeten wegzukommen. Nach Hause zurückzukehren.

Aber selbst diese Sorgen verfliegen, als sich die Tür hinter uns öffnet und die Flaum wieder hereinkommen, unsere Wachen gefolgt von anderen Flaum, die Tabletts statt Waffen tragen. Auf den silbernen Serviertellern liegt Zeug, das ich von der *Cobalt* kenne. Die gleichen seltsamen Pasten, die Bas mir auf dieser kalten Metallstation serviert hat.

Als die Flaum den Raum betreten, schmelzen der Tisch und die Stühle um uns herum zu Boden. Neue erheben sich, besser für eine Mahlzeit angeordnet. Eine große, flache Tellerfläche mit abgerundeten Stümpfen als Stühle, deren Oberseiten gerade groß genug zum Sitzen sind. Als wir uns nicht sofort bewegen, winkt der führende Flaum, der schwarzfellige, der uns den ganzen Weg geführt hat, mit seinem Gewehr in Richtung der Anordnung.

Es ist nicht schwer zu verstehen, was sie wollen.

Als wir uns setzen, stellen die anderen Flaum die Tabletts mit der Paste vor jeden von uns. Dann werden braune Schüsseln mit blauen Flecken daneben gestellt, gefüllt mit einer klaren Flüssigkeit. Es sieht wie Wasser aus, aber keiner von uns rührt es an, bis einer der servierenden Flaum eine Trinkbewegung vormacht.

„Glaubst du, es ist vergiftet?", sagt Viera in unserer geheimen Charre-Sprache, als wir die Schüsseln aufheben.

„Sie haben einfachere Wege, uns umzubringen", antwortet Malo und nimmt einen langen Schluck.

Wir beobachten ihn beide. Er könnte ersticken und zusammenbrechen. Lila werden. Oder, soweit ich weiß, Fell sprießen und sich in einen Flaum verwandeln.

Lächerlich. Es ist nur Wasser.

Als ob ich Ignos jetzt vertraue. Aber nach ein paar

Atemzügen und nachdem Malo einen zweiten Schluck nimmt, beschließe ich, es ihm gleichzutun. Mein Hals ist schon lange trocken und kratzig – wir hatten auf der *Cobalt* nicht gerade viele Pausen – und das kühle Wasser fühlt sich köstlich und seidig in meinem Hals an. Schwerer als die Flüsse zu Hause.

Vimelias Wasser kommt aus der Tiefe seiner Oberfläche. Was du schmeckst, ist der eigene Geschmack des Planeten.

„Woher weißt du, was wir trinken und essen können?", fragt Viera nach ihrem eigenen Schluck. „Oder läuft jeder mit Wasser und Schweinebraten?"

„Dieser Raum", sagt der führende Flaum, „scannt, was ihr seid. Die Schuppen eurer Haut, die Luft, die ihr ausatmet, die Wärme eurer Körper. Wir erstellen eine chemische Zusammensetzung, eine Schätzung dessen, was ihr zum Überleben braucht, und liefern unsere beste Vermutung."

„Vermutung? Also besteht die Chance, dass ihr uns umbringt?"

„Bei neuen Spezies gibt es immer Risiken", das Zwitschern des Flaum wird tief. „Normalerweise braucht es ein paar Unfälle, um eine perfekte Kalibrierung zu erreichen."

„Ich versuche zu helfen – habt ihr hier echtes Fleisch?", Viera stochert mit ihrem Finger in dem Nährstoffbrei. Der gelbe Schleim zittert bei ihrer Berührung.

„Fleisch?", Der Flaum schaut Viera an. „Nur ein unzivilisierter Wurm würde rohe tierische Proteine essen."

„Nennst du mich einen Wurm?"

Bevor der Flaum das klarstellen kann, wechselt ein schwarzes Quadrat an seinem Gürtel zu einer hellgrünen Farbe und gibt einen einzelnen, hellen Ton von sich. Ohne ein weiteres Wort drehen sich er und die anderen Flaum um und lassen uns allein im Raum zurück. Die Tür schließt sich hinter ihnen, und wir sind allein.

Ich probiere einen blau-grünen Ball auf dem Tablett. Er ist größtenteils geschmacklos, mit einem Hauch von Minze, doch ich spüre, dass das, was ich esse, unglaublich gesund ist. Mein Magen jubelt, als ich die Bissen schlucke. Trotzdem mag ich die Textur nicht, den Mangel an Natürlichkeit in dem Ball. Er ist nicht von zu Hause.

Aber du lebst. Was letztendlich das Wichtigste ist.

Viera und Malo kämpfen wie ich, wobei der Hunger uns durch die Bewegungen treibt. Wir benutzen unsere Hände, schaufeln das Zeug in unsere Münder. Ich bin nicht überrascht, dass wir kein Besteck bekommen haben. Dinge, die als Waffen benutzt werden könnten.

„Schmeckt wie Dreck", sagt Viera.

„Ich stimme zu", antwortet Malo. „Ich hatte gehofft, wir hätten das Letzte davon auf der Station gesehen."

„Ich würde alles von zu Hause wieder essen", sage ich. „Sogar diese Paprika, die du mir gegeben hast, erscheinen mir wie Wunder."

Ich lächle bei der Erinnerung und wohin sie führt; die Vorstellung, dass ich eines Tages wieder eine Fischtortilla essen würde, diese Paprika auf das weiße, weiche Fleisch streuen und langsam hineinbeißen würde. Diese Hitze spüren, die meinen Hals hinauf und hinunter rauscht.

Wirklich, erst wenn du die Heimat verlässt, schätzt du sie vollständig. Doch du wirst hier vieles finden, das dir gefällt. Gib ihm Zeit.

Wir leeren die Tabletts kaum, bevor die Flaum zurückkommen. Diesmal gibt es kein Gespräch, als sie uns aufwinken, und der führende Flaum ignoriert Fragen, wohin wir gehen. Er dirigiert uns zurück zu den Röhren. Dort besteigen wir eine weitere Plattform, die uns auf eine sausende Reise durch die Stadt mitnimmt. Der Himmel hat sich von hellem Beige zu einem sanften Orange gewandelt, und ich kann am fernen Horizont eine glühende, große Kugel erkennen, die sich wie ein Berg erstreckt.

Das ist der tiefste Stand unseres Sterns. Wir haben hier eine seltsame Umlaufbahn und keine echte Nacht, es sei denn, du gehst unter die Oberfläche.

Bei dem Gedanken an endloses Licht blitzt die Hitze eines Dschungeltages durch meinen Kopf, und ich verstehe nicht, wie Vimelia nicht schmilzt?

Wegen dem, was wir in der Atmosphäre verteilt haben. Reflektierender Staub sammelt sich und wirft das Licht und die Hitze zurück. Sorgfältig kontrolliert. Davor lebte alles, was du siehst, unter der Erde. In der kühlen Dunkelheit.

Die Plattform hält an einem langen und hohen Gebäude, das wie geschliffener Smaragd aussieht. Ich frage mich für einen Moment warum, bis ich mich an die Abzeichen erinnere. Das Leben.

Ja. Das sind die Quartiere, in denen ihr bleiben werdet, bis ihr euch uns anschließt.

Ich will nicht wissen, was das bedeutet. Wir folgen dem Flaum von der Plattform und durch eine kurze Tour in eine lange und breite Kammer. Auf beiden Seiten, viele Stockwerke hoch, befinden sich lange Gehwege mit Türen, solche mit Metallstäben und ohne Vorhänge.

„Das ist ein Gefängnis", sagt Viera.

„Das wissen wir nicht", antworte ich.

„Selbst wenn es eins ist, haben wir keine Wahl." Malo beendet das Gespräch.

Die Flaum führen uns eine gewundene Treppe zum dritten Stock hinauf und dann auf einen Treppenabsatz. Von hier aus kann ich erkennen, dass viele der Zellen besetzt sind. Hinter den Gittern lauern Gestalten, und einige drücken ihre Gesichter, ihre Schnauzen, ihre äugigen Tentakel gegen uns.

Weitere Flaum streifen auf den Gehwegen umher und blicken auf ihre Schützlinge zurück. Zwei oder drei auf jeder Ebene schreiten hin und her. Einige tragen Essen oder andere Dinge, die sie durch die Gitter dem vorgesehenen Empfänger reichen. Es ist wie eine kleine Stadt, obwohl klar ist, dass es hier eines nicht gibt: Freiheit.

Die bekommst du, wenn deine Freunde Gastgeber sind, wenn du zustimmst, uns zu helfen.

Wir erreichen drei Zellen in einer Reihe. Sie sind leer, und das Einzige darin ist derselbe weiße Boden wie überall sonst.

Der führende Flaum tippt mit seiner rechten Klaue auf die Seite des Tores. Als ich begreife, was passiert, versuche ich, die Sequenz zu zählen, aber sie ist zu lang, zu schnell. Die Gitter steigen zur Decke auf, und dann schiebt mich ein anderer Flaum hinein. Die Gitter kommen herunter, und dann schieben die anderen Flaum Malo und Viera in die nächsten.

Während sie weggehen, wirft Malo mir einen besorgten Blick zu, und ich versuche, mit einer Zuversicht zu antworten, die ich nicht spüre. Ich sage mir, dass wir hier ohnehin jetzt nichts tun können, es ist das Beste mitzugehen. Am besten warten wir auf eine andere Gelegenheit.

„Diese Zelle stimmt sich auf dich ein", sagt der führende Flaum durch die Gitterstäbe zu mir. Als er die Worte beendet, blitzt der weiße Boden für einen Moment blau auf, bevor er wieder in seine perlmuttfarbene Färbung zurückkehrt. „Sie ist darauf ausgelegt, Möbel zu erschaffen. Denk an das, was du möchtest, und sie wird dir geben, was du brauchst. Sie wird dir keine Waffen, Werkzeuge oder andere Fluchtmittel zur Verfügung stellen. Ich empfehle Schlaf, falls deine Spezies ihn benötigt."

Der Flaum dreht sich um und geht weg, lässt mich allein in der Zelle zurück.

Nur zu. Benutze es.

Ignos' Anweisungen folgend, denke ich an eine Bank, einen einfachen Stuhl dort in der Ecke nahe der Tür. Innerhalb einer Sekunde erhebt sich etwas und formt das hölzerne Bambuskonstrukt – obwohl es die alabasterfarbene Färbung beibehält – auf dem Boden. Es sieht passend für mich aus. Also setze ich mich darauf. Stark und solide. Ich stelle mir mein kleines Feldbett aus meinem Palast vor. Es formt sich in der hinteren Ecke, sogar Decken kommen aus dem Material hervor, obwohl sie sich, als ich meine Hände darauf lege, künstlicher anfühlen als das, was ich gewohnt bin. Keine echte Wolle.

Als ich meine Hände auf das Bett lege, erinnere ich mich an das Armband an meinem Handgelenk. Der Cache. Bevor Ignos mich aufhalten kann, öffne ich ihn und tauche tief hinein, auf der Suche nach Antworten.

Und finde viele.

KAPITEL 4

SCHROTTSAMMELSTATION

DER KARMESINROTE WHELK schlängelt sich beinlos vor Sax durch die Laderäume. Er führt Sax und Bas durch das Labyrinth der Fracht zum vorderen Teil des Schiffes und den drei verschiedenen Türen, die zu separaten Modulen führen. Agra-Red scheint gerne über die Besatzung und das Schiff zu reden, und Sax ist mehr als glücklich darüber, es gewähren zu lassen. Es zahlt sich aus, etwas über seine Feinde zu lernen.

„Siehst du diesen Ort? Gebaut mit freundlicher Genehmigung von Plake höchstpersönlich. Sie hat das Schiff als Preis übernommen, als ihr Kapitän in den Ruhestand ging und die anderen darum kämpften. Keiner von denen ist mehr übrig." Der Stolz in Agra-Reds Stimme ist nicht zu überhören. „Von da an hat sie ihre Crew auf die übliche Weise zusammengestellt."

Agra-Red macht eine Pause und wartet offensichtlich auf eine Frage. Also stellt Bas eine.

„Und wie ist das?", zischt Bas.

„Man geht zu den wertlosesten Piloten, die man finden kann, heuert sie an, wartet, bis sie einen bestehlen, und dann sucht man die richtigen", Agra-Red schüttelt den Kopf, während es das sagt, wobei die fehlenden Knochen dafür sorgen, dass die gesamte Kreatur zu wabern scheint. „Ich mache das schon lange, und du würdest nicht glauben, wie viele Jammerstorys ich von Kapitänen gehört habe, die sich irgendwie betrogen fühlten. Wenn du falsch einstellst, wirst du falsch behandelt."

Das geht so weiter, bis sie die Vorderseite erreichen, und dann deutet Agra-Red auf eine Leiter rechts, die aus dem Frachtmodul in den Rest des Schiffes führt. Agra-Red und Whelks im Allgemeinen können nicht klettern, also lässt es sich auf einer kleinen schimmelfarbenen Plattform nieder. Als Agra-Red darauf steigt, steigt die Plattform schneller nach oben, als die Oratus klettern können.

Geschwindigkeit ist auf einem Schiff wichtig, wenn ein paar Sekunden Herumfummeln an Sprossen den Unterschied zwischen einer explosiven Dekompression und einer stabilen Reparatur ausmachen können.

„Seitdem transportieren wir Schrott, Lebensmittel und mehr überall dorthin, wo wir etwas finden können. Denn, und ich glaube nicht, dass ihr Oratus das wisst, es gibt heutzutage in der Galaxie nicht mehr viel anderes zu tun als Fracht zu transportieren."

„Was meinst du damit?", fragt Sax. „Der größte Teil der Galaxie ist sicher. Der größte Teil ist bewohnt."

„Bewohnt von was?", erwidert Agra-Red. „Langweiligen, normalen Leuten? Solchen, die zufrieden damit sind, im Dreck zu leben, anstatt den Himmel zu verbrennen? Nein. Ihr Oratus habt den Krieg genommen, habt meinem Leben den Sinn genommen. Uns allen. Jetzt hast du zwei Möglichkeiten. Du heuerst wie ich an, transportierst Fracht, zählst deine Münzen und wartest auf ein besseres Leben. Oder du wirst verzweifelt, schnappst dir ein bisschen Aufregung, indem du Pirat spielst, bis dich dein Leben einholt und du für immer als Schlacke über irgendeinem Planeten schwebst."

„Du hast eine düstere Sicht auf die Galaxie", sagt Bas.

„Kennst du meinen Namen? Agra-Red?"

Die Oratus nicken.

„Meine Heimat und meine Farbe. Ich bin noch da, aber Agra selbst? In Nichts gebombt. Die Sevora haben einen Stützpunkt errichtet und jetzt ist es einfach weg. Ich habe keinen einzigen meiner Freunde oder meiner Familie gefunden, der überlebt hat. Wärst du glücklich damit, den Boden zu bestellen oder eine Bar zu betreiben, wenn das mit deiner Heimat passiert wäre?" Als Sax und Bas keine Antwort haben, lacht Agra-Red, ein krankes Geräusch mit mehr als seinem gerechten Anteil an Wehmut darin. „Ach, ich vergesse. Ihr Monster habt ja keine Heimat."

Sax könnte den Whelk korrigieren, tut es aber nicht. Es würde ohnehin nichts ändern.

Agra-Red führt sie durch einen kurzen Flur, der sich zu einer großen, spektakulär verdreckten Küche öffnet. Zeug wie halb aufgegessene Nährstoffpakete, Kisten, Tüten und Fetzen von Papier und anderem Müll liegen überall herum, mit einem dünnen Zylinder in der Mitte von allem, als ob jemand versucht hätte, den Müll dort hineinzuwerfen, und gescheitert wäre.

„Willkommen in eurem Bereich", sagt Agra-Red. „Oh ja, das da ist Engee. Sie macht diese Unordnung."

Sax sieht nicht, worauf Agra-Red zeigt, bis es sich bewegt. Sax denkt, der Zylinder sei ein Abfallbehälter, aber jetzt sieht er, dass es ein Teven ist, nur dass es statt der üblichen sandfarbenen Schale eine metallische hat. Schwarz und silbern. Mit einem Haufen Dingen, die er für Müll hält, die aber an verschiedenen Löchern der Schale hängen.

„Ich werde rausgeworfen?", ruft Engee, die Geräusche kommen hohl durch die Löcher, wie ein Pfeifen. „Aber ich bin mitten in etwas drin."

„Nicht mehr", sagt Agra-Red. „Wir haben Flüchtlinge aufgenommen. Sie brauchen einen Platz zum Bleiben. Und es ist deiner."

„Plake hat ihnen das gegeben?"

„Kapitänsbefehl. Verschwinde von hier."

„Du könntest wenigstens nett dabei sein", erwidert Engee, und dann bewegt sich die Mülltonne. Watschelt nah an Sax heran. Er kann den Teven selbst drinnen nicht erkennen, zumindest bis ein kleiner Arm aus einem der Löcher schießt, an eines der Werkzeuge greift, die an der Seite hängen, und es hochhebt. Sax bemerkt, dass die hängenden Dinge nicht nur Müll sind, sondern eine Art Aufsatz. Der Teven streckt es ihnen entgegen und Sax sieht ein seltsames rotes Auge, das schnell grün aufleuchtet. „Sie sind nicht befallen. Keine Sevora in einem von beiden."

„Das ist zu schade. Hier dachte ich, ich würde mir ein paar geröstete Oratus gönnen", sagt Agra-Red trocken.

„Du erwartest von uns, dass wir in all diesem Müll bleiben?", sagt Bas zum Whelk.

„Nicht mein Problem", erwidert Agra-Red. „Plake sagt, wir springen bald, also wenn ihr eine bequeme Fahrt wollt, würde ich mir einen Platz suchen."

Agra-Red und Engee verlassen den Raum und schlagen dabei auf ein Wandpanel, das eine Tür schließt. Die beiden Oratus sind allein, gefangen in einem Katastrophengebiet. Sax lässt seinen Blick über das Chaos schweifen. Unter einigen Haufen von Verpackungsmaterial scheinen sich alte Aufprallsitze zu befinden. Dinge, die man bei Bedarf benutzen könnte, um einen Sprung zu überstehen.

„Ich frage mich, wo Coorvin hingegangen ist", sagt Bas, während sie beginnt, den Müll zu durchsuchen.

Das meiste sieht aus wie Schrottmetall; Teile, die von anderen Dingen abgerissen und hier in einem riesigen Durcheinander gesammelt wurden. Einige sind beiseitegelegt, auf dem Tisch, an dem der Teven saß, als sie hereinkamen. Der Beginn eines Projekts, etwas Langes und Zylindrisches. Eine Waffe oder vielleicht ein Triebwerk. Sax hat nicht viel übrig für Gadgets, es sei denn, er benutzt sie gerade.

„Dieser Flaum hat ihn mitgenommen", antwortet Sax. „Coorvin scheint sie zu kennen."

Bas fegt mit ihrem Schwanz, räumt das Durcheinander vom Tisch und schiebt den Kram auf den Boden. Es fällt schnell, was Sax verrät, dass das Schiff Magnetschwerkraft verwendet. Eine elektrische Ladung, die durch Magnete im Boden des Schiffes läuft. Hält die Dinge zur Mitte hin gezogen. Funktioniert nicht so gut bei lebenden Kreaturen, aber Sax und Bas sind es gewohnt, sich an instabilen Orten stabil zu halten.

„Wie lange, glaubst du, hat Coorvin bei den Amigga gelebt?", zischt Bas, während sie und Sax den Müll von ihren Sitzen wegräumen.

Über der Rückenlehne der breiten Stühle ist ein Netz gespannt, und sie ziehen es jeweils an. Sie schlüpfen mit ihren Klauen durch die Lücken und beobachten, wie sich die Sterne auf dem kleinen Bildschirm an der Wand drehen.

„Lang genug, um verrückt zu werden, denke ich", sagt Sax. „Oder beinahe. Er riecht nicht normal."

Was für Flaum Angst bedeutete. Nervosität. Schweiß und Haarausfall. Zumindest wenn Oratus in der Nähe sind.

„Wie sollten wir zurück nach Evva kommen?", fragt Bas.

„Wir könnten dieses Schiff übernehmen, wenn wir wollten", antwortet Sax. „Außer dass ich keine Beweise für ein Verbrechen gesehen habe. Wir müssten es als militärische Notwendigkeit deklarieren. Oder sie dazu bringen, etwas Kriminelles zu tun."

„Das sollte nicht allzu schwer sein."

„Dann beschlagnahmen wir es und fliegen mit diesem Schiff, wohin wir wollen."

„Und wohin?", fragt Bas. „Zum Zentrum? Direkt zum Chorus und der Hauptflotte der Vincere?"

Die Frage überrascht Sax. Warum sollten sie nicht zu den Vincere zurückkehren? Warum sollten sie nicht wieder in den Krieg gegen die Sevora eintreten?

„Schlägst du vor, dass wir woanders hingehen sollten?"

„Wir haben gerade einen Amigga getötet, Sax", antwortet Bas. „Ja, es war Selbstverteidigung, aber der Chorus sieht es nicht gerne, wenn jemand seine eigenen Leute tötet. Zurückzugehen könnte uns einfach in eine Zelle bringen."

Sax wartet. Es ist nicht Bas' Art, eine völlig logische Erklärung zu beginnen, ohne sie mit etwas Interessanterem fortzusetzen. Außerdem würde Selbstverteidigung gut ankommen. Ein wahnsinnig gewordener Amigga, allein gelassen am Rande der Galaxis, verrückt geworden durch seine eigenen Experimente, versuchte sowohl Sax, Bas als auch drei Exemplare zu töten, die das Ende des blutigsten Konflikts in der aufgezeichneten Geschichte bedeuten könnten?

Sax glaubt, er hat ein Argument.

„Aber am wichtigsten", beendet Bas. „Ich glaube nicht, dass Evva dort ist."

Sax will gerade fragen warum, als Plakes Stimme über die Schiffsgegensprechanlage dröhnt. Eine Ankündigung, ein Aufruf zu sagen, dass das Schiff kurz davor steht zu springen und sie sich alle darauf vorbereiten sollten. Von da an ist es ein schneller Countdown. Sax atmet tief durch seine Kiemen. Es ist seltsam, nicht auf der Brücke zu sein, seltsam, von all diesem zufälligen Müll umgeben zu sein, während das Universum sich zur Seite neigt und er durch die Kaskade von Empfindungen wirbelt, die mit dem Sprung einhergehen. Die mit dem Zerreißen und Reparieren seiner atomaren Struktur einhergehen.

Zumindest geht es schnell. Nur Augenblicke, und dann blinzelt Sax von einem Teil der Galaxis zum anderen. Es ist ein körperlicher und ein geistiger Preis, aber bisher hat Sax keine bleibenden Auswirkungen gehabt, und er hat Hunderte dieser Dinge gemacht. Solange man weiß, wohin man geht, ist Springen nicht so schlimm.

In Sekunden sind beide Oratus aus ihren Netzen heraus. Wenige Augenblicke später stehen sie beide an der Tür. Wartend.

„Ich weiß nicht, ob ihr irgendwelche Ideen habt", kommt Plakes Stimme über die Gegensprechanlage. „Wir lassen euch nicht aus dem Raum, bis wir angedockt haben. Ich mag keine Fremden, die auf meinem Schiff herumlaufen, selbst in den besten Zeiten, und das sind nicht diese. Haltet still. Wir nähern uns der *Scrapper Station*, und sobald wir dort sind, könnt ihr aussteigen und mich in Ruhe lassen."

„So viel Hass auf die Spezies, die euer Leben schützt", knurrt Sax, obwohl er nicht glaubt, dass die Gegensprechanlage irgendetwas zum Kapitän zurücksendet.

„Es ist kein Hass, Sax. Es ist Vorsicht", sagt Bas. „Die

Scrapper Station ist kein zivilisierter Ort. Wir gehen nicht hierher, weil sie uns an die Vincere ausliefern will."

Der Whelk, Agra-Red, hat in einer Sache Recht – als die Oratus ihre Version von Ordnung den Vincere aufzwangen, verdrängten sie den zerlumpten Haufen von Spezies, die Generationen damit verbracht hatten, der großen Vision jener zwölf Amiggas zu dienen, die den Chorus bildeten. Verstoßen und unbeachtet begannen die plötzlich zuströmenden Piloten, Mechaniker, Soldaten und Hilfskräfte, ihre eigenen Schicksale in einer Galaxis zu schmieden, die, solange sie nicht zu gewalttätig waren, keinen Gedanken an sie verschwendete.

Sax war noch nicht in vielen dieser Außenposten – die, die er besucht hat, sind jene, die Sevora-Einfällen zum Opfer fielen, und er verließ die meisten davon als treibende Ruinen – und er ist nicht begeistert, einen weiteren zu besuchen. Der schmutzige Raum, in dem sie sich jetzt befinden, dient als genaue Impression dessen, was sie auf der *Scrapper Station* antreffen werden; Müll, sowohl physischer als auch geistiger Art.

„Wenn uns die Vyphen verrät, dann werden wir dafür sorgen, dass sie es bereut", sagt Sax und nimmt Position direkt außerhalb der Tür ein, während er zu Bas zurückblickt, die zufrieden in ihrem Stuhl zu lümmeln scheint.

„Mord bleibt nicht unbestraft, Sax."

Die Worte verdrehen Sax für einen Moment. Er ist sein ganzes Leben lang ein sanktionierter Killer gewesen, mit der Erlaubnis, alles Notwendige zu tun, um die Agenda der Vincere, des Chorus, voranzutreiben. Die Spezies auf diesem Schiff, auf der Station, sind keine Sevora. Sind keine feindlichen Agenten. Wenn Sax nicht das Gefühl hat, dass sein eigenes Leben bedroht ist, hat er keine Berechtigung, Plake und ihre Crew abzuschlachten.

„Das gefällt mir nicht mehr", seufzt Sax durch seine Kiemen.

„Du erinnerst dich, dass ich vorgeschlagen habe, die Menschen zu töten, als wir die Erde verließen", antwortet Bas. „Wir hätten sie Dalachite überlassen können, *Cobalt* verlassen, und wir wären jetzt nicht hier."

„Diese Perversion hat ihr Ende verdient."

Das Schiff erschüttert, als es mit der Andockphase beginnt. Die magnetische Schwerkraft verringert sich, um Störungen mit den Systemen der *Scrapper Station* zu vermeiden, und Bas schickt mit einem Schlag ihres Schwanzes einen Haufen grau-metallischer Kacheln durch die Luft.

„Wir werden einen Weg finden, von der Station aus Kontakt zu Evva aufzunehmen", sagt Bas, während ihre Augen den Chips folgen. „Sie wird wissen, wie wir nach Hause zurückkommen."

Die beiden teilen sich den Raum noch eine Weile länger und spüren jeden Teil des Andockvorgangs in den Erschütterungen des Frachters. Es dauert viel länger, ein Schiff dieser Größe anzudocken, als es bei dem Shuttle der Fall war, das Sax und Bas früher geflogen sind – der Frachter ist zu groß, um einfach in eine Bucht zu passen. Stattdessen verwendet die *Scrapper Station* eine Reihe von Armen, um das Schiff zu „fangen", sobald der Frachter die Geschwindigkeit der Station angepasst hat, und dann streckt sie eine lange Röhre zur Passagier-Luftschleuse aus.

Als diese Röhre verbunden ist, öffnet sich die Tür zum Raum des Oratus, und zum ersten Mal steht Sax Plake von Angesicht zu Angesicht gegenüber. Die Vyphen ist halb so groß wie Sax, und ihre rote Haut schimmert unter den dicken weißen und gelben Federn, die entlang ihres Rückens und ihrer Arme verlaufen. Bei geringer Schwerkraft und auf der kleinen Welt, die die Vyphen ihre Heimat nannte, konnte Plake fliegen.

Nicht, dass ihr das helfen würde, Sax' Klauen in engen Räumen wie diesen zu entkommen. An ihren Augen, zusammengekniffen und dunkelgrün, erkennt Plake das. Aber sie kauert sich nicht weg, zuckt nicht zusammen und ballt ihre Schwimmhäute nicht, als Sax auf sie herabstarrt.

Plake genießt den Respekt ihrer Crew, und Sax beginnt zu verstehen, warum.

Agra-Red und einer der schwarzpelzigen Flaum stehen hinter Plake, beide mit auf den Oratus gerichteten Bergbaugeräten. Sie unterstützen den Mut ihres Kommandanten mit der Feuerkraft, die er verdient.

„Ihr werdet mir folgen", sagt Plake. „Sie werden euch folgen. Lasst uns gehen."

Als sie den Raum verlassen, hört Sax das Knirschen, Schlagen und Verschieben des Entladens der Fracht. Er wirft einen Blick über das Geländer zurück in die tiefe Bucht. Helles weißes Licht durchdringt das sanfte Gelb der Frachterbeleuchtung und zeigt, wo die Robo-Skiffs arbeiten. Sie greifen Kisten mit ihren Magnetarmen, schweben mit ihnen zur Fracht-Luftschleuse der Bucht, wo, nachdem der Druck abgelassen wurde, die Skiffs ihre Schätze über eine kurze Strecke zur Station bringen würden.

„Ich dachte, die wären für *Cobalt* bestimmt", sagt Sax zu Plakes Rücken, während sie sich bewegen.

„*Cobalt* existiert nicht mehr", antwortet Plake, ohne ihren Kopf zu drehen. „Ich denke, das macht sie zu meiner Ware zum Verkaufen."

„Ist der Chorus damit einverstanden?"

„Wer wird es ihnen sagen? Du?"

Sax fletscht die Zähne, obwohl die Vyphen es nicht

sehen kann. Dieses Mal braucht er Bas' Schwanztippen nicht, um seinen Mund zu halten.

Die Verbindungsröhre gibt ihnen nicht viel mehr als einen Blick durch dickes Glas auf die Station. Es reicht aus, um Sax zu zeigen, warum die *Scrapper Station* ihren Namen hat – erbaut in den Nachwehen einer heftigen Vincere-Sevora-Schlacht, sieht die *Scrapper Station* aus, als hätte jemand einen Haufen Schrott zusammengefegt und alles zusammengeklebt. Es gibt keine Spur von Organisation, keine Planung – die Station schießt in alle Richtungen, mit hervorstehenden Spitzen und Knoten, die ins All ragen.

Es gibt keinen Planeten in der Nähe, was bedeutet, dass keine Schwerkraft all diese schlanken Teile anzieht. Nur Asteroiden, gefüllt mit wertvollen Metallen und der Grund für den Kampf in erster Linie. Während sie gehen, kann Sax kleine Bergbauschiffe sehen, die zu und von winzigen Buchten rasen, Platin und Gold von rotierenden Felsen greifen und zurückbringen. Ein großes Raffinerieschiff, wie Plakes Frachter, führt sein eigenes Andockmanöver durch. Es hat die Form eines Zylinders, und das Roherz wird an einem Ende geladen, während der Reise raffiniert, und das gereinigte Produkt wird bei der Lieferung für die Handwerker bereit sein, die es wollen.

„Hier ist mehr los, als ich erwartet hatte", sagt Bas.

„Keiner von euch weiß, was in der Galaxie los ist, die ihr zu schützen versucht", antwortet Plake. „Siehst du all die kleinen Kerle? Die die Metalle greifen? Sie versorgen euch mit all euren Waffen. Ein Lauf nach dem anderen."

„Würdest du es vorziehen, wenn wir uns auf diese Station konzentrieren würden statt auf die Sevora?", wirft Sax ein. „Wir halten euch am Leben."

„Indem ihr *Cobalt* zerstört? Ich dachte nicht, dass es der Feind war."

Darauf hat Sax keine Antwort. Es wäre einfach zu sagen, dass Dalachite versucht hat, sie zu töten, dass es seltsame, verwerfliche Experimente durchführte, aber die Galaxie hängt von ihrer Hierarchie ab und die Amigga stehen an der Spitze. Ihre Autorität zu untergraben, widerspricht allem, wofür Sax und diejenigen, die in den Vincere kämpfen, stehen.

Also marschiert er schweigend, bis sie durch die Röhre sind, durch eine verbeulte Tür gehen – vielleicht ein Beweis für einige verzweifelte Eintrittsversuche – und in einen der Ankunftsbereiche der *Scrapper Station* gelangen.

Anstelle der Ansammlung von Spezies, die sich hin und her bewegen und mit physischen und nicht-physischen Versprechungen handeln, steht der weite Raum verlassen da, bis auf ein Trio. Zwei von ihnen, felsenartige Lutos, halten große Bergbaugeräte in ihren schwarzen Erdarmen. Die einäugigen, schlammbedeckten Monster sprechen nicht viel, und Sax ist überrascht, welche von ihnen außerhalb ihres geschmolzenen Pfützenheimatplaneten zu sehen.

„Genau wie du es versprochen hast, Plake", kommt die Stimme vom Dritten, der einzigen sprechfähigen Spezies, einem gelben Haufen mit einem Paar gestielter, knolliger Augen. „Ich werde sie nehmen."

Der Ooblot sagt die Worte. Sax ist bereit auszuweichen, aber das Feuer kommt nicht von vorn, von den Lutos. Nein, der brennende Schmerz, der betäubende Schock, der den Oratus in die Schwärze schickt, trifft von hinten.

KAPITEL 5

VON EINEM GEFÄNGNIS

DER CACHE SCHÜTTET Vimelias Vergangenheit vor mir aus, und ich bin überrascht, wie ähnlich sie unserer eigenen ist. Ignos erweckte den Eindruck, dass sein Volk geordnet sei, uns Menschen *überlegen*, aber sie kämpfen und ringen genauso wie wir, auch wenn sie Speere gegen Worte und lebenslange Verurteilungen zur Dunkelheit gegen unsere Opfer auf unseren Stufen eingetauscht haben.

Ich finde auch heraus, dass sie am Verlieren sind.

Das Gemetzel der Sevora durch die Vincere und ihre Oratus – ich erinnere mich an Sax und Bas und möchte nicht das Ziel ihrer tödlichen Klauen sein, geschweige denn einer ganzen Armee von ihnen – ist eine Saga, die endlos erscheint. Ich wende mich schließlich von der Litanei der Schlachten ab, die sich in meinem Kopf abspielen, aus Angst, mich in den wirbelnden, zu Mininovas explodierenden Schiffen zu verlieren.

Der Wechsel bringt mich zum Chor, und der Cache beginnt zu kämpfen; das Streifen an den Rändern seines Wissens fühlt sich an, als würde man nach einer verblas-

senden Erinnerung greifen – es gibt verlockende Wissens-
fetzen, aber nichts Konkretes. Nichts jenseits des sicheren
Gefühls von mehr Amigga und ihrer Macht über alles.

Und Hass. Ein solches Gefühl davon, dass ich wütend
werde. Ich bin nicht *bei* mir und doch rasen mein
donnerndes Herz und meine Lungen in einem Sprint Richtung Erschöpfung. Diese Dinge, diese schrecklichen
Amigga sind der Grund, warum die Galaxis so viel
Schmerz erleidet, der Grund für all den Tod, die Zerstö-
rung und den Krieg, der eine Spezies nach der anderen
zerreißt.

„Kaishi!"

Diesmal ist es nicht Ignos, der den Griff des Caches auf
mich durchbricht, sondern eine echte Stimme. Eine, die ich
erkenne, als der Nebel unerbittlichen Wissens sich lichtet.

„Wir müssen los, Kaiserin", entziffere ich jetzt Malos
Worte und drehe mich um, zu den Gitterstäben.

Was ich sehe, passt nicht zu der Realität, die ich zurückgelassen habe. Die Beleuchtung stimmt nicht, zum einen.
Ich war in den Cache gesprungen, als ein bronzefarbenes
oranges Leuchten durch die Decke des Gefängnisses drang,
aber jetzt ist es ein helleres Weiß. Obwohl das nur als
Hintergrund für die Charaktere dient, die mich anschauen:

Malo und Viera stehen im Mittelpunkt, beide sehen
größtenteils so aus, wie ich sie zuletzt gesehen habe, obwohl
Malo einen warnenden Gesichtsausdruck trägt, während
Viera den Kopf schüttelt und verwirrt aussieht. Ein Blick an
ihnen vorbei zeigt mir schnell, warum.

Eine blaugrüne Kreatur lauert zwischen den beiden,
gebückt und in etwas gekleidet, das ich nur als Umhang
bezeichnen kann, obwohl es durch die Art, wie es das Licht
einfängt und bricht, was die Kreatur flackern lässt,

eindeutig mehr ist als alles, was mein Vater zu unseren Zeremonien trug. In seinen Händen hält es ein Paar kleiner Bergarbeiter, beide leicht auf Malo und Viera gerichtet. Seine sumpfgrünen Augen sind jedoch auf mich fixiert. Als sich sein Mund öffnet und die lange, rosa Zunge darin zittert, bewege ich mich bereits zu dem, was dahinter vor sich geht.

Wo sind die Wachen?

Ignos wiederholt meine eigene Frage, und ich frage mich, ob die ständigen blauen und roten Blitze hinter meinen Freunden etwas mit der auffälligen Abwesenheit zu tun haben. Die Explosionen kommen von unten und oben, begleitet von gelegentlichen Schmerzensschreien oder geheulten Worten, die ich nicht verstehe.

„Kaishi. Konzentrier dich." Malos Befehl reißt mich zurück.

„Ich bin hier." Ich bewege mich auf die Gitterstäbe zu, obwohl sie noch geschlossen sind.

Ich bin immer noch gefangen.

Nicht. Sie wollen dich zerstören. Jede Chance auf Frieden zunichtemachen.

Was mir nicht viel bedeutet. Ignos muss an seiner Taktik arbeiten – ich wurde von meiner Familie, meinem Imperium und allem, was ich je kannte, weggerissen und Dingen ausgesetzt, von denen ich nie hätte träumen können. Frieden ist für mich jetzt nichts weiter als ein Witz.

Ich erreiche die Gitterstäbe, und als ich das tue, sehe ich, wie sich die Zunge der Kreatur aus ihrem Mund entrollt. Der sabbernde rosa Tentakel schlängelt sich um zwei der Stäbe und, während ich zusehe, zittert er. Die Kreatur spannt sich an.

Kaishi, du musst mir zuhören. Sie wollen dir schaden. Das sind nicht deine Freunde!

Es gibt ein knarrendes Knacken und die beiden mittleren Stäbe meiner Zelle biegen sich nach innen und brechen dann entzwei. Es ist nicht viel Platz, um durchzukommen, und die gezackten Spitzen der gebrochenen Stabenden lassen mich vorsichtig sein, aber ich schaffe es auf den Balkon.

Und blicke ins Chaos.

Was beim Betreten noch ein geordneter Ablauf war, ist jetzt eine Kaskade aus aufgesprengten Wänden, wahnsinnigen Feuergefechten und mehr als einem Nahkampf zwischen Dingen, die ich nicht benennen kann. Selbst Ignos ist zu verblüfft, um zu reagieren.

Dann spüre ich, wie die Kreatur meinen Arm berührt. Es ist eine kühle, gleitende Empfindung, wie wenn man eine mit Morgentau bedeckte Dschungelliane greift. Ich zittere, und es packt mich.

„Du hast schon zu lange gebraucht", sagt die Kreatur, und ihre Stimme ist ein plätschernder Bach, ein rauschender Fluss. „Meine Freunde sterben jetzt für deine Verzögerung. Wir gehen."

Es ist ein Befehl, keine Frage, und das Ding zieht mich weg von dem Konflikt, der sich anderswo abspielt. Ich stolpere, als es zieht, aber meine Füße sind gut im Laufen geübt und finden schnell ihren Tritt. Malo und Viera folgen, obwohl die Kreatur ihnen keine Aufmerksamkeit schenkt; eine ihrer schwarzen Pupillen ist auf mich fixiert, die andere auf unbekannte Gefahren voraus.

Ein paar Rufe belästigen unseren Lauf, als wir an ungeöffneten Zellen vorbeilaufen; jene, die zu unglücklich sind, um Teil des Ausbruchs zu sein. Die Kreatur beachtet sie nicht, und ich kann es mir nicht leisten, da wir jetzt rennen. Ich trage immer noch die Maske von *Cobalt*, und sie überzieht meine Füße, während sie auf den harten, glatten Boden stampfen.

Wehr dich! Mit diesem Wesen zu laufen bedeutet den Tod!

Ich kann nicht anders, als bei Ignos' Worten zu zögern. Der Parasit hat schließlich nie versucht, mich zu töten, auch wenn er seine eigenen Ziele verfolgte.

Die Kreatur spürt mein Zögern, dreht sich um und starrt mich an. Ihr Mund spitzt sich zu, und ich bemerke, dass sich darüber vier winzige Nasenlöcher befinden, die sich jetzt aufblähen und mein Gesicht mit heißer, klebriger Luft überziehen. Dann neigt sie den Kopf zur Seite, als würde sie einem Geräusch lauschen, das ich nicht hören kann.

„Du bist die Beherbergte", sagt die Kreatur.

„Ja, es ist eines in mir", antworte ich, obwohl das Wesen die Bestätigung nicht zu brauchen scheint.

Ignos schreit in meinem Kopf, ich solle weglaufen, tobt so sehr, dass ich zusammenzucke. Eine Geste, die dem Wesen auffällt.

„Fürs Erste", das Wesen greift in eine der vielen Taschen aus Federn, die seinen Körper bedecken, und zieht etwas heraus, das ich erkenne: eine lange, dünne Metallgabel.

„Haltet sie fest", sagt das Wesen zu meinen Freunden.

Ich habe kaum Zeit zu reagieren, bevor Malo und Viera jeweils einen Arm packen. Sie drücken mich gegen sich.

„Tut uns leid, Kaishi, aber keiner von uns hat irgendwelche Sympathien für das Ding, das du da bei dir hast", sagt Viera.

Sie haben meine Wunder genauso genutzt wie du.

„Du hast gelogen." Ich spreche die Worte laut aus, ohne es zu merken.

Das Wesen, das die Gabel hebt, hält inne, blinzelt mich dann an, bevor es weitermacht. Sein gefiederter Arm streckt sich zu meinem Kopf und ich schließe die Augen, nehme mir für einen Moment die Chance, dem zu entfliehen, was gleich passieren wird. Ignos lässt mich nicht. Es tobt. Kitzelt und kratzt in meinem Geist.

Ich bin dein Freund, Kaishi! Vergiss nicht, dass ich will, dass du, dass deine Spezies überlebt. Nicht-

Die Verbindung bricht wie ein trockener Ast – ein Knacken, und dann ist Ignos aus meinem Geist verschwunden. Ich spüre es trotzdem; von der Gabel gepackt und aus meinem Ohr gezogen, landet es mit einem nassen Klatschen auf dem Boden neben mir. Das Wesen zögert keinen Moment; seine Zunge schießt heraus, wickelt sich um die geisterhafte graue Hülle von Ignos und bringt den Parasiten zu seinem Mund.

„Nicht", sage ich, als Malo und Viera meine Arme loslassen. „Es hat mir geholfen. Es hat uns hierher gebracht."

„Es kommt nicht mit uns", erwidert das Wesen und zieht seine Zunge noch ein Stück weiter in den Mund. „Diese Dinger haben kein Recht zu leben."

„Dieses schon." Ich greife in den Mund des Wesens, und als ich Ignos packe, entspannt das Wesen seine Zunge.

Ich ziehe Ignos heraus – es fühlt sich in meinen Händen sowohl brüchig als auch matschig an, wie eine weiche Melone – und halte den Sevora. Ignos versucht nicht, an meinen Armen hochzuklettern oder aus meinen Händen zu entkommen. Das Leben des Wesens, das mich getäuscht und in ein Schicksal gedrängt hat, das ich nicht wollte, zittert in meinen Handflächen.

„Es hat unserem Volk die Freiheit gegeben", sagt Malo hinter mir. „Was auch immer es sonst getan hat, dafür verdient das Wesen Gnade."

Ich nicke. Dann blicke ich über die große Weite von einer Seite der Zellen zur anderen. Die Kämpfe toben noch immer, obwohl ich bemerke, dass sich die Dinge in Richtung eines Rückzugs bewegen. Sevora-Wachen, diese pelzigen Flaum, die sich in Formation bewegen, rücken vor und drängen die bunt gemischten Trupps von Spezies zurück, die ich nicht benennen kann.

„Wir müssen gehen", sagt das Wesen, und aus seinem Ton entnehme ich, dass die verbleibenden Sekunden in Ignos' Leben dahinschwinden.

Also drehe ich mich um und werfe das Ding, das mich hierher gebracht hat. Das meinen Stamm vor dem sicheren Tod gerettet und mich auf den Gipfel der Macht gebracht hat. Ich ziele bewusst auf eine Gruppe von Flaum, die zwei Stockwerke tiefer vorrücken, Bergleute, die einen stetigen Feuerstrom aufrechterhalten. Ich sehe genug, um zu wissen, dass Ignos die Lücke überwindet, aber bevor ich das Ergebnis sehe, ist mein Parasit und Retter verschwunden.

Jede Chance, die ich habe, über den Moment nachzudenken, wird mir genommen, als das Wesen mich wieder zieht und knurrt, dass uns die Zeit davonläuft. Der Instinkt übernimmt, während mein Geist in meinem plötzlich ruhigen Kopf treibt, als wir durch dunkle Gänge und Treppen hinunter sprinten.

Schließlich erreichen wir einen Treppenabsatz, der mit rot glühenden Runen bedeckt ist, die ich nicht verstehen kann. Das Wesen scheint zu denken, dass es eine weitere Treppe gibt und dreht sich um, und wir folgen, nur um eine dicke, versiegelte Tür zu finden, die uns den Weg versperrt. Der einzige andere Weg ist ein breiter, weiter Eingang, der von vier Bögen überspannt wird. Ich kann den hellen beigefarbenen Himmel am anderen Ende sehen, aber als ich einen Schritt mache, packt das Wesen meinen Arm und zieht mich zurück.

„In diese Richtung gibt es nichts als den Tod", trillert das Wesen und wendet sich dann wieder der Tür zu. „Die sollte nicht geschlossen sein."

„Weiß nicht, was dein Plan war", sagt Viera. „Aber diese Tür bewegt sich nicht. Glaube nicht, dass es uns gefallen wird, am anderen Ende dieser Bergleute zu sein."

Der Lunare tritt neben das Wesen und inspiziert die Tür, und ich nutze die Gelegenheit, um zu Malo zurückzufallen.

„Es ist weg, Malo", sage ich, und der Krieger weiß, wovon ich spreche.

„Besser so."

„Glaubst du?" Ich schaue zu seinem Gesicht auf und sehe, dass es diesen allzu ernsten Ausdruck hat, den Malo an sich hat. Als ob er im Begriff wäre, sich mit einer Katastrophe von gewaltigen Ausmaßen auseinanderzusetzen, und nur der stoischste Ausdruck ihn hindurchbringen könnte. „Ignos hat uns sehr geholfen."

„Eine Frucht ist, wenn sie reif ist, köstlich. Wenn sie verfault ist, giftig. Ignos hat dir, glaube ich, nur geholfen, weil es sich gleichzeitig selbst geholfen hat."

Ein Knall hallt durch das Treppenhaus, von oben. Das Wesen hört auf, die Tür anzustarren, schüttelt den Kopf und dreht sich zurück, blickt an Malo und mir vorbei zu den Bögen und der freien Luft dahinter.

„Wir werden es versuchen", sagt das Wesen. „Ihr werdet mir folgen, schnell. Haltet für nichts an, auch nicht, wenn euer Körper euch sagt, dass er sterben wird. Sonst werdet ihr es."

Malo stellt sich vor mich, aber ich ziehe mich an ihm vorbei, gehe zum Wesen. Seine tiefen grünen und schwarzen Augen treffen meine, und als ich meine Hand ausstrecke, ergreift sein warmer, gummiartiger Griff sie. Die brillanten Federn, die den Arm des Wesens hinunterlaufen, bilden einen hübschen Flügel, obwohl ich mich frage, ob er groß genug zum Fliegen ist. Sicherlich ist der Körper des Wesens viel größer als die Adler, die ich von zu Hause kenne.

„Wir gehen zusammen", sage ich zu dem Wesen und zu Malo. „Kommt schon, ihr zwei."

Der Bogen ist in Abschnitte unterteilt durch dünne, dunkle Felsbänder – ich kann nur sehen, wo diese Bänder enden, weil die Stücke dazwischen anfangen, hart gelb zu leuchten. Bei diesem Anblick stürzt das Wesen nach vorne, und wir geben unser Bestes, um Schritt zu halten. Es geht unter dem Bogen durch, gepolsterte Füße klatschen gegen den Boden, und ich, mit meinen Händen an Malo und Viera, folge. Als wir unter dem Bogen durchgehen, bemerke ich, dass die nächsten drei wie der erste aufleuchten.

„Bleibt nicht stehen!", ruft das Wesen.

Ich sehe nichts, was mich daran hindern könnte; da ist keine Wand, kein Seil um meine Knöchel oder bewaffnete Wache. Aber als ich unter dem Bogen durchgehe, spüre ich ein prickelndes Gefühl, das über meine Haut kriecht. Als würde ich überall am Körper leicht von Dornen gekratzt. Ich glaube, die Maske, die ich trage, dämpft das Gefühl, stoppt es aber nicht.

Wir bleiben nicht stehen.

Auf der anderen Seite des Bogens verschwindet das Gefühl. Bogen Nummer zwei, offenbar aktiviert, wechselt sein Leuchten von Gelb zu einem kränklichen Orange, wie ein Sonnenuntergang, der versucht, sich durch Wolken zu kämpfen. Das Wesen zögert nicht, sondern läuft weiter.

„Das hat mir nicht gefallen", sagt Viera, während wir ihm weiter folgen.

„So schlimm war es nicht", erwidere ich.

„Warum gibt es das dann überhaupt?"

Ich kann darauf nicht antworten, weil wir durch den zweiten Bogen gehen und das orange Glühen sich sofort bemerkbar macht. Wie wenn man in ein heißes Bad taucht, ist es eine sofortige Veränderung von der kühlen Luft des Ganges zu einem glühenden Rechen über meinen Körper. Ich fühle mich wie damals, als ich jung war und gewagt wurde, über ein Feuer zu springen, und mein Sprung mich nicht weit genug trug – die Flammen leckten mich damals, wie sie es jetzt zu tun scheinen.

Ich sehe kein Feuer. Ich fühle es. Meine Haut zieht sich zusammen, die Luft, die ich atme, brennt in meiner Kehle. Die Maske lässt mich gerade genug Luft bekommen, um weiterzumachen, und verhindert, dass ich ohnmächtig werde.

Wir bewegen uns, wir drei, und dann sind wir durch. Ich spüre, wie Malo nachlässt, wie ich selbst Luft in großen Zügen einsauge, und ich weiß, dass ich in diesem Moment alles für Wasser geben würde.

„Ihr dürft nicht anhalten!", es ist das Wesen, und es bewegt sich immer noch auf den nächsten Bogen zu, der in einem leuchtenden Rot erstrahlt.

„Dieses Ding hat den Verstand verloren", sagt Malo. „Es will uns tot sehen."

„Wir haben keine Wahl." Ich kämpfe gegen den Schmerz in meinen Beinen an und zwinge mich vorwärts.

Als das Wesen den dritten Bogen betritt, gibt es einen

Lichtblitz, und es dauert einen Moment, bis ich begreife, dass seine Federn tatsächlich in Flammen stehen. Die Spitzen brennen, während es sich bewegt, und seine blaugrüne Haut glänzt, als sie sich verhärtet und verkohlt.

Dann sehe ich nichts mehr, weil meine eigenen Wimpern Feuer fangen. Meine Haare brennen, zusammen mit den Roben, die ich trage, obwohl ich das nur als seltsame Nebensächlichkeit wahrnehme, eine Art Zugabe zum reinen Chaos meiner eigenen Nerven, während die Maske gerade so verhindert, dass meine Haut schmilzt. Doch so heiß es auch ist, so brüllend und brutal, ich schweife zurück zu der endlosen Reihe von Kämpfen, die ich durchgestanden habe, um hierher zu gelangen. All die Gefahren, all die Beinahe-Tode. Ein bisschen Feuer wird mich nicht aufhalten. Nicht jetzt.

Meine rechte Hand, die vor Schmerz singt, verrät mir dennoch, wann Viera fällt. Ich kann nicht sehen – ich habe meine Augen geschlossen, um sie vor der Hitze zu schützen – aber ich greife und fühle die Lunare am Boden. Packe ihre brennende Schulter und ziehe. Spüre, wie Malo mich nach vorne zerrt.

Als mein linker Arm den Bogen verlässt, ist es, als würde ich in einen kalten Ozean fallen. Sofortige Eiseskälte, tröstend und kühl. Jedes Stück von mir, das folgt, ist eine Verzückung, eine Ekstase, die erst dann wieder in pochenden Schmerz übergeht, als ich ganz draußen bin, bis ich Vieras brennendes Selbst in den Spalt zwischen den Bögen gezogen habe.

Ich beginne sofort, auf die Lunare einzuklopfen, schlage mit den Überresten unserer Kleidung auf sie ein, und dann gesellen sich ein Paar Schwimmhäute zu unseren Bemühungen, und wir bekommen die kleinen Feuer schnell gelöscht. Viera ist noch bei Bewusstsein, aber sie ist wacklig, als sie wieder auf die Füße kommt.

„Das kann ich nicht noch mal machen", sagt sie, und ihre Stimme ist rau und heiser.

„Das wirst du auch nicht müssen", erwidert das Wesen.

Es zieht den kleinen Miner hervor, den ich es vorher hatte halten sehen. Dann zieht es den anderen. Der letzte Bogen leuchtet in einem Purpur-Schwarz. Ich kann mir nicht vorstellen, was schlimmer sein könnte als das, was wir bereits erlebt haben, und der Gedanke, noch etwas Schlimmeres durchstehen zu müssen, lässt mich erschaudern.

Das Ding schleudert einen seiner Miner in Richtung des letzten Bogens. Als die Waffe einen der leuchtenden Abschnitte erreicht, zielt das Wesen und feuert seinen anderen Miner ab. Der Schuss trifft die geworfene Waffe, als sie sich dem oberen Teil des Bogens nähert, und lässt das Projektil in einem grellen Ausbruch von weißen und grünen Lichtern explodieren. Die Spitze des Bogens bricht mit einem Knall zusammen, und Brocken davon fallen vor uns zu Boden. Funken sprühen und zischen aus den abgetrennten Überresten.

„Hättest du das nicht früher machen können?", fragt Viera.

„Hatte nur zwei Miner", antwortet das Wesen und trägt seine neuen Narben ohne Klage. „Musste sie für den letzten Bogen aufsparen. Den, der euch getötet hätte, wenn ihr versucht hättet, hindurchzugehen."

„Hat uns trotzdem fast umgebracht", murmelt Viera, während das Wesen über die Trümmer steigt und durch den offenbar sicheren Bogen geht.

Wir folgen, und die dicken Türen nach draußen ziehen sich wie ein Fächer zurück, pressen sich ineinander und zur Seite, als wir uns nähern. Die Halle öffnet sich zu einem weiten Innenhof; einer gefliesten Fläche, die von großen, glatten Stellen gekennzeichnet ist, wo man sich unschwer vorstellen kann, dass einige der vielen Schiffe, die durch den Himmel schießen, landen könnten.

Das Wesen winkt uns vorwärts, und wir verlassen den Eingang, machen gerade mal fünf Schritte, bevor wir die Gestalten bemerken, die sich an das Gebäude hinter uns pressen. Flaum, zehn von ihnen, in allen möglichen Braun-, Schwarz-, Weiß- und Grautönen. Sie halten Miner und richten sie auf uns, obwohl die meisten auf das Wesen zielen. Sie sehen genauso aus wie Nasiyas Flaum, unsere Wachen von vorhin, mit einer Ausnahme: die Abzeichen auf ihrer Brust. Nicht der grün-schwarze Kreis, sondern stattdessen eine blau-gelbe Mischung. Farben, die ineinander laufen wie Farbtropfen auf einem Stein.

Mein Blick huscht zurück zu dem Wesen, und es zögert. Seine Hand liegt auf dem einzigen Miner, den es noch hat, aber ich glaube nicht, dass es kämpfen wird. Es wäre dumm, unmöglich. Wenn es es versuchte, würden wir zweifellos zu Asche verbrannt werden.

„Nicht schießen", sage ich. „Hier muss niemand sterben."

Ein bisschen von der Kaiserin ist noch in mir, auch ohne Ignos. Ich versuche immer noch, das Leben meiner Untertanen zu retten, alle zwei von ihnen.

„Wenn die Morgenröte geht, dann müssen wir niemanden erschießen", sagt einer der Flaum, ein gefleckter weiß-schwarzer.

Sein Miner, ein dickes und langes Gewehr, zeigt direkt auf das Wesen, das daraufhin der Warnung Folge leistet und seine eigene Waffe mit einem lauten Klirren auf den Stein fallen lässt.

„Sie gehören dann euch", sagt das Wesen. „Ich erwarte ein Dankeschön."

„Das wirst du bekommen, wenn wir mit ihnen fertig sind."

Der Flaum zuckt nie. Nimmt den Miner nie weg. Nicht bis das Wesen, ohne einen Blick zurück auf uns, über den Stein springt und durch ein weites Tor in einer Außenmauer verschwindet.

Ich bemerke, wie einer der anderen Flaum etwas in ein Armband an seinem Handgelenk tippt. Ich behalte es im Auge, selbst als sich der Rest der Flaum um uns herum ausbreitet. Sie umzingeln uns und richten ihre Waffen nach außen.

„Von einem Gefängnis ins nächste", sagt Viera.

„Wir werden auch aus dem nächsten einen Weg finden", sage ich. „Wir müssen nur zusammenbleiben."

Malo drückt meine Hand, stark. Ruhig. So, wie ich ihn jetzt brauche. Die Leere in meinem Kopf bleibt ein erschreckendes Vakuum, und ich wünschte, ich könnte Ignos fragen, was diese Abzeichen bedeuten. Wer diese Dinge sind. Ignos ist jedoch nicht hier. Es könnte tot sein, und ich wage es nicht, jetzt in das betäubende Wissen des Caches zu gleiten.

Ich spüre die Luft, bevor ich das Geräusch höre. Ein Rauschen von wehendem Wind, der Gerüche mit sich bringt, die ich nicht kenne. Unnatürliche; Chemikalien und brennende Dinge. Ich folge den Blicken der Flaum und schaue gerade noch rechtzeitig nach oben, um zu sehen, wie ein elegantes, bizarres Fluggerät auf uns herabsinkt. Es ist eine lange, flache Oberfläche, die an den Seiten und am Boden gebogen ist; ein flaches Oval. Wie die Abzeichen ist auch es in leuchtenden Blau- und Gelbtönen bemalt, sowie in Rot- und Schwarztönen, die alle ineinander fließen, als

wäre das Ding einfach aus einem Regenbogen heraus-
geplatzt.

„Ihr habt einen seltsamen Geschmack", sagt Viera zu
dem einzigen Flaum, der gesprochen hat, dem gefleckten.

„Wir stehen zu unseren Prinzipien", antwortet der
Flaum. „Alle Dinge zusammen, alle Dinge untrennbar."

„Was wollt ihr von uns?", versuche ich zu fragen, aber
der Flaum ignoriert mich.

Nein, der Sevora, der ihn kontrolliert, ignoriert mich.
Ich darf nicht vergessen, dass wir uns auf einer Welt von
Parasiten befinden. Dass all diese Wesen, wie Ignos, ein
kontrollierendes Monster in sich haben.

Wir haben keine Wahl, also folgen wir dem Flaum die
Rampe hinauf in das Raumschiff. Die Böden sind weiß, das
gleiche Perlmutt wie die Röhren und alles andere, und es
dauert nicht lange, bis wir spüren, wie es sich um unsere
Füße formt. Es hält uns am Boden und stabilisiert uns. Das
Gleiche passiert mit den Flaum, obwohl die meisten es
schaffen, ihre Waffen auf uns gerichtet zu halten, während
das Schiff wieder in den Himmel aufsteigt. Während es
sich bewegt, verblassen die glatten Wände und die Decke
und werden durchsichtig, als würde ich durch
verschmiertes Glas schauen.

Hektische Bewegungen draußen fesseln meine
Aufmerksamkeit, als wir vom Gefängnis wegfliegen.
Größere Schiffe bewegen sich in Richtung des Ortes, den
wir gerade verlassen haben, und ich sehe, wie mehr als ein
paar kleinere Fahrzeuge vorsichtig auf unser Schiff zuglei-
ten, bevor sie abdrehen. Kleine Punkte, bei denen ich
annehme, dass es sich um weitere Truppen handelt, steigen
von den größeren, blockartigen Schiffen herab und strömen
wie Ameisen zum Gefängnis.

Ein Teil von mir hofft, dass die Kreatur entkommt, der andere Teil ist sich nicht sicher.

Das Schiff wölbt sich über die Stadt, immer höher und höher, aber nicht ganz ins Schwarz des Weltraums. Ich spüre, wie das Schiff beschleunigt, sich schnell bewegt und von unserem Standort wegschießt.

„Wohin fliegen wir?", rufe ich dem gefleckten Flaum zu, da keiner der anderen Interesse am Reden gezeigt hat.

„In Sicherheit", antwortet der Flaum. „Zu einem anderen Teil von Vimelia, wo Nasiya euch nicht finden wird."

Also weiß Nasiya nichts davon. Interessant.

Zurück auf der Erde, in Damantum, hatte ich ein wenig Erfahrung mit Politik gesammelt. In den Wochen nach dem Tod des Kaisers, nach meinem eigenen Aufstieg, hatte ich die verschiedenen Fraktionen der Stadt kennengelernt. Ich hatte ihre Zänkereien gekostet und war zunehmend genervt von ihren endlosen Forderungen, von denen die meisten wenig damit zu tun hatten, ihren Leuten zu helfen, und viel mehr damit, denen zu schaden, die sie fürchteten. Oder für ihre Feinde hielten.

Es gibt noch etwas anderes, das ich in diesen Wochen gelernt habe: dass Spaltungen und Unruhen ausgenutzt werden können.

Der Flug dauert nicht lange. Obwohl es schwer ist, die Zeit auf einem Planeten zu bestimmen, der keine echte Nacht zu haben scheint, denke ich, es sind weniger als eine Stunde. Gerade als meine Füße zu schmerzen beginnen und meine Knie in der gleichen Position zu zittern anfangen, sinken wir. Es ist ein gerader Sturzflug, der zu einer sanften Landung auf einer breiten Plattform führt, ähnlich wie beim Gefängnis. Im Gegensatz zu den Metallkonstrukten und geschäftigen Gebäuden der Stadt, in der wir waren, ist dieser Ort jedoch üppig und grün.

Es ist nicht schwer zu erkennen, warum: Kleine Scheiben mit Düsen summen um jeden Meter offenen Raums und senden lange, ausladende Bögen von etwas, das wie Wasser aussieht, auf Blumenbeete, Bäume und Gräser. Lange dünne Röhren führen von den Scheiben zurück zu irgendeinem unterirdischen Reservoir. Es ist ein größerer, wundersamerer Garten als alles, was ich je gesehen habe. Pflanzen, oder zumindest denke ich, dass es das sind, winden sich nach oben und herum und wachsen in alle Richtungen. Einige scheinen aus massivem Glas zu sein, während andere zu pulsieren scheinen, wie ein Herz kurz nachdem es aus seinem menschlichen Gefängnis befreit wurde. Ein Hain neben mir schießt silberne Stämme steil mehrere Stockwerke in die Höhe, bevor sie an der Spitze in eine geriffelte Nova von rosa und roten Blüten ausbrechen. Andere, kuppelförmige, öffnen sich alle paar Sekunden und geben einen kribbelnden blauen Sprühnebel in die Luft ab. Als wir vorbeigehen, eskortiert von den Flaum, fange ich etwas davon auf und denke an Minze und Jasmin.

Hier gibt es auch Musik, obwohl ich nicht sicher bin, woher sie kommt. Oder ob es überhaupt Musik ist. Es ist fast wie ein Gesang, ein tiefer Rhythmus, der dennoch zu irgendeinem Takt und Maß ansteigt und abfällt, den nur der Spieler kennt. Ich stelle fest, dass meine Füße seinen Echos folgen, während wir einen breiten, weißen Kiesweg entlanggehen, in Richtung von etwas, das ich für ein Gebäude halte, das viel zu klein für eine so prächtige Anlage ist.

Es ist ein einzelner Turm, obwohl nicht viel höher als der Tier meines Dorfes. Und auch nicht viel breiter. Als wir näher kommen, hebt der gefleckte Flaum eine Hand, und wir alle bleiben stehen. Dieses Signal habe ich inzwischen gelernt. Der Flaum winkt vor uns in Richtung des Turms, und während er gestikuliert, sehe ich, wie die Luft um den Turm herum schimmert. Wie wenn man einen Schleier zurückzieht, verlängert sich der Turm und wird breiter und breiter, bis er so breit ist wie das, was der Garten mich sehen lässt, und vielleicht noch mehr. Er wächst in die Höhe, bis er höher ist als die Bäume meines Dschungels. Höher als mehrere von ihnen übereinander gestapelt.

„Wir halten unsere Stärke verborgen", erklärt der gefleckte Flaum, ohne dass wir fragen.

Die Tür bleibt jedoch gleich groß, und so gehen wir mit drei Flaum vor uns und drei hinter uns in einer Reihe hindurch. Was wir vorfinden, ist kein Ort der Macht wie der Thronsaal in meinem alten Palast, sondern ein klingender Tumult. Ein Chaos schreiender Stimmen, eine Menge von Flaum und anderen Spezies aller Art und Namen, die ich nicht kenne, die einander anbrüllen und anschreien und anbuzzen. Ab und zu sehe ich, wie etwas durch die Luft fliegt; kleine Steine, die auf jemanden auf der anderen Seite des weiten Raums gezielt sind.

Der Boden neigt sich sanft nach unten, sodass derjenige, der das Ziel all des Geschreis ist, in der Mitte steht. Oben umringen Balkone den riesigen Raum, und noch mehr Spezies lehnen sich über die Kanten und schimpfen mit lauten Stimmen. Ich habe noch nie ein solches Gebrüll gehört, so viel Zusammenprall von Zungen, und mein erster Gedanke ist, meine Hände an die Ohren zu legen und zu drücken, die Augen zu schließen. Um den Lärm, nur für einen Moment, zu dämpfen.

Zuerst denke ich, ich sei zu effektiv gewesen. Die Rufe verstummen alle, und dann höre ich nichts mehr. Erst als ich die Augen öffne, wird mir klar, dass Gesichter jeder

Form und Farbe auf mich, Malo und Viera blicken. Als ob er ein Signal interpretieren würde, winkt uns der gefleckte Flaum vorwärts, zeigt auf das Podium in der Mitte, auf dem eine große, gefleckte orange Schnecke steht. Anders als die schleimigen Dinge meiner Heimat hat diese Arme, diese trägt Kleidung, und diese grinst mich mit zahnlosem Stolz an, als ich mich durch die Menge auf sie zu bewege.

„Hier haben wir unseren Preis", gurgelt das Schneckending, als wir näher kommen. „Genau das, was Nasiya uns vorenthalten wollte. Der Beweis für unsere Position, für die Notwendigkeit des Friedens."

BAS IST NICHT HIER. Es ist das Erste, was Sax auffällt, worauf er sich konzentriert. Ein Paar findet sein Paar.

Der Raum ist kreisförmig, und er befindet sich nicht in der Mitte, sondern ist an einer der Seiten zusammengedrängt. Ein Paar der schlammartigen Kreaturen sitzt in der Mitte und spielt eine Art Spiel an einem Tisch. Sie blicken auf, als Sax beginnt, sich zu regen.

„Aufgewacht? Fast zu spät", das sprechende Geröll hat eine lehmige Farbe, das andere ist schlammbraun. „Boss sagt, wir sollen dich in einer Stunde töten."

„Oratus zu selten zum Töten. Boss hat nur Spaß gemacht." Das schlammige Wesen erhebt sich ruckartig vom Sitz, Teile von sich bleiben zurück.

Teile, die nachwachsen werden.

Sax blinzelt ein paar Mal. Stellt seine Sicht wieder her. Öffnet seine Lüftungsschlitze, um die Luft zu testen; sauber, aber nicht so rein wie auf dem Schiff. Raumstationen, selbst die mit den besten Recyclern, haben zu viel Luft und zu viele Gerüche, um die gleiche Qualität wie ein kleines Schiff zu erreichen. Und die *Scrapper Station* hat keine Spitzenteile. Was Sax riecht, ist der Geruch von Alkohol, von Chemikalien und Schweiß. Mehr als nur ein bisschen Blut. Es lässt seine Krallen kribbeln. Lässt sie danach verlangen, mehr davon hinzuzufügen.

Aber wenn es etwas gibt, gegen das er nicht kämpfen will, dann sind es diese beiden. Welcher Körper auch immer unter dieser felsigen Hülle liegt, es wird viel brauchen, um dorthin zu gelangen, und es besteht mehr als nur eine kleine Chance, dass seine Krallen abbrechen, während Sax versucht, durch diese dicke Haut zu graben. Also setzt sich Sax stattdessen auf. Lässt seinen Blick über die schlichte Kunst im Raum schweifen; Ansichten, die von verschiedenen Planeten stammen und wahllos aufgehängt wurden, ohne ein einheitliches Thema oder einen Zweck. Als hätte jemand einfach genommen, was er finden konnte, und es an die Wand geworfen. Wie die *Scrapper Station* selbst.

„Wo ist Bas?", zischt Sax.

Er hat keine Kopfschmerzen. Keine anhaltenden Schmerzen. Sie haben ihm Medikamente gegeben, sich vergewissert, dass der Oratus nicht zu sehr verletzt wurde. Was bedeutet, dass sie nicht denken, er würde lange gefangen bleiben. Sie wollen ihn benutzen.

„Gut", sagt der Lehmfarbene. „Wach. Arbeitet."

„Was macht sie?"

„Geschäfte", sagt der Braune. „Dein Job auch. Leute ehrlich halten."

„Wir gehören zu den Vincere", erwidert Sax. „Wir sind nicht eure Werkzeuge. Wir sind nicht eure Lakaien, eure Angestellten, eure Wächter. Ihr werdet uns gehen lassen, oder wenn der Rest der Vincere eintrifft, werdet ihr zu so kleinen Partikeln zerblasen, dass nichts hier einen Nutzen aus euch ziehen kann."

Sie lachen; ein tiefes Grollen, wie fallende Felsbrocken, die gegeneinander schlagen. Vielleicht, denkt Sax, liegt das daran, dass es genau das ist. Stein und Erde, die aneinander reiben. Sax beginnt zu glauben, dass seine Drohungen an Kraft verlieren. Er hat es in letzter Zeit nicht geschafft, auch nur eine einzige wirken zu lassen. Dalachite auf der *Cobalt* hat sich sicherlich nicht darum gekümmert, ebenso wenig wie die Lunare auf der Erde oder sogar die Sevora auf diesem Samenschiff. Die Oratus sind nicht mehr das, was sie einmal waren.

„Spar dir die Drohungen für den Boss", grummelt der Lehmfarbene. „Du, wir, dasselbe. Festsitzen."

Sax kann nicht anders, als sich zu fragen, ob das das ist, wofür sie gekämpft haben. All die Oratus, die sich geopfert haben, all die Flaum und Whelk, die sie unterstützt haben, für diese Klumpen aus Stein, die nichts anderes können, als nihilistischen Unsinn zu verbreiten. Festsitzen.

Nicht mehr lange.

„Bringt mich zu diesem Boss", sagt Sax, ohne auf die Bemerkungen des Lehmfarbenen einzugehen. „Ich nehme an, er will mich sehen."

Diesmal übernimmt der Braune die Führung: „Wir geben dir erst 'ne Tour."

Sax winkt mit einer Klaue ab. Er widerspricht nicht. Er kann genauso gut sehen, ob es etwas Wissenswertes über die *Scrapper Station* gibt, bevor er sie in Stücke reißt.

Die beiden Lutos führen Sax aus dem Raum, und anstatt eines weiteren langen, merkmalslosen Flurs öffnet sich der Raum direkt zu einer weiten Fläche. Es ist ein großer Raum, der durch halbgeschlossene Wände mit abfallenden Türen mit anderen verbunden ist. Spiegel bedecken diese Wände und werfen Reflexionen von Glücksspielti- schen und Videoanzeigen zurück. Und von denen, die von ihnen gefangen sind. Die Geräusche von Gelächter und Flüchen, Jubel und Spott hallen wider. Sax befindet sich an einem Ort, den er verabscheut, einem Ort, der vom Zufall lebt und die Chancen gegen diejenigen stellt, die sich darauf einlassen. Es ist das Gegenteil von dem, woran die Oratus glauben; dass Vorbereitung den Sieg sicher machen kann.

Wie von einem Magneten angezogen, gleitet Sax' Blick nach rechts, zu einer Ansammlung von Rollerball-Tischen – wo die Teilnehmer abwechselnd farbige Kugeln gegen ein riesiges Zielbrett werfen. Die Punkte ändern sich je nachdem, wo die Kugeln landen, und wer zufällig die höchste Punktzahl erreicht, gewinnt, während die anderen verlieren und natürlich das Haus seinen Anteil nimmt. Ein bisschen Geschick, viel Glück, und Bas sieht aus, als hätte sie genug davon. Sax' Partnerin ragt über dem Haufen Whelk auf, die an den Tischen spielen. Ihre flüssigkeitsähnlichen Körper schleudern die Kugeln eine nach der anderen, und Sax fühlt sich gedrängt, hinüberzugehen, aber die steinigen Monster packen seine Arme und führen ihn weiter.

„Später", grummelt der Lehmfarbene. „Ihr bleibt sowieso beide."

Bas gibt Sax ein leichtes Nicken, und das ist alles, was Sax wissen muss. Sie ist sicher, gelangweilt, aber okay. Das bedeutet, er kann sich auf seine beiden Begleiter konzentrieren und darauf, wohin sie ihn führen.

Es stellt sich heraus, dass die Spielhalle gar nicht so groß ist. Ein weiterer kleiner Raum und sie sind draußen, zurück im einfachen Inneren der heruntergekommenen Station. Sax kann immer noch all die Stellen sehen, an denen verschiedene Platten zusammengeschweißt wurden, Teile, die aus verschiedenen Wracks geborgen und zwangsweise zusammengefügt wurden. Ein Habitat, das mit den

Geistern anderer geschaffen wurde. Der Kern der *Scrapper Station* ist ein großer offener Raum, gespickt mit Tischen, Bänken, Leuten, die Waren anpreisen, und einem endlosen Schwarm von Spezies im Übergang von hoffnungsvoll zu hoffnungslos und wieder zurück.

Die Schwerkraft hier kommt vom Rotieren, und Sax kann es in seinen Klauen spüren, wie sie sich am Metall festhalten. Ein leichtes Verschieben, als wäre sein Magen in einem Windkanal. Hier drinnen, außerhalb der Spielhalle, befinden sie sich im Zentrum, wo die Schwerkraft am stärksten ist. Speichen schießen in alle Richtungen von diesem Kern weg.

„Wie viele leben hier?", fragt Sax, um sie zum Reden zu bringen, vielleicht etwas preiszugeben, das er nutzen kann.

„Tausend", sagt Clay. „Hier freier, als für Amigga zu arbeiten."

„Hah", erwidert Brown. „Deine Idee, hierherzukommen. Jetzt sitzen wir fest. Passen auf Baby-Oratus auf."

„Baby?", zischt Sax.

Die Lutos antworten nicht und das Gespräch ist beendet.

Sie machen einen Rundgang um den Kern, wobei die Steinmonster auf die Wege zu den Wohnbereichen, Bars, Restaurants, Andockbuchten und dem Cluster anderer Dienstleistungen hinweisen. Medizinische Versorgung, Abfallentsorgung und Produktion sind alle in ihren eigenen Speichen zusammengefasst. *Scrapper Station* scheint für einen Ort weit draußen ohne eine Amigga, die sie leitet, ein wenig zu gut geordnet.

„Ooblots verwalten die Dinge", sagt der Tönerne. „Schwestern der Bosse."

Das erklärt es dann. Ooblots sind immer organisiert, engagiert. Schwach und feige. Sax hat selbst noch nie einen getroffen, von vor ein paar Stunden mal abgesehen. Wollte er auch nie.

Jetzt sagen ihm die Lutos, dass es Zeit ist. Zurück zur Spielhalle, durch eine Tür am anderen Ende. Sax versucht, noch einen Blick auf Bas zu erhaschen, aber sie schaut nicht hin; ist beschäftigt mit irgendeinem Streit. Ihre Klauen bereit. Sax möchte zusehen, sowohl für den Fall, dass er helfen muss, als auch, weil es etwas Faszinierendes hat, seiner Partnerin bei der Arbeit zuzusehen. Aber er bekommt keine Chance dazu. Er wird hindurchgeführt und diesmal gibt es einen kurzen Flur. Rechts und links kann Sax die Räume sehen, in denen die Sicherheit alles überwacht. Im hinteren Teil ist das, was er erwartet; der üppige Luxus, für den Ooblots bekannt sind.

Ein paar Augenstiele ragen von der Kreatur empor, während sie auf einem samtenen roten Sofa sitzt. Wie eine Wellhornschnecke mit einer zusätzlichen Portion Flüssigkeit breitet sich der Ooblot über die Oberfläche aus. Die Haut, die Sax für gelb gehalten hatte, ist bei näherer Betrachtung eher grau mit vielen goldenen Flecken von der Strahlung – zu viel Zeit auf der *Scrapper Station* und ihrer schlecht abgeschirmten Hülle.

„Sax, richtig? Ich bin D'Arscale, was hältst du von meinem kleinen Unternehmen?", sagt der Ooblot, und seine Stimme ist ein Klatsch-Patsch von flüssigen Schlägen, während der Ooblot seinen Körper verhärtet und erweicht und Teile davon gegeneinander wirft, um die Worte zu formen.

„Es ist ein Haufen Müll", erwidert Sax und fletscht ein wenig die Zähne.

„Ehrlichkeit. Das kann ich schätzen. Das können wir alle, besonders an einem Ort wie diesem, wo Lügen oft weiter reisen als die Wahrheit", D'Arscale steht nicht auf, winkt Sax auch nicht, sich irgendwohin zu bewegen.

Starrt ihn nur mit diesen zwei großen runden Augen auf den Stielen an.

Ein langer Atemzug der Stille. Die beiden Lutos halten Sax' Arme immer noch fest, und der Griff ist jetzt fester als draußen. Sie denken, er wird angreifen. Dass er in eine Art Wut ausbrechen wird. Sax möchte das, aber seine Partnerin ist da draußen. Er würde Bas keinen Gefallen tun, wenn er sich hier umbringen ließe.

„Haben sie es dir gesagt?", fragt D'Arscale.

„Ich habe keine Zeit für Spielchen", sagt Sax. „Ich habe keine Zeit, für Sie zu arbeiten. Ein Oratus ist kein Wachmann, kein Hausmeister oder was auch immer Sie sich vorstellen. Wir sind Krieger, wir gehören an die Front. Sie werden die Vincere rufen, und Sie werden uns gehen lassen, bis sie eintreffen. Im Gegenzug werden Sie belohnt."

Der Ooblot schwingt einen Tentakel weit aus und wie durch Zauberei tuckert ein kleiner Servo-Roboter herbei und reicht D'Arscale ein kleines Getränk. Der Ooblot legt seine neu geformte Extremität über den Rand, und aus der Mitte seiner ‚Hand' taucht ein röhrenförmiger Schlauch auf und senkt sich in die Flüssigkeit, saugt sie mit einem schlürfenden Geräusch auf.

Sax beäugt das Getränk. Das Letzte, was er gegessen oder getrunken hat, war zurück auf *Cobalt*. Er war zu abgelenkt auf Plakes Schiff, und jetzt, da sein Körper eine Chance zum Essen wittert, erwacht er.

„Es scheint, du brauchst doch etwas", sagt D'Arscale, sein linkes Auge rotiert auf seinem Stiel, um sich auf Sax' Gesicht zu konzentrieren. Nein, unter seine Lippen, wo, wie Sax bemerkt, ein bisschen Speichel sich herausgeschlängelt hat und seinen letzten Ausweg Richtung Boden sucht.

Sax fängt den Tropfen mit seiner rechten Mittelklaue auf. Er ist kein Tier.

„Deine Vincere, wenn du so notwendig bist, wie du behauptest, werden zweifellos kommen, um dich zu holen", fährt D'Arscale fort. „Bis sie eintreffen, können wir einen Deal machen. Du arbeitest für mich, ich füttere dich." Eine schwindende Pause. „Deine Partnerin hat zugestimmt."

„Lügner." Bas würde niemals so etwas zustimmen. Würde niemals Knechtschaft akzeptieren, egal um welchen Preis.

„Sie erwähnte, dass du so reagieren könntest. Aber hier ist die Wahrheit, Oratus. Du steckst hier fest und hast zwei Möglichkeiten: Entweder du arbeitest für mich, tust, was ich sage, und erntest die Vorteile, oder ich lasse diese beiden dich aus einer Luftschleuse werfen, damit du den Tod haben kannst, den du dir so offensichtlich wünschst."

„Bin ich es, der sich den Tod wünscht?", zischt Sax und stürzt dann nach vorne, stößt mit seinen Vorderklauen zu und lässt ihre scharfen Kanten unter den schlüpfrigen Körper des Ooblots gleiten. Mit seinem Schwanz, der die beiden Steinmonster zurückschlägt, hebt Sax die Kreatur über seinen Kopf, neigt dann seinen Mund nach oben und öffnet ihn weit, sodass D'Arscale genau sehen kann, wie viele Zähne in ihn hineinschneiden werden.

Aber der Ooblot scheint unbeeindruckt. D'Arscale nimmt noch einen Schluck aus dem Glas, das immer noch von seiner saugenden Hand gehalten wird.

„Das ist der Grund, warum du hier so gut reinpassen würdest", sagt der Ooblot. Wenn es die Kreatur irgendwie beeinflusst, nur einen Zoll vom Tod entfernt zu sein, sieht Sax es jetzt nicht. „Tatsächlich-"

Es gibt einen Schrei, dann noch einen und einen Krach von außerhalb des Raumes. Zurück Richtung Casinoboden. Zurück Richtung Bas.

Sax zögert nicht; er lässt D'Arscale zurück auf die Couch fallen, dreht sich um und bahnt sich seinen Weg durch die Tür. Den kurzen Flur hinunter und auf einen Casinoboden, der ins Chaos gestürzt ist. Tische sind umgeworfen, Spezies rennen wild umher, und Bas mittendrin, ihr rosa-goldener Schwanz peitscht, was wie einer der Whelks aussieht, von ihr weg und schleudert ihn durch die Luft. Zwei weitere Schneckenkreaturen versuchen, sie zu Boden zu werfen, während eine andere das Ende eines Barstuhls abreißt und beginnt, ihn herüberzubringen.

Beginnt.

Sax sorgt für das Ende.

Er macht zwei lange Schritte und drückt dann seine Klauen auf den Boden und katapultiert sich über die große Bar in der Mitte des Raums. Er streift ein paar Flaschen, lässt einige Gläser purzeln, aber der Oratus schafft es rechtzeitig hinüber, um den angreifenden Whelk mitten im Schwung zu erwischen. Seine Klauen tauchen in die gelartige Oberfläche der Haut der Schneckenkreatur ein, graben und schaufeln und greifen und dann wirft er den Whelk weg.

Was für die meisten Spezies eine tödliche Wunde gewesen wäre, beeindruckt den Whelk kaum, und er fängt sich auf dem Boden, rollt sich und richtet sich dann wieder auf. Wenn man einen Whelk töten will, muss man ein Organ durchbohren oder sie komplett in zwei Hälften schneiden.

Dieses hier jedoch, mit seiner gelbgrünen Haut und den wilden Augen, stürmt nicht zurück. Es zögert, und in diesem Moment wendet Bas das Blatt noch weiter gegen die Schnecken. Sie schleudert die beiden Dinger von sich – beide knallen gegen die Wand neben den Rollerball-Tischen – und erhebt sich hinter Sax. Nun, angesichts zweier kampfbereiter, wütender Oratus, entscheiden die vier Whelk, dass sie schon genug verloren haben, und rennen aus dem Raum.

„Ich will, dass sie verbannt werden", sagt D'Arscale, dessen Stimme klatschend ertönt, als es in den Raum gleitet. „Das ist das dritte Mal, dass diese vier beschlossen haben, ihren Abend damit zu beenden, meinen Boden zu beschädigen. Seht nur, wie viel Kundschaft ich verloren habe. Wärt ihr beide nicht gewesen, hätte es noch schlimmer sein können."

Sax ist im Begriff zu erwidern, dass er nur sein Paar beschützt hat, als D'Arscale eine flache Hand hebt. „Ich verlange keine sofortige Zusage. Atmet durch, esst etwas zu Abend. Dann sagt mir, ob ihr lieber sterben oder arbeiten wollt." Das Ooblot deutet zurück in den Raum, aus dem es gerade gekommen ist; offenbar ist das der vorübergehende Zufluchtsort der Oratus.

So sehr Sax D'Arscale auch am liebsten in Stücke reißen würde, erkennt er eine gute Wahl, wenn er sie sieht. Wenn er hungrig und müde ist, dann ist es Bas wahrscheinlich auch. Eine Gelegenheit, privat zu reden, eine Chance, für einen Moment von Leuten weg zu sein, die sie in Knechtschaft wollen, wäre schön.

„Nimm sein Angebot an", zischt Bas leise. „Leg für einmal deinen Stolz beiseite und gib uns einen Moment."

Bas entscheidet es. Sax wird sich nicht gegen sein Paar stellen. Dafür ist er viel zu müde.

Die Lutos sagen kein Wort, als die beiden Oratus sich in die Zuflucht des Raumes zurückziehen. Der Servo-Roboter bringt ihnen Wasser und Nahrung. Nährstoffbrei, aber auch etwas frisch angebautes Gemüse. Sax starrt auf das blattgrüne Gewächs, wahrscheinlich aus der Hydrokultur hier auf der Station. Es ist so eine Seltenheit, dass Sax seine übliche Abneigung gegen Dinge, die nicht bluten, übergeht und stattdessen den knackig frischen Geschmack genießt.

Erst nachdem sie jeweils mehrere Pfund Nahrung zu sich genommen haben, lassen sich die beiden Oratus auf dem roten Sofa nieder und sehen einander an. Es gibt kein Ausweichen mehr.

„Wir können nicht bleiben", sagt Sax. „Ich werde nicht für ihn arbeiten. Ich werde für niemanden arbeiten."

„Wir haben unser ganzes Leben lang Befehle befolgt, Sax", erwidert Bas. „Was macht es für einen Unterschied, ob wir Befehle von einem Ooblot statt von Evva entgegennehmen?"

„Du hast es gerade selbst gesagt. Es ist nicht Evva. Es sind nicht die Vincere. Das sind nicht wir."

Bas wendet ihren rosagoldenen Kopf ab und starrt auf die verspiegelten Wände. Sie klickt mit ihren Klauen. „Wir sind Waffen, Sax. Und Waffen werden benutzt. Wir haben nur den Besitzer gewechselt, das ist alles."

Sax ist im Begriff zu antworten. Zu knurren und vorzuschlagen, dass sie sich jetzt sofort den Weg nach draußen freikämpfen. Offensichtlich braucht Bas einen richtigen Kampf, nicht die Keilerei von eben. Etwas, das sie daran erinnert, wer sie ist.

Ein Knistern aus der Gegensprechanlage unterbricht seinen Gedankengang.

„Entschuldigt die Störung, aber ich denke, es gibt etwas, das ihr wissen solltet. Es kommt gerade über die Breitbandwellen herein." Das Ooblot sagt nichts weiter, als ein Bildschirm von der Zimmerdecke herabfährt. Er schaltet sich ein und zeigt ein bekanntes Gesicht.

Evva. Rötlich-schwarze Schuppen. Neben ihr eine lange Liste angeblicher Verbrechen.

Es dauert eine Weile, bis der Ton ankommt, bis die Übertragung beginnt abzuspielen, und wie bei allem, was über die Relais gesendet wird, ist es ein körniger, einfacher Klang. Aber Sax braucht kein ausgefeiltes Audio, um die Worte zu verstehen.

Evva, Verräterin der Oratus, des Chorus, Planerin gefährlicher Verbrechen und Verbreiterin falscher Gerüchte, wird zu einer Gefahr für die Galaxis erklärt. Jeder, der sie sieht, sollte alle Vorsichtsmaßnahmen treffen und die nächstgelegenen Behörden kontaktieren, um sicherzustellen, dass dieser Schandfleck unserer Gesellschaft beseitigt wird.

KAPITEL 7

FRAKTIONEN UND KRIEGE

DER WHELK NENNT sich Jel und geleitet uns aus der Kammer, als der Jubel in schnelle Gespräche übergeht. Jel führt jedoch sein eigenes Gespräch mit uns, während wir uns durch ein weiteres Labyrinth von Gängen winden. Eigentlich sollte ich mich klaustrophobisch fühlen – die meisten Gebäude meiner Kindheit waren offene Konstruktionen ohne diese engen Korridore –, aber ich bin von der ausgestellten Kunst fasziniert.

Die Solare, mein Stamm und meine Verwandten, verwenden Farben aus Blumen, Früchten und zerstoßenem Gestein, um unsere Geschichte auf unseren hohen Etagen, als Tätowierungen auf unserer Haut und als Färbemittel für die Felle und Moosgewebe, die unsere Kleidung ausmachen, darzustellen. Eine Ausdrucksform, die wir über viele Generationen hinweg verfeinert haben. Eine, die ich schön finde.

Und doch.

Diese Gänge *wogen*. Das ist das einzige Wort, das mir einfällt, um zu beschreiben, wie die Farbströme beim Gehen miteinander tanzen und sich verzweigen. Es sind nicht wirklich Bilder, sondern abstrakte Ausbrüche in ständiger Bewegung, die sich drehen, mischen und ihre leuchtenden Rot-, Gelb- und Blautöne über den gesamten Raum verteilen. Ich habe jetzt Bildschirme gesehen, sowohl im Shuttle hierher als auch auf der Raumstation *Cobalt*, und diese hier wirken natürlicher, nicht wie das Produkt leuchtenden Lichts.

„Jede einzelne repräsentiert eine Rasse in dieser Galaxie", wechselt Jel plötzlich sein Thema und wendet seinen großen, kugelförmigen Kopf mir zu. „Ihr Tanz ist derselbe, den wir gerade aufführen, indem wir zusammenkommen und uns wieder trennen."

„Es ist wunderschön", sage ich und weiß, dass die Worte unzureichend sind.

„Fällt dir auf, dass sie einander nie zerstören?"

Ich will gerade antworten, als Viera es für mich tut. „Darum geht es euch doch, oder? Kein Krieg? Alle spielen nett miteinander?"

Jel nickt, oder verbeugt sich vielleicht; es ist schwer zu sagen, wenn der Kopf des Whelk im Grunde nahtlos in seinen Körper übergeht. Jel gleitet weiter und wir folgen. Diesmal, als der Whelk seine Rede fortsetzt, versuche ich zuzuhören.

Nasiyas Fraktion, sagt Jel, wird Hasir genannt. Sie regieren Vimelia, und ihre ständige Agitation für die Unabhängigkeit der Sevora, Krieg und Stolz ist die Quelle ihrer Macht und des allgemeinen Niedergangs der Sevora. Die Wem, deren gewählter Anführer Jel ist, würden Verträge sehen wollen. Sie würden eine Wiederanbindung an die Galaxie im Großen und Ganzen sehen wollen.

Die Worte verschwimmen zu einem Durcheinander, als immer mehr Spezies und Organisationen aus Jels Mund purzeln, und trotz meiner Bemühungen schalte ich Jel wieder aus und konzentriere mich auf die greifbareren Unterschiede, die ich zwischen hier und Nasiyas Gebäuden sehe. An erster Stelle scheinen die Wem Fans von gelblichem, weicherem Licht zu sein. Der Schein durchdringt alles, obwohl ich nie ganz sicher bin, woher er kommt. Als wir die wirbelnden Farben hinter uns lassen und in etwas eintreten, das wie eine Art Schlafsaal aussieht, haben die goldenen Ziegel, aus denen der Ort besteht, ihre eigene Leuchtkraft. Ich streiche mit der Hand über einen der schimmernden Steine und betrachte meine Finger; sie sind mit einem feinen Staub überzogen, der wie ein weit entfernter Stern funkelt.

Jeder Atemzug bringt zudem blumige Düfte aus den Gärten draußen mit sich, Gerüche, die mich an den Dschungel erinnern und sich stark von der sterilen Effizienz der Hasir-Gebäude unterscheiden. Eine konstante, sanfte Brise hält die Luft in Bewegung und die Temperatur kühler, als es mir lieb wäre, aber nicht so kalt, dass es unangenehm ist. Viera sieht aus, als fühle sie sich pudelwohl, während Malo wie ich sich die Arme reibt, während wir uns bewegen.

„Nicht alle Wem bleiben hier", sagt Jel und deutet mit einem stumpfen grünen Arm auf die Reihen von Räumen. „Die meisten, die es tun, nutzen dies als vorübergehenden Zufluchtsort, um dem Chaos der Stadt zu entkommen."

„Oder um sich vor einem Verbrechen zu verstecken?", fragt Viera.

Ich werfe der Lunare einen scharfen Blick zu, aber Jels Lachen schneidet jede Verlegenheit ab.

„Falls nötig", sagt Jel. „Wir versuchen, so viel wie möglich von unserer Arbeit aus dem Schmutz herauszuhalten, aber manchmal erfordert Veränderung eine geschickte Hand."

„Und graue Moral", fügt Viera hinzu.

„Von Tugend allein wirst du verhungern", räumt Jel ein. „Trotzdem sind wir nicht Klarheits Morgenröte. Wir streben nicht danach zu zerstören, sondern nur zu verändern."

Der Titel kitzelt eine Erinnerung, aber bevor ich eine Frage stellen kann, bewegen wir uns wieder. Die Zimmer, anders als die Zellen im Gefängnis, öffnen sich zu mit Ranken umwachsenen Balkonen, und ein Paar Wasserfälle plätschert zu beiden Seiten einer breiten, beigefarbenen Plattform herab, die wir betreten. Auf Bodenhöhe um uns herum erheben sich hohe Bäume mit langen Ranken, die in leuchtend rosa Blüten enden. Sobald Malo die Plattform betritt, macht Jel etwas, das ich nicht mitbekomme, und die Plattform beginnt zu steigen.

Viera verwickelt Jel in ein Gespräch, und ich nutze die Gelegenheit, um mich an Malo heranzuschleichen und ihn zu fragen, was er denkt.

„In diesen letzten Tagen, Kaishi, habe ich mehr Wunder gesehen, als ich für möglich gehalten hätte", sagt Malo, aber seine Stimme trägt Vorsicht mit sich, und ich bemerke, dass er Charre spricht, nicht die sogenannte Gemeinsprache, die von jeder Spezies verwendet wird, die wir bisher gesehen haben.

„Aber?"

„Jeder, den wir getroffen haben, scheint uns für irgendetwas benutzen zu wollen. Ich kann nicht glauben, dass diese 'Wem' anders sein werden."

Ich kaue einen Moment darauf herum. Malo hat Recht, daran habe ich keinen Zweifel. Niemand, nicht einmal mein Vater und mein Stamm, würde Besucher mit so viel Gastfreundschaft behandeln, wenn sie nicht glaubten, dass sie etwas im Gegenzug bekommen würden.

„Malo, ich beginne zu glauben, dass das unser Leben ist", sage ich. „Als wir jung waren, mussten wir unseren Ältesten, unseren Vorgesetzten und über ihnen unseren Göttern gehorchen. Das hier ist nicht so anders."

Die Plattform steigt weiter, vorbei an den Zimmern und noch höher, über die Spitze der Kammer hinaus und in einen Tunnel, der auf allen Seiten von diesen leuchtenden Ziegeln umgeben ist.

„Es ist ein Unterschied, ob dir deine Eltern, die Menschen, denen du vertraust, oder die Götter, die du verehrst, sagen, was du tun sollst. Sie kümmern sich zumindest um dich. Diese Wesen hier? Kaishi, ich habe das Gefühl, sie würden uns in einem Augenblick wegwerfen, wenn wir für sie keinen Nutzen hätten."

„Du glaubst, sie könnten uns wegwerfen? Dich? Einen Krieger der Charre?"

Ich meine die Worte, um Malos Geist aufzubauen, um ein Lachen oder ein Lächeln auf sein Gesicht zu zaubern, aber alles, was ich bekomme, ist eine Grimasse.

„Ich konnte dich auf der Erde nicht beschützen. Ich habe dich auf der *Cobalt* nicht gerettet. Warum denkst du, dass ich dich hier beschützen kann?"

„Weil du es mir versprochen hast", antworte ich. „Und mein General bricht keine Versprechen."

Das zumindest entlockt ihm ein wehmütiges Grinsen. Ein kleines Nicken des Dankes.

Die Decke über uns teilt sich und die Plattform bricht in die freie Luft aus. Wir befinden uns auf der Spitze des riesigen Gebäudes, auf einem Turm, der über das Haupt-dach hinausragt. Glas umgibt uns, und ich kann sehen, wie sich um den sandigen Boden herum der kreisförmige Garten um die Struktur ausbreitet. Jenseits des Grüns erheben sich Gebäude, allerdings in einer eher zusammengewürfelten Art als in der konzentrierten Metropole, in der wir zuerst gelandet sind.

„Vimelias Stadt endet nie wirklich", sagt Jel, während wir die Aussicht genießen. „Aber sie wird von Zeit zu Zeit ruhiger. Wir haben diesen Ort genau deshalb gewählt, weil er jenseits des Trubels liegt, weil er uns zwingt, natürliche Schönheit zu sehen. Uns daran zu erinnern, dass wir nach der Harmonie der Natur streben, nicht nach einer erzwungenen Struktur."

„Wie?", frage ich. „Sie sprechen davon, die Sevora zu übernehmen, Ihre Spezies zu verändern, aber wie? Die Hasir und Nasiya scheinen so viel mehr zu haben als Sie."

„Die Sevora wehen wie ein Blatt in diesem ewigen Wind", antwortet Jel. „Eine starke Böe in unsere Richtung könnte uns mit einem Schlag den Planeten geben. Ich hoffe, dass diese Böe du sein wirst."

„War noch nie eine Böe", sagt Viera. „Soll ich mit den Armen so wedeln?"

Die Lunare wedelt mit den Händen von einer Seite zur anderen und ich verdrehe die Augen. Malo wendet sich kopfschüttelnd ab. Jel sagt jedoch nichts, und Viera, die sieht, dass niemand ihren Scherz zu schätzen weiß, verfällt in ein Brummen.

„Nein, es gibt eine Sache, die geschehen muss, bevor wir weitergehen", sagt Jel, und an dem plötzlichen Gewicht in seinem Ton kann ich erkennen, dass unsere fröhliche Tour zu Ende ist. „Wir haben Mitglieder, die sich ihre Chance verdient haben, etwas zu bewirken. Eine Chance, es zu versuchen. Einen Wirt wie euch verdient haben."

Es herrscht eine schwere Stille.

Eine, die ich breche.

„Sie wollen uns infizieren."

„Dies ist die Heimat der Sevora, Mensch", sagt Jel. „Um hier zu sein, müsst ihr einer von uns sein."

„Ignos konnte mich nicht kontrollieren", erwidere ich, und der Gedanke an ein weiteres Wesen in meinem Kopf lässt Säure in meine Stimme fließen. „Eure Sevora werden nicht bekommen, was sie wollen."

„Ein Test macht noch kein gründliches Experiment", erwidert Jel, und ich bemerke jetzt, dass seine beiden Hände unter seinem seltsamen Gewand verschwunden sind. Es ist nicht schwer, sich vorzustellen, dass sich ein oder zwei Miner unter diesen Falten verstecken. „Entweder werden wir beweisen, dass ihr nicht alles seid, was ihr zu sein behauptet, und eine neue Wirtsspezies gewinnen, oder wir werden die Führer an Ort und Stelle haben, um sicherzustellen, dass ihr wisst, was ihr wann zu sagen habt."

„Wird nicht passieren", sage ich. Malo verschiebt sich hinter mir, macht sich bereit. Auch Viera wendet sich Jel zu, ihre Hände locker. „Ich lasse keinen von euch jemals wieder in meinen Kopf."

Ich habe keine Ahnung, ob Jel meine Worte versteht - der Whelk sitzt da, seine schleimige Masse spielt herum wie eine Linie tropfenden Baumharzes. Malo und Viera nehmen Positionen zu beiden Seiten von mir ein, und jetzt stehen wir drei auf der einen Seite der Plattform und Jel auf der anderen. Viera, die einen Moment zuvor scheinbar die beste Freundin von Jel gewesen war, trägt den härtesten Ausdruck von uns allen; pure Abscheu ätzt sich in ihr Gesicht, und ich bin sehr froh, dass die Lunare auf meiner Seite ist und nicht umgekehrt.

„Wieder?", fragt Jel. „Ich wusste nicht, dass einer von euch schon einmal die Freude hatte, ein Wirt zu sein?"

„Es war nicht beabsichtigt", antworte ich.

Die Plattform ruckelt und beginnt dann, zurück in das

Gebäude hinabzufahren. Einen Moment lang denke ich, unsere Chance zur Flucht verschwindet mit diesen Glaswänden, aber wir haben sowieso keine Werkzeuge, um sie zu zerbrechen.

„Und jetzt seid ihr *unbewirtet*," Jel sagt das Wort auf die gleiche Weise, wie ich ‚krank' sagen würde.

„Wir sind frei, wenn du das meinst", meldet sich Viera zu Wort. „Und wir bleiben es auch. Also finde einen anderen Weg, deinen Punkt zu beweisen, oder lass uns gehen."

Die leuchtenden Ziegel umgeben uns wieder und sperren die Spannung in diese kleine Plattform ein.

„Die Sevora werden niemals jemandem zuhören, der nicht Teil von uns ist", sagt Jel und steckt seine Arme wieder unter das Gewand. „Es müsste keine dauerhafte Situation sein, aber anfangs wird es notwendig sein."

Jel macht in gewisser Weise Sinn - ich glaube nicht, dass die Solare- oder Charre-Stämme auf der Erde Viera zuhören würden, ohne dass ich oder Malo für sie bürgen. Aber es gibt eine weite Kluft zwischen jemandem zu unterstützen und zuzulassen, dass ein Wesen deinen Verstand befällt.

„Notwendig für euch", sage ich. „Wir haben keinen Anteil an eurem Kampf. Alles, was wir wollen, ist ein Schiff von diesem Planeten zurück zu unserem."

Viera wirft mir einen Blick zu und ich merke, dass ich einen Fehler gemacht habe. Etwas preisgegeben, das wir brauchen, und an der Art, wie Jel zittert - eine Bewegung, die eine Seite meines Magens verdreht - hat der Whelk es bemerkt.

„Schiffe können arrangiert werden", erwidert Jel langsam. „Unser Planet ist jedoch in einen langwierigen, kostspieligen Krieg verwickelt. Ein Schiff zu entbehren, um euch nach Hause zu bringen, würde Ressourcen erfordern. Würde Bezahlung benötigen. Ich denke, ihr wisst, wie ihr das liefern könnt."

Die Plattform bewegt sich weiter und Szenarien spielen sich blitzschnell in meinem Kopf ab; wenn ich dem Wesen zustimme, unterwerfen wir uns, und sie stecken ihre Freunde in uns. Wenn alles gut läuft und Jels Fraktion bekommt, was sie will, warum sollten sie sich die Mühe machen, uns gehen zu lassen? Wenn es schlecht läuft, lässt Nasiya uns alle töten oder mit seinen eigenen Sevora vollstopfen.

Ich muss Malo und Viera nicht ansehen, um zu wissen, dass sie zur gleichen Schlussfolgerung gekommen sind.

„Nimm es", sage ich in der Charre-Sprache. „Jel ist unser einziger Weg hier raus."

Malo bewegt sich schneller, als ich es für möglich gehalten hätte; er stürzt nach vorne, seine Schulter rammt in Jels Masse, während seine Hände nach dessen Armen greifen und versuchen, sie davon abzuhalten, was auch immer der Whelk in seinen Taschen hat, zu ziehen. Jel stößt ein überraschtes Trillern aus, als er gegen die vorbeiziehenden Ziegel prallt, und bekommt seinen linken Arm fast frei, bevor Viera ankommt. Die Lunare reißt den kleinen Mincr aus Jels Griff und hält die Waffe dicht an Jels riesigen Kopf.

„Oder", sage ich, „du gibst es uns aus Freundlichkeit. Das ist es doch, was Freunde tun, oder?"

Die Plattform sinkt unter die Ziegel und zurück in das große Schlafsaal. Die erste Chance, entdeckt zu werden, und es ist eine Chance, die wir sofort verlieren: Es gibt viele Kreaturen, die über die Balkone laufen, auf die Plattform warten oder miteinander plaudern. Es braucht nur ein einziges lautes Blubbern von Jel, bevor sich viele verschiedene Augenpaare uns zuwenden.

„Ich denke, wir werden vor diesem hier weglaufen müssen", sagt Viera.

„Wir benutzen die Geisel." Malo passt seinen Griff an und seine Hände graben sich tiefer in Jels offenbar weiche Haut.

„Ihr verletzt nur meinen Wirt", sagt Jel, seine Stimme plötzlich angespannt, und ich frage mich, ob Malo das Ding zusammendrückt, das dem Whelk das Sprechen ermöglicht. „Ihr werdet nur den Whelk töten. Ihr habt keinen Hebel, außer einer Kapitulation."

„Wirf es", sage ich.

Die Plattform ist gerade auf der obersten Etage des Schlafsaals angekommen, der mit den wenigsten Gaffern darauf. Wir werden tot oder gefangen sein, wenn wir hier im Freien bleiben - so viel habe ich im Dschungel gelernt.

Malo gehorcht und gibt Viera einen Moment Zeit, sich wieder an meine Seite zu bewegen. Dann schiebt er, trotz Jels Protest, den Whelk nach vorne gegen das Geländer der Plattform. Der Charre-Krieger grunzt, geht in die Hocke und beginnt Jel hochzuheben, während die Plattform auf dem dritten Stockwerk zum Stillstand kommt.

Uns läuft die Zeit davon.

„Deckt uns!", rufe ich Viera zu und stürze nach vorn. Ich lege meine Hände gegen Jels Körper, während Malo den sich windenden Whelk über das Geländer hebt.

Jels Haut ist kalt, klamm und einfach nur widerlich — als würde man eine verfaulte Frucht aus einer Pfütze fischen. Aber mein Stoß reicht aus, um Jel über die Kante zu kippen und den Whelk von der Plattform in Richtung Erdgeschoss zu befördern. Er schlägt mit einem nassen Klatschen auf und ich wende mich von dem Gemetzel ab.

Ein Teil von mir registriert, dass ich gerade zum ersten Mal eine andere Spezies getötet habe, und ich unterdrücke jegliche Schuldgefühle, indem ich mich daran erinnere, dass der Whelk sich schon vor langer Zeit an die Sevora verloren hat.

„Noch einen Schritt und ich schieße. Auf Sie. Und Sie. Mehrmals." Vieras Drohungen begleiten Malo und mich von der Plattform auf den breiten Balkon, der sich um die Etage windet.

Ein Paar verwirrter Flaum, mit leeren Händen und in die gleichen Roben wie Jel gekleidet, steht uns gegenüber. Diese Abzeichen sind auch da, die bemalten. Wenn diese Flaum, oder besser gesagt die Sevora, die sie kontrollieren, überhaupt Mut haben, verschwindet er, als sie nach unten blicken und sehen, was aus ihrem Anführer geworden ist. Beide rutschen an der Wand entlang und winken uns vorbei.

Wir gehen.

Wir haben keinen Plan, keine Ahnung, wie wir hier rauskommen sollen, aber wir bewegen uns. Meine Füße trommeln auf den harten Boden und ich werfe einen Blick in jeden Raum, an dem wir vorbeirennen, auf der Suche nach einem Weg nach unten oder hinaus. Meistens habe ich keine Ahnung, was ich da sehe. In einem hängen eine Reihe von Netzen von der Decke. In einem anderen ist ein Becken mit violett-schwarzer Tinte im Boden, und der dritte sieht aus wie ein Miniatur-Blumengarten, obwohl viele der Blüten angefressen sind.

„Was sind das für Dinge?", sage ich, ohne es zu merken.

„Keine Ahnung", keucht Viera vor mir. „Ist es schlimm, dass ich irgendwie hierbleiben und das herausfinden möchte?"

„Das ist deine Entscheidung", antwortet Malo von hinten.

Jetzt folgen uns Rufe von unten, und ich habe keinen Zweifel daran, dass die Plattform nach unten fährt, um jemanden aufzunehmen, der mit mehr als nur Angst bewaffnet ist. Wir sind fast am Ende dieser Seite, und ich hoffe, dass bald etwas auftaucht, sonst wird dieser Fluchtversuch sehr kurzlebig sein. Wenn ich zurückblicke, sehe ich bereits ein halbes Dutzend Flaum, die von der Plattform strömen und uns verfolgen.

Wir erreichen die Rückwand der Etage und da ist nichts. Ein weiterer Raum zu unserer Rechten, und der Balkon führt in einem langen U weiter, das uns nur zu den Leuten bringen wird, denen wir zu entkommen versuchen. Ich höre einen Knall und sehe, dass Malo jetzt auch einen Miner hält. Einen kleinen, genau wie Vieras. Sein Schuss geht weit an der herannahenden Truppe vorbei, aber sie ducken sich in Deckung.

„Sie schießen nicht zurück", sagt Viera, während sie mich hinter das Geländer drückt.

„Weil wir für sie nur lebendig wertvoll sind", erwidere ich, meine Augen auf Malos Miner fixiert.

Idee.

„Gib mir deinen Miner", sage ich zu Viera, und die Lunare zögert. „Ich sagte, gib ihn mir."

Diesmal benutze ich meinen besten Kaiserin-Ton, den, der allerlei schreckliche Dinge andeutet, wenn ich nicht bekomme, was ich will. Viera versteht und übergibt ihre Waffe ohne Widerspruch. Sobald ich meine Finger um den Griff schließe, drehe ich mich um und rufe Malos Namen, während ich den Miner über den Raum zwischen uns und den Wem-Wachen werfe.

Malo versteht.

Zielt.

Schießt.

Alle beobachten meinen geworfenen Miner, die Wachen mit verwirrtem Unglauben, und so sehen alle, wie Malos Schuss daneben geht und in die Seitenwand zwischen zwei Räumen einschlägt. Ich bin kurz davor in Panik zu geraten, als eine der Wachen den Miner mit ihrer pelzigen Flaum-Hand fängt und ihn auf uns zurückrichtet —

Malo feuert erneut.

Ich kann erkennen, dass er nicht verfehlt, weil für einen Moment alles stakkato-weiß aufflackert und ein welliges Geräusch ertönt, als würde eine riesige Papierrolle wieder und wieder zerrissen. Hitzewellen waschen über mich hinweg, als ich gegen die Wand zurückfalle, weg vom Balkon. Meine Nase brennt — wer weiß, was ich da einatme, aber es ist nicht natürlich.

Als das Feuer nicht sofort erlischt, als die Knallgeräusche in Wellen über uns hinwegrollen, wird mir klar, dass das nicht das ist, was ich erwartet hatte. Ich hatte einen Miner geworfen, aber unsere ganze Etage bebt.

Moment mal. Die Wachen. Sie müssen ihre eigenen Waffen getragen haben.

Ich öffne langsam die Augen. Blinzle den Rauch weg. Schaue dorthin, wo die Wachen eben noch standen, und sehe nur noch verkohlte Überreste eines Balkons. Eine konkave Delle teilt die Lücke, diese glühenden Ziegel sehen jetzt furchtbar schwarz aus. Ich kann keine Spur von den Wachen erkennen und ich schaue auch nicht zu genau hin, weil ich ohnehin schon genug Albträume haben werde.

„Lass uns gehen", sagt Viera, und ich bin nur zu glücklich, auf die Füße zu springen, zögere aber, als sie zurück zu Malo geht, in Richtung der Lücke.

„Falsche Richtung?", wage ich zu fragen.

„Du hast uns gerade unsere Treppe gegeben", zeigt Viera, und obwohl ich die Trümmer nicht unbedingt als ‚Treppe' bezeichnen würde, gibt es definitiv einen gezackten, zerstörten Haufen Schutt, der zur zweiten Ebene hinunterführt.

„Es ist ein Weg", stimmt Malo zu, und inmitten schockierter Schreie der Überlebenden unter uns setzen wir uns in Bewegung.

Vieras Leiter ist ein chaotischer Mix aus zersplitterten Ziegeln, verdrehtem Balkongeländer und zerrissenen Dingen, die, da bin ich mir sicher, vor nicht allzu langer Zeit von lebenden, atmenden,

Sklaven.

Das Wort schleicht sich in meinen Kopf und bleibt dort. Keines dieser Geschöpfe kam aus eigenem Antrieb hinter uns her, keines von ihnen kontrollierte seine Arme und Beine und Schwänze oder was auch immer sie hatten. Wir haben sie getötet, und es war nicht einmal ihre Entscheidung gewesen, hier zu sein.

Ich taste mich von Fußhalt zu Handhalt, Rauch und sprudelnder Nebel umgeben mich, und ich nehme mir vor, nie wieder einen Sevora in meinen Kopf zu lassen.

„Ich glaube nicht, dass wir den gleichen Trick ein zweites Mal anwenden können", sagt Malo, als wir uns auf der zweiten Ebene versammeln.

Die aufgestapelten Trümmer versperren uns den Weg zur Plattform, und es scheint keine Treppe in Sicht zu sein. Aber mir wird klar, dass wir keine brauchen. Um uns herum ragen seltsame, baumartige Dinge auf; sich windende, dunkelgrüne Stämme, bedeckt mit leuchtend rosa Blüten. Im Vergleich zu einem Dschungelbaum wäre es ein Leichtes, einen davon zu erklimmen.

Unten zerstreuen sich die Wem, die noch im Schlafsaal sind, offenbar bedeutet die Todesdrohung den Sevora mehr als uns.

„Ganz wie zu Hause, Malo!", rufe ich, mache dann einen Schritt und springe durch die Luft in einen Baum.

Ich halte mich an einem der langen, dicken Äste fest und klettere sofort einen Zweig aus weicherem-als-Holz-Material hinunter, eine Hand und einen Fuß nach dem anderen Richtung Boden setzend. Ich habe keine Zeit, zurückzuschauen, um zu sehen, ob Viera und Malo mir folgen, also bewege ich mich einfach. Klettere auf den Boden. Als ich mich von dem gerippten Blaugrün entferne, erwarten mich ein Paar grau uniformierter Flaum, die sich nervöse Blicke zuwerfen, als ich ihnen gegenüberstehe.

Dennoch kommen sie auf mich zu und halten nichts als ihre eigenen Klauen.

„Ich komme nicht mit euch", sage ich zu ihnen.

„Es ist nicht deine Entscheidung", antwortet der Linke. „*Wie* du mit uns kommst, schon. Entweder unverletzt oder anders."

Ich gehe in Stellung, strecke mein linkes Knie und meinen linken Arm nach vorne. Warte. Sie stürmen gleichzeitig auf mich zu und teilen sich leicht auf. Ich frage mich, warum sie keine Bergarbeiter einsetzen, und nehme dann an, dass all ihre Waffen zusammen mit den eigentlichen Wächtern in Stücke gesprengt wurden.

Ich ducke mich und weiche ihren Schwüngen aus. Rückblende zu Spielen im Dschungel, zu Übungen mit Malo und den anderen Charre-Truppen. Ich winde mich um eine Klaue, schlüpfe unter einer anderen hindurch. Die Hiebe sind langsam, unbeholfen. Das sind keine Soldaten, aber ich konzentriere mich darauf auszuweichen, lange genug am Leben zu bleiben, um eine andere Chance zu nutzen, die sich mir bietet.

Rufe ertönen hinter mir; Malo und Viera machen dieselbe Reise den Baum hinunter wie ich und mischen sich ins Getümmel. Malo packt einen der Flaum von hinten, legt seinen Arm um den Hals des Wesens und wirft es dann über seine Schulter zu Boden. Viera hat weniger Glück, vielleicht nicht so erfahren im Faustkampf wie Malo.

Als die Lunare also versucht, dasselbe zu tun, ist sie nicht schnell genug, und der Flaum hat Zeit zu reagieren, drückt sich von der Lunare weg und bewegt sich, um seine Krallen über Vieras Gesicht zu ziehen. Ich unterbreche mit einem Tritt in die Mitte des Rückens des Flaum. Einer, der das pelzige Wesen direkt in Viera schleudert und beide zu Boden wirft. Viera rollt sich beim Fallen ab und nagelt das Wesen unter sich fest, verpasst ihm ein paar K.O.-Schläge, als sie auf dem Boden zum Liegen kommen.

Dann rennen wir wieder. Raus durch den Schlafsaal, in den Flur. Nachdem wir die Wachen und die zwei Flaum dezimiert haben, scheint niemand sonst Appetit auf einen Kampf zu haben. Der Flur ist leer, und am anderen Ende, das zurück zur Kammer führt, wo vorher alle geschrien haben, sehe ich ein paar Spezies verschwinden. Diesmal werfe ich kaum einen Blick auf die wirbelnden Farben, die mich Minuten zuvor so verzaubert hatten.

Die große Kammer ist höhlenartig ohne jemanden darin. Sobald wir eintreten, schlagen die Türen hinter uns zu. Tatsächlich alle außer einer. Die Tür, durch die uns die Flaum-Truppe ursprünglich hereingebracht hat, die zum Garten und den Landeplätzen führt.

„Ich frage mich, in welche Richtung sie uns haben wollen", sagt Viera.

„Ich schlage vor, wir nehmen sie", sagt Malo. „Jede Sekunde hier gibt ihnen mehr Zeit, eine Falle zu stellen. Oder Schlimmeres."

„Dann lasst uns loslegen", sage ich und unterstreiche die Bemerkung, indem ich zur Tür stürme.

Wieder sind wir unter dem weiß-beigen Himmel und rennen auf den riesigen Garten zu. Als wir gehen, schließt sich unser Ausgang hinter uns. Sperrt uns aus einem Ort aus, an den ich nie wieder zurück möchte. Vor uns sehe ich, dass das Shuttle, das uns hergebracht hat, verschwunden ist, und so ist es ein schlichter, leerer Steinhof, der zum Garten führt. Wir rennen darüber, ohne eine Sekunde für Gespräche zu verschwenden. Unser ganzer Atem geht in unsere Lungen, in unsere Füße.

Mir wird klar, dass wir nirgendwohin rennen können. Nirgendwo zum Verstecken oder Hingehen.

Ich winke Viera und Malo, anzuhalten, sobald wir ein Stück weit in den Garten gekommen sind, als wir von seltsam aussehenden Pflanzen umgeben sind, die jetzt unheimlicher wirken. Ihre gezackten Kanten und seltsamen Blüten ragen über uns, der Boden unter unseren Füßen ist eine stachelige, klebrige Art von Erde. Ein grüner Flaum statt Gras oder Blättern. Ein schiefes Gefühl von Heimweh dringt in meinen Kopf und ich schiebe es weg, eine Handlung, in der ich immer besser werde, je mehr die Heimat zu einem Ort wird, den ich nie wiedersehen werde.

„Ich will nicht weiterlaufen ohne einen Plan", sage ich zu meinen Freunden.

Viera und Malo halten sich ihrerseits einigermaßen gut. Wir alle haben ein paar Kratzer, Risse und Schnitte, die wir vom Kämpfen oder von Gartendornen abbekommen haben, aber wir stehen, leben.

„Von hier wegzukommen scheint mir ein ziemlich guter Plan zu sein", bietet Viera an.

„Wohin? Zurück nach Nasiya?", sage ich. „Selbst wenn wir wüssten, wie wir dorthin kommen, werden sie nicht glücklich sein. Wir würden wieder in demselben Gefängnis landen, oder Schlimmerem. Ich bin sicher, sie hätten nichts dagegen, uns auch einen Sevora in den Kopf zu stecken."

„Können wir das Wesen finden? Das, das uns befreit hat?", sagt Malo.

„Oh ja, das, das uns direkt bei diesen Monstern abgeladen hat?", erwidert Viera. „Glaubst du, es wird beim nächsten Mal etwas anderes tun?"

„Nein, es musste uns ausliefern", sage ich. „Zumindest hat es versucht, uns zu retten. Gebt mir einen Moment und ich werde versuchen, seine Gruppe im Cache zu finden. Ich glaube, sie nannten es 'Dawn'?"

„Dieser Garten ist nicht der Ort für deine Grabungen", sagt Viera und blickt nach oben.

Nicht, dass ich den Anblick des Shuttles brauche, um zu wissen, dass es kommt. Es gibt genug wimmernde, rauschende Geräusche. Wahrscheinlich dieselbe Flaum-Crew, die zurückkehrt, um unsere Probleme zu beenden.

Also rennen wir wieder los. Stürmen durch die Pflanzen, was wie eine Ewigkeit erscheint. Welche Verfolgung es auch gibt, wir sehen sie nie. Wir laufen und laufen und laufen, und ich verliere die Orientierung, wo wir sind. Die Pflanzen weichen schließlich dunklen Metallstrukturen, breiten Straßen und tausenden Augen, von denen die meisten uns beobachten, ihr Blick treibt uns in dunkle Gassen und in Ecken, wo wir glauben kämpfen zu können.

Wo ich hoffe, dass wir sicher sein können, obwohl ich weiß, dass wir es nicht sind.

KAPITEL 8

SCHROTTPLATZ-RAST

DAS EINZIGE, was zu tun bleibt, ist das Angebot des Ooblots anzunehmen. D'Arscale will, dass sie nichts weiter tun, als über das Casino-Parkett zu streifen und bedrohlich zu wirken. Sax stellt fest, dass ein Blitzen seiner Zähne oder eine einzige erhobene Klaue meist ausreicht, um die meisten Kämpfe zu entschärfen, bevor sie überhaupt beginnen. Jeder, der sich davon nicht überzeugen lässt, braucht nur einen einzigen Schlag mit seinem Schwanz, um sich zu fügen.

Die Eintönigkeit gibt Sax Zeit, über Evvas Anschuldigung nachzudenken. Zeit zu entscheiden, was schiefgelaufen ist, zu wissen, wem er vertrauen kann, und er kommt zu keinem Ergebnis. Es gibt keinen wirklichen Grund, denkt er, warum die Amigga sich gegen einen so dekorierten Oratus wenden sollten. Keinen echten Grund, sie als Verräterin zu brandmarken und tot sehen zu wollen.

Andererseits ist sie geflohen. Evva ist auf der Flucht, was bedeutet, dass sie dies kommen gesehen haben muss. Ist das der Grund, warum sie Sax und Bas aufgetragen hat, die Menschen zu beschützen? Den Amigga nicht zu vertrauen?

Es gibt nur eine Gewissheit in all dem – Sax und Bas werden auf der *Scrapper Station* nichts finden, also brauchen sie einen Weg von hier weg.

Und einer bietet sich, als Coorvin ins Casino schlendert. Der Flaum sieht merklich schwerer aus als auf der *Cobalt*, und sein struppiges graues Fell ist nun ein volleres Silber. Seine Augen sind heller, und der Flaum weicht nicht zurück, als Sax ihn bemerkt. Er tut nichts weiter, als zu lächeln, als Sax herüberstampft, um sich vor ihm aufzubauen.

„Du bist immer noch hier", sagt Sax als Begrüßung.

„Plake hat beschlossen, dass ihre Crew eine Pause gebrauchen könnte", antwortet Coorvin. „Und sie hat immer noch den Großteil der Nahrung, die für die *Cobalt* bestimmt war. Sie muss einen Käufer finden, und hier gibt es mehr Optionen als beim zufälligen Herumfliegen."

„Wie nah ist sie dran, einen zu finden?"

Coorvin schüttelt den Kopf. „Ich bin der Neue in der Crew. Sie erzählen mir nicht viel, und nach so vielen Zyklen bei den Amigga bin ich damit zufrieden, in Ruhe gelassen zu werden."

„Hör zu, Coorvin", sagt Sax. „Wir brauchen einen Weg von dieser Station. Zum Chorus oder zu einer der näheren Welten."

„Du bittest mich, dir zu helfen, näher an die Amigga heranzukommen?"

„Ich sage es dir", zischt Sax. „Es gibt hier größere Sorgen als deine Gefühle."

Coorvin jedoch verengt seine Augen zu Sax hin und verschränkt seine pelzigen Klauen vor der Brust. „Sax, ich bin nicht derjenige, dem du Befehle erteilen solltest. Ich bin zurück in einer relativ höflichen Gesellschaft, und so werde ich auch behandelt."

„Dafür habe ich keine Zeit", sagt Sax. „Wie können wir eine Passage auf eurem Schiff bekommen?"

„Es muss doch einfachere Möglichkeiten geben?"

„Wir haben kein Geld", erwidert Sax. „Das bedeutet, wir brauchen Verbindungen."

„Also ist dein Plan, zu versuchen, wieder an Bord des Schiffes zu kommen, dessen Kapitänin dich überhaupt erst in diese Lage gebracht hat?"

„Mein Plan ist es, diese Kapitänin allein zu erwischen und sie mit meinen Klauen von der Notwendigkeit meiner Position zu überzeugen." Sax beugt sich nah zu Coorvin. „Ich habe dich vor diesem Monster gerettet, Coorvin. Alles, worum ich jetzt bitte, ist eine Gelegenheit. Informationen, die es Bas und mir ermöglichen, unser Problem zu lösen."

Daraufhin gibt Coorvin nach. „Das habe ich davon, dass ich ein paar Chips auf den Tischen setzen wollte. Wenn du einen Dialog beginnen willst, geh zur Schrottplatz-Rast – Agra-Red und ein paar der anderen gehen gerne dorthin, wenn ihre Schichten vorbei sind. Bring sie auf deine Seite, und vielleicht wird Plake nachgeben."

„Danke", erwidert Sax und richtet sich dann auf, geht von Coorvin weg.

Es wäre nicht klug, zu viele über seine Beziehung zu dem Flaum zu informieren. Auf der *Scrapper Station* gäbe es viele, die sich für die Aktivitäten der Oratus interessieren würden, und Sax will keinen Teil ihrer Einmischung.

Er wird ohnehin schon genug Blut an seinen Klauen haben.

D'Arscale lässt sie in entgegengesetzten Schichten arbeiten, sodass immer ein Oratus auf dem Boden anwesend ist. Zunächst dachte der Ooblot, er könne Sax und Bas in ihren Quartieren einsperren, wenn sie nicht arbeiten, aber eine ausreichende Zurschaustellung von Sax' Zähnen überzeugt den Schleim vom Gegenteil.

So dauert es nicht lange, bis Sax seine Chance bekommt, die Schrottplatz-Rast und den Rest der Station zu untersuchen.

Außerhalb des Casinos befindet sich der Nexus der *Scrapper Station* – die große zentrale Kugel, von der der Rest der Station in verschiedenen Speichen abzweigt. Es ist billiger, eine Station so zu bauen und sie zur Erzeugung von Schwerkraft rotieren zu lassen, als jede andere Methode. Selbst Stationen am Rande der Zivilisation wie diese haben gewisse Standards: Jede Speiche wird von einem bestimmten Zweck dominiert. Vom Nexus aus zählt Sax sieben davon, wobei zwei ausdrücklich für Wohnbereiche vorgesehen sind. Zwei weitere für Andockbuchten und Versand.

Das lässt drei für allgemeinen Handel und Unterhaltung übrig, zusätzlich zu dem bereits für den Nexus genutzten Raum. Die zentrale Kugel besteht aus vier Hauptavenuen, die sich durch die Struktur kreuzen und an verschiedenen Punkten zusammentreffen. Sax geht auf die nächstgelegene zu und beobachtet die Spezies, die er sieht. Er sucht nach denen, die für eine chemische Entspannung und damit für ein Verhör empfänglich sein könnten.

Das erweist sich als schwierige Herausforderung – die *Scrapper Station* ist weit entfernt von den von den Amigga kontrollierten Gebieten, an die Sax gewöhnt ist. Die meisten Leute hier, unabhängig von ihrer Spezies, sehen aus, als würden sie sich am Leben festklammern. Viele tragen bunte Lumpen oder zusammengeflickte Müllstücke. Diejenigen, die besser aussehen, tragen tendenziell Minenwaffen und andere Waffen offen zur Schau. Sax hatte das im Casino nicht bemerkt, wo automatische Scanner alle Eintretenden zwingen, sich zu entwaffnen.

Es ist eine Seite der Galaxie, die Sax noch nie zuvor gesehen hat.

Aber trotz des Erscheinungsbildes halten die verschiedenen Spezies in den diversen Geschäften an, ob sie nun Waffen, Schrott oder eine Vielzahl anderer Waren kaufen. Einschließlich solcher, die außerhalb der Grenzen der Legalität liegen, etwas, auf das Sax reagiert hätte, bevor die Macht der Amigga ihren Einfluss auf ihn verlor.

Das, so vermutet Sax, ist die offensichtlichste Lehre aus diesem Eintauchen in den Rest der Galaxie. Er hat nie viel Zuneigung für die Amigga gehegt, für ihre distanzierten und scheinbar willkürlichen Forderungen, aber er kann verstehen, auf galaktischen Frieden hinzuarbeiten. Eine Art von Wohlstand. Aber das hier? Das kann nicht das Ideal sein. Wofür die Oratus und Vincere kämpfen.

Zu seiner Linken passiert Sax einen der großen Aufzüge zu den Wohnbereichen. Drei separate Lifte, die dazu dienen, Menschen die Speiche hinauf und zu den Rändern zu befördern, gezogen von dicken Kabeln. Ein Cluster von Teven versammelt sich jetzt vor ihnen und plaudert über eine Art Geschäftsdeal. Sax interessiert das nicht, er geht weiter.

Das erste Anzeichen für Junkyard's Rest kommt von einem Paar Vyphen, die erschöpft und müde aussehen und darüber streiten, wo sie für einen Schnüffler einkehren sollen. Sax kennt den Begriff nicht, aber unter den aufgezählten Orten hört er den Namen, nach dem er sucht. Gleichzeitig bemerken die Vyphen, dass er zuhört.

„Warum stehst du da rum, großer Kerl?", fragt ihn der Nähere, eine bläuliche Kreatur mit welkenden gelben Federn. „Wir machen keinen Ärger."

„Ich bin nicht wegen euch hier", erwidert Sax. „Aber ich suche den Ort, von dem ihr sprecht. Das Junkyard's Rest. Sagt mir, wo es ist."

Die beiden Vyphen sehen sich an, dann wendet sich der Blaue wieder zu ihm. „Die dritte Speiche hoch. Fahr ganz bis ans Ende. Es ist der einzige Ort dort."

Sax gibt ihnen ein einziges Nicken, dann geht er weiter. Er hat die Angst in ihren Augen gesehen, das Anspannen ihrer Muskeln.

Es bringt ihn zum Lächeln.

Sax verabscheut die geringe Schwerkraft, die zunimmt, je weiter er sich vom Nexus entfernt. Das Gefühl, dass, wenn er eine Klaue hebt, sie nicht sofort wieder herunterkommt, dass sein Bein weiter steigt, bis er sich anstrengt, es zu stoppen. Obwohl die Luft recycelt und gereinigt wird, hat Sax das Gefühl, dass er härter arbeiten muss, um sie unten zu halten, um seinen Körper aus dem Aufzug und in die einzige mögliche Option am Ende der Speiche zu manövrieren.

Das Junkyard's Rest.

Der Eingang ist ein breites, flaches Quadrat, das offenbar einmal als Frachtausgang gedient hat. Zu groß für normale Leute, hat die Bar ihn seitdem mit leuchtenden Hologrammen gefüllt, die die Preise verschiedener Spezialitäten und Menüpunkte anzeigen.

An denen Sax nicht im Geringsten interessiert ist.

Um die Navigation zu erleichtern, gibt es überall auf dieser Ebene und, da ist sich Sax sicher, auch in der Bar, Pfosten, die etwas über einen Meter aufragen. Er benutzt seine Klauen, um einen zu packen und sich an einem Paar nervöser Flaum-Türsteher vorbei in die Bar zu katapultieren. Als ob sie je versuchen würden, einen Oratus aufzuhalten.

Drinnen erweist sich Junkyard's Rest als Sklave seines Namens, und Sax fragt sich, ob sein Design ebenso viel mit den niedrigen Kosten von, nun ja, Schrott zu tun hat. Tische und Stühle jeder Höhe sind am Boden verschraubt und aus zufälligen Teilen zusammengesetzt. Sax kann lange Bänke sehen, die aus den Flügeln alter Kampfjets geschnitzt wurden, während schildkrötenartige Hocker für die flüssigen Körper von Whelk und Ooblots aussehen, als wären sie aus Raketendüsen gefertigt.

All das passt auch zur Bar selbst – einer langen Theke, bedeckt mit poliertem Schrott und bedient von Roboterarmen. Kameras projizieren Optionen auf die Tische, wo Gäste das Hologramm dessen berühren, was sie wollen, und es ihnen kurz darauf von Lieferdrohnen zugeflogen wird.

Abgesehen von Gesprächen beherrscht ein synthetischer Pulsschlag den Hintergrund, die Art von Geräusch, das keine instabilen Effekte für einige der empfindlicheren Spezies verursacht.

Und dann ist da noch die Krönung des Junkyard's Rest: ein riesiges Fenster am äußersten Ende der Speiche, das den Blick auf das schwebende Trümmerfeld um die *Scrapper Station* freigibt. Beleuchtet vom Widerschein des umgebenden Planeten, dient der Schrott als endlose Unterhaltung, während die Teile gegeneinander prallen und kollidieren, gelegentlich unterbrochen von einem vorbeiziehenden Schiff.

Was Sax allerdings nicht sieht, ist sein Ziel. Agra-Red ist nicht hier, und Sax zieht Blicke auf sich. Er wird bald etwas unternehmen müssen, oder die falsche Art von Aufmerksamkeit wird sich ihm zuwenden.

Also geht Sax zum ersten Mal in seinem Leben an eine Bar.

Keine Seele kommt, um ihn zu bedienen. Wer würde

das schon? Er ist eine große, grau geschuppte Waffe, die immer noch reichlich Narben von den Verbrennungen auf der *Cobalt* und Schnitte von so vielen früheren Schlachten trägt, dass sie alle zu einer erschreckenden Geschichte verschmelzen.

Es hilft nicht, dass Sax jedem, der ihn ansieht, seine Zähne zeigt. Es gibt ein Protokoll, das hier befolgt werden sollte – nämlich, dass Beute ihren Platz verstehen sollte, und Sax betrachtet jeden hier als Beute.

„Willst du was?", sagt eine Stimme.

Sax sucht nach der Quelle und sieht sie nicht, nur Reihe um Reihe von Flaschen, Kiste um Kiste von Stimulanzien und jede Menge inhalierbarer Päckchen.

„Ich benutze einen Lautsprecher", sagt die Stimme, und dann sieht Sax die Löcher, direkt dort in der Theke vor ihm. „Wenn du bestellen willst, benutze das Menü vor dir. Wenn nicht, würde ich dich bitten-" Sax schafft es, den Sprecher zu finden, einen stämmigen Flaum hinter der Bar, der Sax' Blick begegnet und hart schluckt. „Zu, äh, dir so viel Zeit zu nehmen, wie du brauchst."

Sax wendet sich dem Menü zu, einer Litanei von Optionen, die vor ihm auf die Oberfläche projiziert werden. Die meisten davon sind unattraktiv: Injektionen, die durch den Körper eines Whelk schwimmen sollen, gezielt darauf ausgerichtet, verschiedene Nervenzentren zu stimulieren und zu betäuben, Beschichtungen, die, in den zentralen Kern eines Teven gegossen, die Kreatur in ekstatische Besinnungslosigkeit treiben würden.

Sax scrollt durch die Optionen und schreibt eine nach der anderen ab. Er ist nicht hier, um seinen Verstand zu verzerren, allein die Vorstellung davon macht ihn übel. Endlich gelangt er ans Ende der Liste, wo sich weniger gefährliche Dinge wie Wasser und Nährstoffbrei befinden. Er wählt beides aus.

Hinter ihm spürt Sax, wie ein Hocker beginnt, sich aus dem Boden zu erheben, und mit seinem linken Bein tritt er nach dem Ding, bis dessen mechanisches Gehirn die Idee bekommt, dass Sax keinerlei Verlangen hat, sich zu setzen.

Dann nimmt er seine Beobachtung wieder auf. Immer noch kein Anzeichen des Whelk, obwohl Sax weiß, dass er erst seit ein paar Minuten in der Bar ist.

Diese Minuten ziehen sich, und Sax bestellt ein Wasser nach dem anderen, geht durch mehrere leichte Mahlzeiten aus Nährstoffbrei und bemerkt einen sich stetig vergrößernden freien Bereich um ihn herum, während Gäste entscheiden, dass die potenzielle Gefahr, in der Nähe eines Oratus zu sein, keinen Blick aus der Nähe wert ist.

Nicht dass es Sax stören würde.

Er beobachtet den Schrott, der im Weltraum kreist, verfolgt die Bahnen von Schiffen, die in das System hinein- und wieder hinausspringen. Es ist auf seine eigene Art friedlich, und Sax beginnt zu verstehen, warum Menschen solche Orte bevorzugen könnten. Eine Chance für meditatives Nichts in einem überfüllten Universum.

„Du bist nicht derjenige, den ich hier zu finden erwartet habe", sagt eine verwirrte Stimme, die Sax erkennt.

Seine Jagd ist vorbei.

Agra-Red steht da und blickt Sax an, eine gerade Linie, die sich über sein breites, karmesinrotes Gesicht zieht, wie immer von seinem Helm beschattet. Der eingebettete Bergarbeiter des Whelk ist noch da, aber Sax bemerkt, dass der Akku, der ihn mit Strom versorgt, verschwunden ist — anscheinend ein Zugeständnis an die Regeln des Ortes. Hinter dem Whelk steht Engee, die ein einzelnes Auge aus der Oberseite ihres Panzers herausstreckt und es herumdreht.

„Ich bin wegen dir hier." Sax ist kein Fan von Subtilität.

„Wirklich." Agra-Red schiebt sich an der Bar neben Sax und wendet sich halb zu Engee. „Hol dir, was du willst, ich zahle."

„Das musst du nicht", erwidert Engee, setzt sich aber trotzdem neben ihn an die Bar, zu seiner Linken.

„Sie hat meinen Miner modifiziert", sagt Agra-Red zu Sax. „Die Leistung so weit gesteigert, dass er sogar durch deine Schuppen brennen wird."

Sax betrachtet sich selbst. Die Narben. „Ist mir schon oft genug passiert."

„Du lebst noch, also offensichtlich nicht."

Agra-Red schielt auf das Glas Wasser vor Sax auf der Bar, lacht und gibt dann eine Bestellung für irgendeine Droge ein, die Sax nicht kennt.

„Ich brauche dein Schiff", sagt Sax.

„Es ist nicht mein Schiff", erwidert Agra-Red und wendet sich Engee zu. „Hast du schon was bestellt?"

„Kann ich dir vertrauen, dass du mich nicht hier zurücklässt?"

„Ich bring dich zurück. Vorausgesetzt, dieser Typ reißt mich nicht in Stücke."

„Du willst Agra-Red in Stücke reißen?", Engee streckt ihren Augenstiel um Agra-Reds schleimigen Körper herum.

„Noch nicht", antwortet Sax.

„Siehst du? Er ist freundlich." Einer von Engees winzigen Armen schießt aus ihrem Panzer hervor und klatscht etwas auf die Bar vor ihr.

„Freundlich. Hat dich schon mal jemand so genannt, Oratus?", sagt Agra-Red und wendet sich wieder Sax zu.

„Meine Freunde."

„Wo sind sie denn?" Agra-Red tut so, als würde er sich in der Bar umsehen. „Nicht hier?"

„Sie arbeiten. An dem Job, in den du uns verkauft hast."

„Nochmal, das war nicht meine Entscheidung. Du verwechselst mich mit Plake, Oratus. Beschwer dich beim Kapitän, nicht bei der Crew."

Sax bläht seine Nüstern. Seine lange Zunge streicht über seine hinteren Zähne in seinem Mund. Whelks sind schreckliches Essen – sie sind klebrig und zerfallen nach ihrem Tod meist zu Gelee. Trotzdem hätte er nichts dagegen, jeden Bissen von diesem hier zu verspeisen.

Aber das würde Bas nicht aus dem Kasino holen. Würde sie nicht von dieser Station wegbringen, zu Evva.

„Wir brauchen eine Mitfahrgelegenheit, Agra. Wir werden dafür bezahlen."

„Womit denn? Soweit ich mich erinnere, hattet ihr nichts zum Bezahlen. Ist das der Grund, warum du Wasser trinkst?"

Sax blinzelt. Bezahlung. Er hatte ... noch nie in seinem Leben für etwas bezahlt. Immer im Auftrag von Vincere, immer durch deren Verträge abgedeckt.

Er hat keine Möglichkeit, all das Essen zu bezahlen, das er gegessen hat.

„Ich kenne diesen Blick", sagt Agra-Red. „Jetzt bist du verloren. Was wirst du tun? Jeden in der Bar umbringen, wenn sie kommen, um die Rechnung einzutreiben?"

„Du wirst für mich bezahlen", sagt Sax langsam.

„Und was würde mich zu solcher Großzügigkeit veranlassen?"

„Du kaufst ihr einen Drink dafür, dass sie deine Waffe repariert hat", sagt Sax und hebt dann seine Vorderkrallen. „Du kaufst mir eine Mahlzeit dafür, dass ich dich am Leben lasse."

Anstatt ängstlich oder bedroht auszusehen, wackelt Agra-Red mit seinem Körper und lacht.

„Ich muss dir das lassen, Oratus, du glaubst wirklich, dass du beängstigend bist."

Sax spürt, wie sich seine Augen verengen, aber wieder kommt ihm Bas in den Sinn und er zwingt sich zur Ruhe.

„Trotzdem", fährt Agra-Red fort, während seine Augen zu einer Schale mit Pulver rollen, die ein Roboterarm vor ihn stellt. „Wenn du wirklich eine Mitfahrgelegenheit willst, gibt es etwas, das du tun könntest, um dich bei Plake beliebt zu machen."

„Was?"

Agra-Red beugt sich über die Schale, sein Mund dehnt sich aus, um die gesamten Ränder zu umschließen, und mit einem schlürfenden Geräusch fließt das gesamte Pulver aus der Schale in den Whelk.

„Es gibt ein Restaurant, Nova. Wohnbereich zwei. Plake hat, was sie wollen, aber sie wollen ihr nicht das zahlen, was sie braucht, damit sich die Reise lohnt", sagt Agra-Red. „Bring sie dazu, ihre Meinung zu ändern, und ich helfe dir, deine Mitfahrgelegenheit zu bekommen. Wir fliegen danach sowieso wieder Richtung Kern."

Der Whelk wechselt von seiner rötlichen Färbung zu einem Violett, während sich das Pulver durch die Tausenden von spinnenartigen Adern verteilt, die durch die Masse der Schnecke laufen. Agra-Reds Pupillen weiten sich, sein Mund erschlafft, und Sax geht davon aus, dass dieser Deal abgeschlossen ist.

Er hat noch nie die Rolle des Erpressers gespielt, aber in letzter Zeit ist sein Leben voller Premieren.

Sax steht auf, und als der eine Barkeeper von seinem sicheren Platz am anderen Ende herüberschaut, zeigt Sax mit seiner linken Vorderkralle auf Agra-Red. Die Essensschuld ist weitergegeben.

Sax dreht sich um und will gerade das Restaurant verlassen, als hinter ihm Flüche, wütende Flüche, erschallen.

Er hätte sich nicht umgedreht, hätte sich nicht darum gekümmert, wenn nicht die panischen, lallenden Antworten von jemandem gekommen wären, den er kennt.

Sax wirbelt herum und sieht ein Paar Vyphen über Engee stehen, die, nach ihrem taumelnden Zustand zu urteilen, ihrem Getränk der Wahl hart zugesprochen hat. Ein paar andere Getränke, blaue und grüne, die nun den Boden am Fuß der Bar zieren, erzählen Sax die ganze Geschichte, die er braucht.

Engee wechselt zwischen Entschuldigungen und der Art von unkontrollierbarem Lachen, das zeigt, dass sie weit weg von ihrem normalen Selbst ist.

Die Vyphen scheinen jedoch kein Interesse daran zu haben. Ihre eigenen elliptischen Augen sind blutunterlaufen, und ihre gefiederten Arme greifen nach der Teven, die hinfällt, als sie versucht, sich zurückzuziehen.

Agra-Red seinerseits liegt regungslos über der Bar, während seine Haut zwischen Violett- und Rottönen wechselt.

Es könnte mehr als einen Weg geben, eine Mitfahrgelegenheit auf Plakes Schiff zu bekommen.

Die Vyphen weichen hastig zurück, als Sax sich über Engee stellt, die mit ihren winzigen Beinen unter ihm herumkrabbelt.

„Habt ihr ein Problem mit der hier?", zischt Sax, leise und mit einer leicht angehobenen Lippe – gerade genug, um seine Zähne zu zeigen.

Die Vyphen nutzen jedoch den Moment, um sich zu

erholen und etwas Rückgrat zu zeigen. Beide erwidern Sax' Blick mit ihren gummiartigen Gesichtern, ihre kugelförmigen Augen direkt auf den Oratus gerichtet. Sax erkennt, dass es dasselbe Paar aus dem Nexus ist, das ihm den Weg hierher gewiesen hat. Sie sind jedoch so weit von der Realität entfernt, dass Sax nicht glaubt, dass sie sich selbst in einem Spiegel erkennen würden.

„Nichts, was dich was angeht", sagt der rechte, ein blau-goldenes Wesen, dessen Federn eng gestutzt sind. „Sie hat unsere Getränke verschüttet, wir suchen nur nach etwas Vergeltung."

„Ja", fügt der linke hinzu, ein geflecktes Braun und Grün, dessen eigene Federn mit verschiedenen Winkeln experimentieren.

„Dann schlage ich vor, ihr bestellt eure nächste Runde, und lasst sie und ihren Freund dafür bezahlen", erwidert Sax.

Die Vyphen legen ihre Köpfe schräg. Als wäre dies eine lächerliche Forderung.

„Du hörst nicht, was wir sagen", sagt der blau-goldene Vyphen. „*Scrapper Station* ist keine deiner Militärbasen. Wir folgen nicht deinen Gesetzen. Wir können hier tun, was wir wollen, bekommen, was uns zusteht."

„Ja", bestätigt der andere.

Sax entfaltet alle vier Krallen und beobachtet, wie die Vyphen diese scharfen Spitzen verfolgen. Er wettet, dass sie sich vorstellen, wie schmerzhaft sie sein könnten. Besser, die Konsequenzen etwas deutlicher zu machen.

„Danke, dass ihr mich das wissen lasst", sagt Sax. „Diese Teven gehört mir. Wenn ihr ihr wehtut, dann werdet ihr bei mir in der Schuld stehen, und ich werde meine Schuld auf die gleiche Weise eintreiben, wie ihr eure."

Die Vyphen blicken sich an. Dann plustert der blau-goldene seine Federn auf, lässt sie abstehen, als wäre es eine Art Zurschaustellung. Es ist ein schnelles Aufploppen und groß genug, dass Sax nicht sieht, wie der zweite Vyphen einen kleinen Miner aus einem Holster zieht, das von seinen wilden Federn verborgen wird.

Die Waffe kommt zum Vorschein, zielt auf Sax, und dann verschwindet der Vyphen einfach in einem Blitz, einem hellroten, der einen geschmolzenen Fleischhaufen und einen Haufen fallender, brennender Federn zurücklässt.

Sax verfolgt den Strahl zurück zur Bar, wo Agra-Red sitzt, immer noch schläfrig aussehend, aber mit seinem schweren, modifizierten Bergbaugerät auf die Stelle gerichtet, wo der Vyphen stand.

„Sie hat ihm wirklich einen Schub gegeben!", lacht Agra-Red und blickt dann auf die Waffe hinunter. „Hat gerade genug Reserveenergie für einen Überraschungsschuss hinzugefügt. Hat ihn direkt zu Schlacke verwandelt. Ausgezeichnet."

Der blau-goldene Vyphen lässt seinen Blick zwischen Sax und Agra-Red hin und her tanzen und macht sich dann auf zum Ausgang. Niemand bemüht sich, ihm zu folgen.

Sax tappt vorwärts, schnüffelt und stochert in den Überresten des Vyphens, dann greift er das kleine gefallene Bergbaugerät. Mit seinem Schwanz hilft er Engee wieder auf die Beine.

„Bergbaugeräte dürfen nicht drinnen abgefeuert werden!", quietscht der Barkeeper aus seinem Versteck, aber es ist die Art von halbherziger Warnung, der niemand Beachtung schenkt.

Der Rest der Bar scheint sich nicht einmal darum zu kümmern - nach einem Moment, in dem sie sichergehen, dass sie nicht das Ziel sind, hört Sax, wie alle Gespräche wieder aufgenommen werden, die Musik wieder zu spielen beginnt und das Leben zur Normalität zurückkehrt.

Eine Horde kleiner Roboter quetscht sich aus einigen Lüftungsschächten und beginnt, den Körper des Vyphens zu zerlegen, wobei sie seine Teile zu irgendeinem Recycler abtransportieren, der ihn zweifellos in eine Art Nahrung oder Energie umwandeln wird.

Im Weltraum kann man nichts verschwenden.

Besonders keine Gelegenheiten.

„Hast du nicht gesehen, was ich gerade getan habe?", erwidert Agra-Red, als Sax seine Verteidigung von Engee für die Fahrt anbietet. „Ich bin derjenige, der das Problem gelöst hat. Du hast Glück, dass ich mit meinem Grottensnuff umgehen kann."

„Ich hätte sie in Stücke geschnitten."

„Nachdem dieser eine dich mit dem Bergbaugerät erschossen hätte? Denn ich habe nicht gesehen, dass du es vorher getan hast. Und sie sagen, Oratus seien so furchteinflößend." Agra-Red wendet sich wieder zur Bar. „Lass Nova die Waren kaufen, dann reden wir weiter."

KAPITEL 9

DIE BESTIE

EIN UNGLAUBLICH DICHTES Gewirr aus Linien und Kreisen erstreckt sich vor mir gegen das schwarze Nichts. Ich fokussiere mich, und ich falle, während die Linien um mich herumrasen. Sie dehnen sich aus und zoomen immer weiter hinein, verdrehen sich zu verschiedenen und spezifischeren Formen, bis sie einrasten, wobei die Ecke, in der ich stehe, den Mittelpunkt bildet. Dann, mit einem kleinen Stoß aus meinem Geist, zeichnet sich eine hellblaue Linie von unserem Standort zu einem riesigen Oval, das mein kleines Versteck in den Schatten stellt.

„Kaishi, wir müssen uns bewegen", Vieras Stimme vertreibt die Karte des Cache, und ich blinzle zurück zu den Gebäuden und dem Dröhnen der über uns fliegenden Schiffe.

Den Cache zu verlassen ist immer eine desorientierte Erfahrung, wie das Aufwachen aus einem tiefen Schlaf. Es dauert eine Minute, bis mein Körper wieder die Kontrolle über sich gewinnt, und ich merke, dass mir kalt ist. Das sollte nicht sein - ich trage immer noch meine Maske, und

Vimelia scheint kein kalter Planet zu sein -, aber trotzdem jagen Schauer durch meine Adern.

Ich habe mich schon einmal so gefühlt, in Damantum, als ich das Medaillon des Hohepriesters Jakkan um den Hals trug. Damals, als mich alle beobachteten und sich fragten, wer ich war und warum ich so gekennzeichnet worden war. Kein Verstecken damals, und kein Verstecken jetzt.

„Sie kommen näher", sagt Malo, der sich um die Kante des riesigen Behälters lehnt, hinter dem wir uns ducken.

Wir sind von Nische zu Nische gehuscht und haben uns immer dann versteckt, wenn jemand auf uns aufmerksam wurde. Jeder hier könnte für die Fraktion arbeiten, der wir gerade entkommen sind, jeder könnte für Nasiya arbeiten. Ich muss immer wieder den Cache überprüfen, um sicherzugehen, dass wir auf Kurs bleiben. Dieser Behälter - ich weiß eigentlich nicht, ob er sich öffnen lässt - ist ein riesiges Rechteck, das aus der Seite eines mehrstöckigen Gebäudes mit Wänden aus geformtem, glänzendem Kupfer herausragt.

Ich vermute, der Grund, warum er hier hinten versteckt von der Straße steht, ist, dass der Behälter in einem krassen Grau gehalten ist, gefleckt und nur durch das riesige Rohr gekennzeichnet, das von einer Öffnung in der Gebäudewand hineinführt.

„Wer kommt?", frage ich.

„Ein Paar dieser Schneckenkreaturen. Sie tragen die Farben unserer Feinde", stellt Malo fest.

Keine Sorge, keine Bedenken, nur nackte Tatsachen.

Unsere Feinde. Ich schätze, das sind die Wem jetzt. Zwei große Fraktionen auf diesem Planeten, laut Jel, und wir haben sie beide verärgert. Ich schaue auf der anderen Seite des L hinaus, die in einer weiteren kurzen Gasse zwischen dem Kupfergebäude und einem benachbarten, schlammbraunen Turm endet.

„Dann lasst uns gehen", sage ich.

Wir formieren uns in einer Reihe, mit Viera vorne, Malo hinten und mir in der Mitte. So sind wir dem Raumhafen, wohin uns der Cache führt, immer näher gekommen. Vorausgesetzt natürlich, dass wir überhaupt ein Schiff wie das finden können, das uns hierher gebracht hat, und dass wir herausfinden können, wie man es ohne Ignos in meinem Kopf fliegt. Eine Frage, die wir beantworten müssen, wenn wir es so weit schaffen.

Vorerst reicht es, die Hoffnung zu haben.

Wir gehen durch die kleine Gasse, die nach rechts zurück zur Hauptallee führt. Ein Ort, an dem wir versuchen, so wenig Zeit wie möglich zu verbringen. Es sind nicht viele Leute auf den Straßen - die meisten sind in den Röhren oder den Schiffen, die oben fliegen, aber es gibt so viele Fenster und so viel Bewegung, dass es unmöglich ist zu wissen, wann uns jemand bemerkt hat. Und als die einzigen Menschen auf dem Planeten fallen wir ziemlich auf.

„Hast du es gefunden?", fragt Viera, als wir uns der Hauptstraße nähern.

„Das tue ich immer", antworte ich.

„Sind wir näher dran?"

„Mit jedem Mal."

Wir erreichen das Ende und Viera erstarrt am Rand der Gebäude. Sie hält unseren einzigen Miner, der in ihren beiden Händen klein aussieht, aber ich kann an der Art, wie sich ihre Muskeln anspannen, erkennen, dass sie etwas gesehen hat, das ihr nicht gefällt. Malo presst sich sofort hinter mir gegen die Wand und bringt seine Füße in Position, um loszuspringen, bereit, auf die uns verfolgenden Kreaturen zuzustürzen.

„Sie sind überall", sagt Viera. „Sie haben eines dieser großen Schiffe mitten auf der Straße schweben. Flaum verlassen es in Gruppen."

Wir können nicht gegen sie kämpfen. Wir können ihnen nicht davonlaufen. Es gibt nur eine andere Option.

„Wir brauchen eine Ablenkung", sage ich.

„Ich kann mich opfern", meldet sich Malo freiwillig. „Ich gehe raus, errege ihre Aufmerksamkeit. Ihr beiden könnt dann fliehen."

„Nein", erwidere ich. „Hier opfert sich niemand."

Es gibt Bewegung von dort, wo wir hergekommen sind. Der Klang trägt über den glatten Steinboden. Schlürfende, schmatzende Geräusche. Eine Sprache, die ich nicht kenne. Aber es gibt mir trotzdem eine Idee.

„Wie viele?", flüstere ich Malo zu und nicke in die Richtung, aus der wir gekommen sind.

„Nur zwei, und unaufmerksam", sagt Malo.

„Dann haben wir unsere Antwort", sage ich. „Lasst sie uns schnappen, und vielleicht finden wir etwas, das wir benutzen können."

Niemand stellt den Plan in Frage. Wir ziehen uns die Gasse zurück, biegen links ab und laufen fast direkt in die zwei Whelk hinein. Einer ist hellgelb, wie Jel, und der andere ein ekliges Grün. Keiner von beiden schaut nach vorne, beide scheinen in irgendeinen Streit miteinander verwickelt zu sein. Sie drehen sich gerade rechtzeitig um, damit Malo seine Faust ins Gesicht des grünen schlagen kann und Viera, die den Miner wie einen stumpfen Gegenstand schwingt, auf den gelben eindreschen kann. Ich greife währenddessen nach den Minern, die an ihrer Haut kleben.

Die Waffen stecken teilweise in den Whelks, als würden sie in ihr gelartiges Äußeres einsinken.

Die Whelks nehmen die Schläge hin und beginnen tatsächlich zu lachen. Das denke ich jedenfalls, dass die gurgelnden Geräusche bedeuten, angesichts der wilden Ausdrücke auf ihren Gesichtern, während Malo und Viera Schläge und Tritte austeilen. Jeder Treffer erschüttert sie, lässt Wellen durch ihre gallertige Haut laufen, ohne eine Spur zu hinterlassen.

Ich grabe meine Fingernägel in die Haut des gelben und drücke meine Hand hinein, bekomme meinen Zeigefinger auf den Abzug des Miners. Der Whelk begreift, was ich vorhabe, und seine kurzen Arme greifen nach mir, aber Viera packt die schleimigen Handgelenke des Dings und zwingt den Angriff zur Seite.

Ich drücke ab und der Miner feuert, größtenteils noch im Inneren der Kreatur. Sein hellroter Laser schmilzt den Whelk und verwandelt seinen schleimigen Körper in ein zischendes Wrack. Das ist nicht, was ich erwartet habe, und ich stolpere zurück, meine Hände immer noch am Abzug. Ich behalte genug Fassung, um den Miner auf den zweiten Whelk zu richten. Die roten Bolzen durchbohren den grünen und prallen gegen die Seite des Kupfergebäudes, wobei verkohlte, zerbrochene Stücke zu Boden rieseln. Malo und Viera schnappen sich die Miner der Whelks, sobald ich aufhöre zu feuern, und wir sind bewaffnet.

Was auch gut ist, denn wir können die stampfenden Füße und die Rufe der herannahenden Verstärkung hören.

Ich bin kurz davor, zur Hauptstraße zu rennen – eine Taktik, die uns wahrscheinlich umbringen wird –, als dieser Behälter meine Aufmerksamkeit erregt. Das riesige Rohr, das in die Oberseite mündet, muss irgendwohin führen –

der Behälter ist zu klein, um etwas für ein Rohr zu fassen, das fast so breit ist wie ich groß bin.

Ich nehme meinen Miner und schieße auf die Seite des Behälters. Die Bolzen treffen die Wände des Behälters, die wie Papier zerbrechen. Die überhitzten Verbrennungen hinterlassen ein breites Loch, und ich finde, wonach ich gehofft hatte.

Damantum hatte ein rudimentäres Abwassersystem; eine Reihe von Steinkanälen, die sich unter den meisten Gebäuden zum Meer wanden. Es erscheint plausibel, dass sie hier, in dieser unwahrscheinlich riesigen Stadt, einen Weg brauchen würden, um den Abfall der Wirtsarten zu beseitigen. Die Sevora, von dem, was ich gesehen habe, mögen es sauber. Ich habe nirgendwo auch nur ein Stäubchen Müll gesehen, noch irgendwelche der üblichen Gerüche von Lebewesen.

Jetzt rieche ich sie. Schreckliche Gerüche, die in meiner Nase brennen und mich zum Husten bringen, aber sie vermischen sich mit Hoffnung. Denn es gibt einen Weg nach unten durch das gerade Rohr. Einen Ausweg.

„Das ist nicht, wo ich hin will", warnt Viera. „Und wenn wir da unten stecken bleiben, werden sie uns sowieso fangen."

„Sie werden uns mit Sicherheit fangen, wenn wir hier oben bleiben", sage ich.

Malo streift an mir vorbei, bevor ich in das Rohr steigen kann, das dunkel und breit ist, obwohl es scheint, dass genug Schmutz an den Wänden klebt, um den Abstieg nicht zu schwierig zu machen.

Selbst mit unseren Masken klebt der Dreck an unserer Kleidung, unseren Händen und Füßen. Es gibt kaum Licht, und die Strahlen, die durch das Loch oben eindringen, werden schnell schwächer und verschwinden. Aber wir bewegen uns weiter, denn welche andere Wahl haben wir?

Das Rohr beginnt sich zu krümmen, wie ein abfallendes J, bis es sich waagerecht ausrichtet. Hier ist der Schlamm so tief, dass er mir bis zu den Knien reicht. Wir stapfen trotzdem weiter.

„Ich war schon lange nicht mehr so blind", murmelt Viera. „Obwohl ich mir nicht sicher bin, ob ich lieber sehen würde, wodurch wir gerade waten."

„Erinnert dich das an den Wald bei Nacht?", fragt mich Malo, während wir uns vorwärts schleppen.

„Der Wald lebt, er singt und weint", sage ich. „Dies hier ist still und tot."

Doch selbst als ich das sage, weiß ich, dass es nicht stimmt. Dinge bewegen sich im Schlamm. Meine Haut spürt das Zittern, und ich frage mich, ob es wie zu Hause ist. Ob es seltsame Insekten gibt, die sich tief eingraben und verschlingen, was wir zurücklassen. Ich blinzle, obwohl es nichts zu sehen gibt, weil solche Gedanken nur ablenken.

Weit hinter uns ertönt das Geräusch von jemandem, der mutig genug ist, einen Abstieg zu wagen. Sie bewegen sich langsam. Wer auch immer uns verfolgt, ist nicht besonders begeistert von dem Weg, den wir gewählt haben.

Schließlich weitet sich das Rohr, bis eine viel größere Öffnung erscheint, und ich sehe, dank einiger Reihen von niedrigen gelben Lichtern, die ihr Leuchten verbreiten, dass wir in eine Art Zentralkammer gelangt sind. Andere Rohre münden wie unseres in diese und entladen ihren Schlamm in langsamen, stoßartigen Bewegungen.

„Eines der schlimmsten Dinge, die ich je gesehen habe", sagt Viera. „Hier dachte ich, wir wären im Land der Großartigkeit. Wo Wunder überall sein würden. Und doch bin ich immer noch von Scheiße umgeben."

„Das ist die wahre Natur dieser Welt", sagt Malo.

„Wichtiger ist", sage ich, „dass wir am Leben sind. Jetzt müssen wir nur noch entscheiden, wohin wir gehen."

Wir sind am Rand eines großen Rohrs angekommen, das zu tief hinabführt, als dass ich sehen könnte, wohin.

„Schlag bloß nicht vor, dass wir dieses große Ding hinunterklettern", sagt Viera und späht über den Rand. „Ich kann nicht sehen, wohin es führt, und ich will es auch gar nicht wissen."

„Wir sind so weit gekommen. Wir werden weitermachen. Was auch immer nötig ist, um nach Hause zu kommen", erwidert Malo.

„Hast du überhaupt Gefühle?", feuert Viera zurück. „Denkst du darüber nach, ob du etwas genießt oder nicht? Ob du das Leben magst, das du führst? Denn ich kann dich nicht einschätzen. Du bist wie eine Statue, die –"

„Viera, hör auf", unterbreche ich. „Denkst du, dass hier, von allen Orten, der richtige Zeitpunkt für dieses Gespräch ist?"

Viera zuckt mit den Schultern, hört aber auf zu reden, was ich als Sieg verbuche.

„Ich stimme dir allerdings zu", sage ich. Ich geselle mich zu Viera an den Rand und schaue hinunter; es ist ein Abgrund, tief und dunkel. „Ich würde den Sprung lieber nicht wagen."

Keine Lichter, außer einem kleinen gelben Trio um ein einzelnes Rohr auf der gegenüberliegenden Seite. Eines, das wie unseres langsam Schlamm in seinen größeren Bruder abgibt.

„Glaubt ihr, das ist ein Zeichen? Sollen wir in diese Richtung gehen?", ich zeige auf die Lichter.

„Wenn wir diesen Lichtern folgen, werden die Sevora, die uns verfolgen, auch die offensichtliche Route nehmen", sagt Malo. „Aber andererseits haben wir nicht wirklich einen anderen Weg, oder?"

„Es sei denn, du willst da unten einen Tauchgang machen." Viera nickt in Richtung der Tiefe.

Mit unserer festgelegten Richtung kommt der schwierige Teil: Wie kommen wir auf die andere Seite? Es gibt keine Leitern, Griffe oder irgendetwas anderes, das ich sehen kann, das uns helfen würde, herumzuklettern und hinüberzukommen. Wir müssen etwas finden, und da bemerke ich, dass Malo seinen Miner hält.

„Manchmal", sagt Malo, „muss man seinen eigenen Weg schaffen."

Er hebt den Miner, lehnt sich über den Rand und beginnt, rote Bolzen in die schlammbedeckte Seite des zentralen Rohrs zu setzen. Jeder Schuss des Miners schneidet einen kleinen Vorsprung in die Metallseite des Rohrs; brennt den Schlamm weg und hinterlässt eine Linie. Der Krieger hält die Strahlen lange genug, um einen Fußhalt zu schaffen, dann wechselt er, bis schließlich die Energie beider seiner Miner erschöpft ist. Als die Waffen zu nichts verpuffen, haben wir einen Halbkreis aus schwarzem, zackigem Metall und verkohlten Dreckklumpen, die darauf warten, unser Gewicht zu testen.

Viera will den ersten Schritt machen und ich packe ihren Arm, ziehe sie zurück.

„Ich bin die Leichteste", sage ich. „Ihr solltet mich zuerst gehen lassen. Die Vorsprünge werden mich am ehesten tragen."

„Und was, wenn sie es nicht tun?", sagt Malo. „Du wirst fallen. Vielleicht sterben."

„Wenn ich es nicht tue, werden wir alle fallen. Lasst mich für einmal das Risiko eingehen", antworte ich.

Sie sehen mich an, als wäre ich dumm, aber sie verstehen nicht, wie nervig es ist, zurückgehalten zu werden. Die ganze Zeit beschützt zu werden. Außerdem besteht die Chance, dass ich auf der anderen Seite etwas finde, um ihnen beim Überqueren zu helfen. Es macht Sinn, dass ich zuerst gehe. Es macht Sinn, dass ich mich für die Gruppe in Gefahr bringe.

Die erste Kante, eine Lippe aus gekrümmtem, schwarzem Metall, befindet sich einen halben Meter unter uns. Malo hält meinen rechten Arm, als ich darauf trete. Ich wiege meinen Fuß in die Kerbe und teste ihre Festigkeit. Als sie nicht zerbricht, trete ich mit dem rechten Bein nach. Stelle beide Füße auf. Die Kante hält, vorerst.

„Lass los", sage ich zu Malo, und er zögert. „Mach schon, Malo."

Mein Freund lässt mein Handgelenk los, seine Finger gleiten von meinen und ich bin frei. Allein dieses Gefühl bringt mich fast von der Kante, die kaum groß genug für meine Fußspitzen ist. Ich beuge mich nach vorne, sodass ich gegen die Außenwand des großen Rohrs falle. Meine Hände graben sich in den klebrigen Schlamm und geben mir etwas Halt, auch wenn ich dafür in Kauf nehmen muss, zu wissen, worin meine Finger wühlen.

„Die nächste ist leicht erhöht", ruft mir Viera zu, als ob ich das nicht wüsste.

Ich werfe einen Blick auf die nächste Kante und zähle dann die restlichen. Achtzehn ausgebrannte Klippen, die Malos Bergarbeiter entlang der Außenwand des zentralen Rohrs geschnitten hat. Achtzehn vorsichtige Sprünge, die ich machen muss; die Füße fest aufgesetzt, mein Gewicht verlagert. Ein einziger Fehltritt würde mich in eine unendliche Schwärze stürzen lassen. Und wenn ich bedenke, worin wir gelaufen sind, bin ich mir nicht sicher, ob ich überleben wollte, sollte ich ausrutschen.

„Geh einfach langsam", sagt Viera und gibt wieder den offensichtlichen Tipp.

Ich strecke meinen linken Arm aus und lege ihn über der nächsten Kante an die Wand. Keine Griffe, nur Dreck. Aber das ist besser als glattes Metall. Ich beuge meine Beine gegen die Kante. Ich mache den kurzen Sprung, aber als ich das tue, spüre ich, wie die erste Kante unter mir wegbricht und die verkohlten Stücke in die Tiefe bröckeln. Und als ich auf dieser lande, beginnt auch sie sich zu biegen und zu brechen.

Ich muss mich bewegen.

Ich erinnere mich an den Dschungel, wie ich durch die Bäume raste, und ich bewege mich auf die gleiche Weise, wie ich es als Kind getan habe. Ich springe schnell, setze auf und springe ab, oft bekomme ich nur einen Fuß auf die schwarzen, verkohlten Kanten. Ich höre Malo und Viera zuerst rufen, und dann verstummen sie, als sie sehen, wie ich von einer zur nächsten springe. Als sie sehen, wie ich überlebe.

Linker Fuß abstoßen, rechter Fuß fangen, meine Hände stoßen ab und stabilisieren gleichermaßen. Ich zähle nicht einmal mit, meine ganze Konzentration liegt auf dem nächsten Sprung. Und dann lande ich, bevor ich es realisiere, in der erleuchteten Röhre auf der gegenüberliegenden Seite.

Ich platsche durch einen Haufen Schlamm und fange mich auf, knie darin, aber atme schwer und bin zu müde, um mich darum zu kümmern. Jede einzelne von Malos gesprengten Plattformen ist verschwunden. Jede einzelne ist in die Tiefe zerfallen.

„Das mache ich nie wieder", rufe ich zu ihnen zurück.

„Da bin ich ganz bei dir", antwortet Viera vom anderen Ende.

Unsere Stimmen hallen durch die Röhre und einen Moment lang frage ich mich, ob wir uns damit verraten. Aber von weit hinter uns war schon lange kein Geräusch mehr zu hören. Was auch immer uns verfolgt, hat entweder aufgegeben oder angenommen, wir hätten einen anderen Weg genommen.

Apropos, ich drehe mich um und schaue in den Bereich, den ich gerade durchquert habe. Er sieht genauso aus wie der, aus dem wir gekommen sind. Keine Ausrüstung, keine offensichtliche Möglichkeit, Malo und Viera herüberzuholen. Obwohl ich Bergarbeiter habe, werden wir es nicht noch einmal mit den Kanten versuchen. Also wende ich mich wieder ihnen zu und sage, dass ich alleine weitergehe.

Sofort gibt es Proteste. Malo warnt vor meiner Sicherheit, Viera vor ihrer. Davon, dass sie zurückgelassen werden ohne Ausweg. Darauf sage ich: „Wir müssen einen Weg finden, wie ihr hier rüberkommt. Es sei denn, ihr könnt fliegen, ich sehe keine andere Möglichkeit."

Ich glaube, wir wissen das alle, also beruhigen sich die beiden nach weiterem Gemurre. Sie nehmen ihre Positionen in der Röhre ein und machen es sich bequem. Während ich mich der Dunkelheit zuwende und loszugehen beginne. Das ist das erste Mal, dass ich allein bin, wirklich allein seit so langer Zeit. Nichts in meinem Kopf, keine Freunde oder Beschützer. Alles, was hier in diesem übelriechenden Abfall ist, bin ich und der Schlamm.

Die Suppe am Boden des Rohrs saugt bei jedem Schritt an meinen Füßen. Jeder Atemzug lässt mich würgen wegen der schweren Gerüche, die an meiner Kehle kleben. Schläge und Grollen hallen um mich herum, und das einzige Licht, das ich habe, kommt von diesen kleinen Kugeln, winzige weiße Punkte, die Kreise gegen die endlose Dunkelheit werfen.

Es gibt nur eine Richtung, in die ich gehen kann, also stapfe ich weiter. Denke an Viera und Malo, die am Rand gefangen sind. Jede Sevora-Truppe, die sie finden würde, hätte sie in der Falle und wahrscheinlich tot oder gefangen.

Ich überrasche mich selbst, als ich bei dem Gedanken an Viera mit einem Sevora in ihrem Kopf lache. Was für Streitereien sie haben würde, Debatten, die sie mit dem Wesen führen würde. Würde sie das Gegenteil von dem tun, was es wollte, nur um es zu ärgern?

Der Klang meines eigenen Lachens hallt laut durch den Tunnel, und zunächst bin ich fasziniert. Ich war noch nie an einem Ort mit einem echten Echo, und dieses trägt und trägt.

Bis etwas anderes zurückkommt.

Es ist ein grausiges Knirschen, ein Schlurfen von etwas Großem und Steifem, das den Schlamm an den Metall-seiten der Röhre beiseite schiebt. Und es kommt auf mich zu.

Mein Instinkt sagt mir, ich soll weglaufen, mich verste-cken, aber es gibt keinen Ort, um das zu tun. Also warte ich stattdessen, die Hände geballt und trotzig. Das Erste, was ich bemerke, ist ein neues Leuchten. Eines, das heller scheint, mit langen Lichtern, die vor mir über die Wände spritzen. Es bewegt sich, kommt näher, bis es vor mir um eine Biegung kommt und ich von einer blendenden weißen Kraft getroffen werde.

Meine Augen versuchen sich zu schließen, aber ich bin nicht schnell genug. Ich trete ohne nachzudenken zurück und rutsche in der Flüssigkeit aus und falle, platsche in den Schleim, während sich das Ding nähert. Das Weiß löscht alles aus, es wächst und wächst und ich hebe meine Hände, um meine Augen zu schützen, aber immer noch quetschen sich Lichtfäden durch meine Finger und stechen Löcher in meine Sicht. Ich sage vielleicht etwas, aber ich weiß es nicht, weil das Grollen, brüllende Dröhnen des Monsters so laut ist, dass es meine Ohren nutzlos macht.

Es hält an.

Es gibt kein Rumpeln mehr, kein Knirschen. Nur das sanfte Plätschern des Schlamms um mich herum, als er sich mit dem Absetzten der Bestie aufwühlt. Die Lichter dimmen und verengen sich zu einem sanften Gelb und hinterlassen irisierende Halos in meiner Sicht, die gleiche Art, die ich bekommen würde, wenn ich zu lange in Ignos gestarrt hätte.

„Was sollst du denn sein?", die Worte haben einen ledernen Klang, wie das Klatschen von glitschiger Haut gegen sich selbst, wie Instrumente, die ich einmal im Dschungel gehört habe, gespielt durch das Schlagen von Stöcken gegen bedeckte, getrocknete Melonenschalen.

Und doch sagt es eindeutig Worte und genauso eindeutig sagt es sie in der gleichen Allgemeinsprache, die all diese Kreaturen zu benutzen scheinen. Meine Sprache.

„Ich weiß es nicht", antworte ich. „Aber ich bin ein Mensch."

„Mensch? Den Namen habe ich noch nie gehört. Zugegeben, ich habe diese Tunnel seit mehr als einem Zyklus nicht verlassen. Es scheint plausibel, dass die Schnecken da oben in der Zwischenzeit ein oder zwei neue Arten gefunden haben."

„Schnecken da oben?", ich versuche aufzustehen, aber ich bin immer noch ein wenig geblendet, und als ich mich erhebe, rutscht meine Hand weg und ich platsche zurück in den Schlamm.

„Hier, kleines Ding, lass mich dir helfen. Bleib still."

Ich bin allein, stecke im Schlamm fest, bin halb blind und habe furchtbare Angst vor dem Monster vor mir, aber da ich keine andere Wahl habe, tue ich, was die Stimme sagt. Ich bleibe still. Es gibt ein metallisches Surren, und ich spüre, dank der von oben tropfenden Tropfen, wie etwas über meinen Kopf gleitet und sich hinter mir in der Suppe niederlässt. Nach einer kurzen Pause beginnt das Geräusch erneut, und ich spüre zuerst die Flüssigkeit und dann etwas Hartes, das gegen meinen Rücken drückt und mich nach vorne schiebt, sodass ich am Boden der Röhre entlanggleite. Ich japse auf und frage, was passiert, aber alles, was ich bekomme, ist ein leises Lachen, eine Art weidenartiges Glucksen.

„Es wird dir nicht wehtun. Entspann dich einfach."

Meine Beine gleiten über den Boden der Röhre, und einen Moment später bin ich unter den vorderen Lichtern. Der Schlamm gleitet weg, als ich eine kleine Rampe hochgeschoben werde. Das Metallstück, das mich schiebt, schlägt ein und ich erkenne, dass ich nicht mehr in der Röhre bin. Zumindest nicht direkt. Gedämpfte rote Lichter flackern auf, und ich weiß, ich bin im Bauch des Monsters.

Um mich herum liegen verstreute Haufen von Schrott. Oder zumindest denke ich, dass es das ist, da ich mir nicht sicher bin, was all das ist. Es gibt verwickelte Enden von Netzen und Schnüren. Zerbrochene Rohre und Dinge, die in einer fernen Existenz einmal Bergarbeiter gewesen sein könnten, jetzt aber zu verrosteten Relikten geworden sind. Während mein erster Gedanke ist, dass dieser Ort riesig ist, stelle ich fest, als sich meine Augen anpassen, dass er eher klein ist. Halb so hoch wie die Röhre. Vielleicht vier Meter breit.

Ein raschelndes Schlängeln von oben sagt mir, dass ich nicht allein bin.

„Ich komme runter", sagt die Stimme, und wie auf der *Cobalt* kommt sie aus Lautsprechern um mich herum.

Etwas öffnet sich oben, und ein Quadrat aus Licht – dasselbe Gelb, das das rumpelnde Monster aus seinen Lampen ausstrahlt – projiziert sich auf den Boden, und einen Moment später plumpst ein Wesen herunter.

Es ist ein seltsames Ding, fast wie ein Wassertropfen, der versucht, seine Form zu behalten. Eine milchig weiße Haut und zwei lange Stiele, die an ihren Enden große Augen mit doppelten Pupillen bilden. Das Wesen ist jedoch winzig. Vielleicht halb so groß wie ich. Es steht, wenn man es so nennen will, problemlos in dem kleinen Raum.

Dann bewegt es sich auf mich zu, indem es seine Haut immer wieder hin und her schiebt. Wie eine Dschungel-schlange von zu Hause, obwohl es überhaupt nicht wie irgendetwas aussieht, das ich auf der Erde gesehen habe.

„Noch nie so einen wie mich gesehen?", sagt das Wesen, und ich bestätige, dass es die Haut ist, die sich kräuselt und die Geräusche macht, Wellen, die über seine cremige Ober-fläche krachen.

„Nein", sage ich. „Was bist du?"

„Oh, nun, ich bin ein Ooblot. Weißt du, die Dinger, die normalerweise zu dritt unterwegs sind?"

Ich schüttle den Kopf.

„Nun, ich nehme an, ich kenne dich nicht. Es scheint vernünftig, dass du mich vielleicht auch nicht kennst. Aber dann muss ich fragen, was machst du hier unten?"

Ich erzähle dem Ooblot meine Geschichte. Schütte sie

aus, weil der Ooblot zufrieden zuzuhören scheint, und im Moment bin ich verzweifelt auf der Suche nach einem Freund. Verzweifelt, einen Weg zu finden, Viera und Malo zu retten. Dieser Ooblot könnte meine Antwort sein.

„Gut, dass du nicht mehr infiziert bist", sagt der Ooblot, als ich fertig bin. „Die Bestie hätte das bemerkt, weißt du. Diese Lichter leuchten aus einem Grund rot. Eine bestimmte Frequenz, die die Augen eines Wirtes zucken lässt. Die Sevora können es nicht ertragen."

„Und wenn ich infiziert gewesen wäre? Was hättest du dann getan?"

„Die Bestie ist nicht nur ein Schrottsammler. Es ist auch ein Verbrenner. Ich lasse die Luke geschlossen, kippe den Schalter um, und dann brätst du."

„Dann bin ich froh, dass ich nicht infiziert bin."

„Sind wir das nicht alle. Andererseits würde Klarheits Morgenröte nicht existieren, wenn wir nicht unsere Zeit mit den Schnecken gehabt hätten. Man muss seinen Feind kennen, bevor man ihn bekämpfen kann, richtig?"

Der Name klingt vertraut. Ignos hatte mich davor gewarnt. Aber das andere Ding, das gefiederte, verhüllte Wesen, das uns aus dem ersten Gefängnis hier gerettet hatte, hatte behauptet, Teil von Klarheits Morgenröte zu sein. Also waren sie vielleicht nicht alle schlecht.

Außerdem behauptete der Ooblot, nicht infiziert zu sein. Das musste im Moment reichen.

„Ich muss meinen Freunden helfen. Sie stecken auf der anderen Seite dieses großen Zylinders hinter uns fest", sage ich, während die Augen des Ooblots seinen Schrotthaufen mustern. „Kannst du sie rüberbringen?"

„Sie über den Hauptkanal bringen? Mit diesem Ding? Wie weit kannst du springen?"

Ich zucke mit den Schultern.

„Werden wir wohl herausfinden."

Der Ooblot rollt von mir weg, zurück unter das quadratische Licht, wo er heruntergefallen war, und sagt: „Folge mir direkt nach oben und wir machen uns auf die Suche nach deinen Freunden."

Der Ooblot zittert und dann quetscht sich seine gesamte Körpermasse nach unten, dehnt sich zu einer Pfütze mit den beiden Augenstielen aus, und dann *zieht* er sich hoch und schießt durch das Loch.

„Komm schon, du kannst hier hochklettern." Die fröhliche Stimme des Ooblots hallt von der oberen Ebene wider.

Ich blinzle ein- oder zweimal, vergewissere mich, dass das, was ich gerade gesehen habe, keine Illusion ist, und mache dann ein paar vorsichtige Schritte. Es ist schön, wieder auf Metall zu gehen statt auf dem dicken Schlamm. Ich bemerke allerdings, dass das, was ich für Rost auf den Schrottstücken um mich herum gehalten habe, stattdessen getrockneter Schmutz ist, derselbe Schlamm aus der Röhre. Anscheinend ist diese Bestie dafür gedacht, alles zu sammeln, was der Ooblot hier unten zufällig findet.

„Hast du einen Namen?", rufe ich, während ich mich auf das Loch zubewege.

Ich starre nach oben, wieder meine Augen gegen das helle Licht abschirmend, und ein Paar neugieriger Stiele erscheint, die zu mir zurückblicken.

„T'Oli", antwortet der Ooblot. „So kannst du mich nennen."

„Ich bin Kaishi."

„Was für ein cooler Name. Viel besser als meiner. Aber dann, wir Ooblots sind nicht gerade für unsere Kreativität bekannt. Wenn du allerdings Prozesse willst, dann sind wir deine Spezies."

Die Augenstiele verschwinden; T'Oli wartet darauf,

dass ich nach oben komme. Ich strecke mich, greife mit meinen Armen nach oben, und ich schaffe es gerade so über den Rand in die obere Ebene mit den Fingerspitzen, eine Hand auf der linken und rechten Seite der quadratischen Öffnung. Es gibt keine Möglichkeit, dass ich mich mit meinen Fingerspitzen hochziehen kann. Ich bin gerade dabei, das zu sagen, als ich spüre, wie ein weicher, warmer Handschuh die Finger meiner linken Hand umschließt. Der Handschuh verhärtet sich plötzlich und fixiert meine linke Hand.

Ich schreie auf, und sofort kommt T'Oli blubbend zurück, seine Augenstiele zeigen sich wieder.

„Keine Sorge, das bin nur ich. Wir Ooblots haben, was wir gerne eine gewisse Finesse nennen. Eine Fähigkeit, sagen wir. Wir können uns verhärten – so steif wie Metall, wenn es sein muss."

„Du hast meine Hand gefangen?"

„Es ist kaum eine Falle, wenn ich bereit bin, dich freizulassen, wann immer du fragst. Ich dachte, der Griff würde es dir leichter machen, dich hier hochzuziehen."

Ich versuche es, und während mein linker Arm mich leicht anhebt, rutscht meine rechte Hand vom Rand ab. „Ich glaube nicht, dass das funktioniert."

„Schwing deine rechte Hand dann hier rüber", sagt T'Oli.

„Kannst du für einen Moment loslassen? Ich muss mich umstellen."

Die Versiegelung um meine Hand wird weicher und ich rutsche ohne die geringste Klebrigkeit frei. Ich nehme mir einen Moment Zeit, um meine linke Hand anzustarren, aber sie sieht normal aus. Keine Schnitte oder Risse, keine Flecken oder Farbveränderungen. Sieht so aus, als würde das, was der Ooblot tut, mir nicht schaden.

Also lege ich beide Hände auf die linke Seite der Öffnung, etwas auseinander. Wie beim Klettern auf einen Baum. Diesmal bedeckt T'Oli beide und schließt mich ein. Ich habe immer noch keinen guten Griff, aber ich kann mich hochziehen, gerade hoch genug, dass mein Kopf über die Kante kommt. Aber es reicht nicht – mit meinen festgeklemmten Händen und T'Oli im Weg kann ich mich nicht nach vorne lehnen. Meine Muskeln brennen und in einer Sekunde werden sie nachgeben.

Bevor ich um Hilfe bitten kann, rollt sich T'Oli nach vorne, sein Oberkörper gleitet über die verhärtete untere Hälfte. Es rollt in mein Gesicht und ich schließe die Augen. Ich spüre, wie T'Oli zu Stein wird, das Ganze klammert sich an meine Schultern, mein Gesicht und meine Haare, und dann beginnt der Ooblot zu ziehen.

Ich bewege mich nach oben, dann über die Kante, mit dem Gesicht nach unten und den ganzen Weg auf T'Olis Körper ruhend. Bis mein ganzer Brustkorb frei von dem Loch ist, und dann verflüssigt sich T'Oli und gleitet unter mir hervor, sodass ich keuchend nach Luft schnappend auf dem harten Boden liege.

„Was war das?", sagte ich nach ein paar vorsichtigen Atemzügen.

„Ein Ooblot-Dreh", erklärt T'Oli. „Ich verwandle mich in einen Hebel und ziehe. Eigentlich nichts Besonderes. Mache ich ständig."

„Klar ..." Meine Stimme verliert sich, als ich mich umsehe.

Wo wir uns befinden, auf der zweiten Ebene der Bestie, sieht es aus wie in dem Shuttle, mit dem wir von der *Cobalt* weggeflogen sind. Es gibt ein paar Dinge, die die Oratus Terminals nannten; Bildschirme blinken mit verschiedenen Diagrammen, Balken und Zahlen. Daten, die ich sicher verstehen könnte, wenn ich Zeit hätte, sie zu studieren.

Meine Augen werden jedoch von anderen Dingen angezogen. Zum einen von dem, was über mir an der Decke abgespielt wird. Jetzt, da wir beide draußen sind, schiebt sich ein Metallgitter über das Loch zur unteren Ebene und während es das tut, dimmt sich das herabscheinende Licht und Linien leuchten über die gesamte Decke; Neonblau und -lila, die offensichtlich eine Karte skizzieren. Das gedämpfte Licht pulsiert jetzt sanft im gleichen roten Glühen wie die Lichter unten.

„Die Karte ist mein eigener Entwurf", zittert T'Oli. „Hab sie basierend auf dem zusammengestellt, was ich in einigen dieser Gemälde gesehen habe, die sie hier haben. Du hast sie doch gesehen, oder? Die mit den sich verschiebenden Wänden? Diese hier verfolgt unsere Position, zeigt sie an der Decke an. Klar, ich könnte sie auch auf dem Bildschirm dort anzeigen, aber das wäre ja langweilig."

„Ich dachte, Ooblots wären nicht kreativ?"

„Steck lange genug in diesem Ding fest und jeder bekommt den Drang, etwas anderes zu machen."

Dem kann ich nicht widersprechen. Obwohl ich erst seit ein paar Minuten hier bin, machen mich die niedrigen Decken und engen Wände nervös. Ich bin ein Geschöpf der freien Luft – Dschungelwald oder hügelige Ebenen. Die *Cobalt*, das Shuttle und all die engen Gänge auf Vimelia machen mich mehr heimwehkrank als alles andere.

„Wo sind wir also?"

„Siehst du dieses Licht? Das sind wir. Die Linien sind das Röhrensystem hier herum, und wenn du zusiehst, während wir uns bewegen, werden sie sich ändern."

Die Erwähnung von Bewegung erinnert mich daran, dass Viera und Malo schon eine Weile am Rand dieses

Zylinders sind. Sie könnten in Schwierigkeiten sein, während wir hier stehen. T'Oli bemerkt die Panik in meinem Gesicht und noch bevor ich nach meinen Freunden fragen kann, gleitet es zu den Terminals und drückt sich gegen die Wand. Der ganze Ooblot fließt in Risse und Spalten, verhärtet sich an Hebeln und Knöpfen, die ich gar nicht bemerke, bis T'Oli sie alle umklammert.

„Wie?", flüstere ich.

„Das ist nur für Ooblots konzipiert. Kein Sevora Flaum kann dieses Ding fahren, kann alles gleichzeitig bedienen. Es bräuchte eine Armee von den Viechern und dieser Ort ist nicht groß genug dafür. Der beste Weg, um sicherzustellen, dass es niemand stiehlt", sagt T'Oli.

„Gibt es hier unten Diebe?"

Der Motor des Dings startet und sein metallisches Grollen beginnt, und dann schaukeln wir vorwärts.

„Einige", sagt T'Oli. „Wo Klarheits Morgenröte ist, sind diejenigen von uns, die unseren Wirten entkommen sind und etwas dagegen unternehmen wollen, gibt es viele, denen es egal ist; die Verletzten, die, die kein Sevora behalten will? Sie werden weggeworfen. Die Schlimmsten sind jedoch diejenigen, die ihre Meister zurückwollen. Die versuchen, uns zu verletzen, um zu beweisen, dass sie es noch wert sind, behalten zu werden."

„Was essen und trinken sie hier unten?"

„Das hängt ganz von deinen Standards ab", antwortet T'Oli. „Je niedriger die sind, desto mehr Möglichkeiten hast du."

Da der größte Teil seines Körpers in den Kontrollen versunken ist, ist der einzige Teil von T'Oli, der mit mir spricht, zwei Augenstiele und ein kleines cremefarbenes Oval, das gegen das zentrale Terminal gequetscht ist. Wenn

T'Oli zittert, ist die Stimme, die es jetzt produziert, viel höher als zuvor.

Ich trete neben T'Oli und schaue in Richtung der Röhre. Die hellen Lichter der Bestie leuchten und leiten uns. Jetzt, da ich es tatsächlich sehen kann, ist das Innere der Röhre stahlgrau und mit dem verkrustet, was wohl Jahreszeiten um Jahreszeiten von Schmutz und Dreck gewesen sein müssen. Wer weiß, wann es zuletzt gereinigt wurde oder durch welche ekelhaften Dinge ich gelaufen bin.

Ich versuche, an etwas anderes zu denken.

Die Bestie bewegt sich schnell und schon bald sind wir wieder am riesigen zentralen Zylinder. Und dort, auf der anderen Seite, sehe ich Malo Wache halten, während Viera, so weit wie möglich zusammengerollt, um aus dem Dreck herauszukommen, scheinbar schläft.

„Könnt ihr mich hören?", sage ich.

Einen Moment später blinkt ein Licht grün an einem der Terminals.

„Jetzt können sie es", zwitschert T'Oli.

„Keine Sorge", sage ich, unsicher, wie ich die Tatsache ankündigen soll, dass diese riesige Maschinenungeheuerlichkeit tatsächlich kein Feind ist. „Ich bin's, Kaishi."

Ich kann an den verwirrten Blicken erkennen – Viera schreckt auf und fällt fast in den Schlamm –, dass sie es nicht verstehen. Also versuche ich es noch einmal.

„Ich bin in diesem Ding drin, es ist wie ein bewegliches Gebäude. Wie die Schiffe, in denen wir vorher waren."

„Geht es dir gut?", ruft Malo zurück.

„Ja, und ich habe einen Freund gefunden. Wir werden euch helfen, rüberzukommen."

„Ist es ein anderer Sevora?", fragt Viera.

„So etwas gibt es nicht, und ich würde dich bitten, mich nicht so zu nennen", blubbert T'Oli.

Es gibt ein lautes *Chunk* und die Bestie stößt das gleiche metallische Wimmern aus wie vorhin, als sie mich hineingezogen hat. Durch das Glas sehe ich, wie sich das Metallgitter, das mich vor nicht allzu langer Zeit geschoben haben muss, in die Röhre ausstreckt. Es ist breit und flach und mit Löchern versehen. Wie die Netze, die wir zu Hause benutzen – groß genug, um das zu fangen, was T'Oli will, ohne den Schleim mitzubringen.

Das Gitter streckt sich Meter um Meter aus und hält dann an. Es gibt ein weiteres schnelles Ding und das Gitter dreht sich, bis es flach wird.

„Wir benutzen das von Zeit zu Zeit als Aufzug", erklärt T'Oli. „Die Sache ist die, Klarheits Morgenröte hat nicht besonders viele Maschinen, also holen wir das Beste aus dem raus, was wir haben."

„Es ist zu weit", sage ich.

Es sind gut drei Meter vom Rand des Gitters bis zu der Stelle, wo Viera und Malo stehen.

„Ich sagte ja, ihr müsstet springen", erwidert T'Oli.

„Es kann nicht weiter!", rufe ich Malo und Viera zu. „Glaubt ihr, ihr könnt es schaffen?"

„Nein!", ruft Viera zurück.

Malo jedoch geht in die Hocke und starrt. Richtet sich auf. „Ich denke –"

Ein heller Blitz erscheint hinter ihnen. Rot, und er hallt durch die Röhre, bis das Licht die zentrale Hauptkammer flutet und dann an uns vorbeizieht. Dem Licht folgt ein donnerndes Grollen.

„Eine Echobombe", sagt T'Oli. „Wir müssen uns beeilen. Dieses Licht bedeutet, dass die Sevora hier Geräusche herumschicken, um zu messen, worauf sie treffen. Scheint, als wärt ihr drei wirklich wertvoll."

„Schnell!", rufe ich.

Malo sagt etwas zu Viera, das ich nicht hören kann. Ich beuge mich vor und sehe zu, wie Viera protestiert, seufzt und mit den Schultern zuckt. Es knallt, als eine zweite Kaskade von rotem Licht durch die Röhre fegt, und sowohl Malo als auch Viera drehen ihre Köpfe, um zurückzuschauen. Vieras Hände greifen wieder an ihre Hüfte nach Minern, die nicht da sind.

„Haltet es einfach stabil", ruft Malo in unsere Richtung.

Malo geht zurück, Viera kniet sich hin und beugt sich kopfschüttelnd nach vorne, lässt ihre Knie in den Schlamm sinken und presst ihre Hände an den harten Boden der Röhre, direkt an der Kante.

Malo rennt los. Er stampft zunächst zur Seite der Röhre hoch, baut Geschwindigkeit auf, schwenkt dann zur Mitte zurück – wobei er Schlammspritzer aufwirbelt – und setzt seinen linken Fuß auf Vieras Rücken. Er geht in die Hocke und springt, fliegt vorwärts zum Metallgitter.

Ich erlebe den Moment: eine ausgedehnte Sekunde, in der Malo, der Charre-Krieger, durch die Luft schwebt, mit windmühlenden Armen und ausgestreckten Beinen auf das Metallgitter zufliegt. Mein Atem stockt und entweicht in einem Schwall, als Malo gegen die Kante prallt und sich, die Finger in die Löcher gekrallt, hochzieht. Malo liegt für einen Moment da, bevor er wieder auf die Füße springt.

„Du bist dran, Viera", sagt Malo.

Aber sie hat keinen Boost. Es gibt keine Möglichkeit.

„Was machst du da?", sage ich.

„Etwas Dummes", ruft Viera zurück.

Jetzt ist das Licht hinter ihnen weiß. Die gleiche Art von Lauflicht, das die Bestie hat. Ihnen läuft die Zeit davon.

Viera läuft los, rennt hart, rennt schnell, setzt ihren Fuß an den Rand der Röhre, und er rutscht weg. Sie springt, aber es reicht nicht weit genug. Ihre Hand streckt sich aus und Malo rutscht an den Rand des Gitters und lehnt sich vor.

Und fängt Vieras Handgelenk.

Malo baumelt da, hält sich mit der linken Hand fest. Seine Füße – jeder Zeh durch die Löcher gesteckt und festhaltend – stützen sich ab, während seine rechte Hand sich ausstreckt und versucht, Viera hochzuziehen.

Dann kommen die Sevora an.

KAPITEL 10

GESCHÄFTE UND GEFAHR

WÄHREND DIE JUNKYARD'S Rest durchaus wie eine zweckmäßige Bar aussieht, scheitert Nova kläglich in seinem Versuch, ein gehobenes Restaurant zu sein.

Sax' Erfahrung mit solchen Orten ist begrenzt - Vincere-Schiffe sind nicht gerade für ihre gehobene Gastronomie bekannt -, aber er muss nicht lange suchen, um die vielen Risse in diesem Betrieb zu erkennen.

Nova ist in einer Wohnsektion eingebettet, umgeben von den schmalen Apartments, die jede Raumstation bietet. Sax vermutet anhand der Größen und Anzahl der Eingänge, dass diese Sektion die weniger attraktive der beiden ist, die *Scrapper Station* zu bieten hat.

Diese Meinung wird durch die Beleuchtung bestätigt, die zwar das helle Blau eines gesunden Planeten anstrebt, sich aber mit einer trüben, gelblichen Version begnügt, als hätte jemand eine Senfwolke am Himmel freigesetzt.

Nova kündigt sich durch einen sich drehenden, explodierenden Globus über dem Eingang an, dessen Design abwechselnd weiße und saphirblaue Kugeln an die äußeren Ränder seiner Spirale schleudert.

Die Lichtshow setzt sich im Inneren fort, wo Tische, Stühle, Essensnischen und andere Layouts für spezifische Spezies Sax' Augen mit ihren ständigen Effekten blenden.

Wie konnte hier irgendetwas überleben, ohne verrückt zu werden?

„Interessiert an einem Platz?", fragt ihn eine junge Flaum, die von allem völlig gelangweilt aussieht, als Sax den Ort betritt.

„Ich suche die Besitzerin", antwortet Sax.

„Sie ist hinten", sagt die Flaum. „Aber wenn du reingehen willst, brauchst du eins von denen."

Die Flaum zeigt auf einen Korb mit etwas, das wie gummierte Bandanas aussieht.

„Was sind das?"

„Es ist einfacher, wenn du einfach eins aufsetzt", die Flaum, die keinerlei Anzeichen von Angst beim Anblick von Sax' krallenbesetztem, vernarbtem, monströsem Selbst zeigt, wirft ihm eines der schwarzen Dinger zu.

Sax fängt es mit einer Klaue. Starrt es an. Es sieht genauso aus wie ein Stück Stoff.

„Du hast doch Augen, oder?", sagt die Flaum. „Setz es dir drüber."

„Ist das ein Trick?"

„Nö. Es gehört zur Show. Twillo hat aus einer Laune heraus einen ganzen Container davon gekauft, deshalb sieht das Restaurant so schlecht aus."

Sax zögert, dann denkt er sich, dass es unwahrscheinlich ist, dass das Restaurant gleich am Eingang eine Methode hätte, einen Oratus außer Gefecht zu setzen, die nur auf ihn wartet.

Also setzt er das Bandana auf. Das Gummi scheint lebendig zu werden, als es über seinen Kopf gleitet, wächst, um sich seinen Maßen anzupassen, und legt sich über seine Augen.

Was alles verändert.

Jetzt sind die grellen Lichter nicht mehr blendend, sondern fesselnd. Sie drehen sich nicht einfach auf den Rückseiten von Tischen und Stühlen, sondern scheinen sich abzuheben und durch den Raum zu gleiten, und als Sax einen Schritt macht, ist es, als würde er durch eine Welt aus Sternen laufen.

„Ziemlich cool, oder?", sagt die Flaum. „Wette, dieser Laden würde besser laufen, wenn Twillo die Leute dazu bringen könnte, die zuerst aufzusetzen."

„Wie?", ist das Einzige, was Sax fragen kann.

Jenseits der schwebenden Sterne kann Sax vorbeiziehende Kometen sehen, gelegentliche Lichtausbrüche - als ob zufällig einer der Sterne zur Supernova wird.

„Verschiedene Spektren, Projektionen und Spiegel, glaube ich", sagt die Flaum. „Weiß es nicht genau, aber es ist cool." Sie zögert, während Sax noch einen langen Blick auf den Raum wirft. „Du, äh, willst immer noch Twillo finden?"

Sax nickt abwesend. Er mag zwar eine mörderische Waffe sein, die wild entschlossen ist, von dieser Station zu kommen, aber er nimmt sich einen Moment Zeit, um etwas Schönes zu würdigen.

Novas Rückseite hat nichts mit seiner Vorderseite gemeinsam - statt Verzauberung und Effekten herrscht hier die übliche, schmutzige graue Plackerei einer Raumstationsküche. Spezies - hauptsächlich Flaum - bedienen Geschirr und Öfen, verbrennen die Solarenergie, die die Station von Spiegeln auf ihrer Hülle bekommt. Sie werfen Sax flüchtige Blicke zu, und er hat eine gewisse Genugtuung an ihrem Zucken, aber ansonsten halten sich die Angestellten mit bemerkenswerter Entschlossenheit an ihre Aufgaben. Das muss er Twillo sagen.

Oder zumindest ist das sein Plan, bis er sie tatsächlich sieht, in einem kleinen Büro hinter der Küche versteckt.

„Du hast einen Gast, Twillo", kündigt die Flaum an und verschwindet dann.

Twillo allerdings reagiert eher so, wie Sax es erwartet hätte. Sobald sich die Tür öffnet, sobald Twillo Sax erblickt, was Sax ist, schnellt sie nach oben, zieht ihre Gliedmaßen an sich und schießt in die ferne Ecke, winzige Flügel heftig schlagend. Als sie die Ecke erreicht, springen ihre vier Gliedmaßen wieder heraus, ihre klebrigen Finger spreizen sich wie Netze an den Seiten der Ecke und fixieren sie an Ort und Stelle.

„Ist lange her, dass ich einen Quib gesehen habe", zischt Sax und tritt dann ins Büro.

Er blickt zu Twillo hoch, deren runder, kugelförmiger Körper rasch die Farben wechselt und zweifellos versucht, den perfekten Grauton alten Metalls zu finden, um sich anzupassen.

„Ich kann dich sehen", fährt Sax fort und streckt dann seine rechte Vorderklaue aus, fast Twillo berührend, die sich zurückpresst. „Und ich könnte dich berühren, wenn ich wollte."

Die Worte haben eine deflatierende Wirkung auf Twillo, die aufhört zu flattern und zu einem matten Gelbton wechselt. Als sie sich verlangsamen, legen sich ihre Flügel - massive, dünne Fleischstreifen - wie eine geschichtete Decke an ihre Seiten.

„Es tut mir leid", ist das Erste, was Twillo sagt, ihre Stimme hoch und vibrierend, aus dem kleinen Rüssel kommend, der sich zwischen ihren vier winzigen Augen erstreckt. „Das letzte Mal, als ich einen Oratus sah, zerstörten sie meine Heimat."

„Es war nicht mehr deine." Der Heimatplanet der Quib war von den Sevora überrannt worden, und das nicht einmal vor allzu langer Zeit nach galaktischen Maßstäben.

Erst ein Zyklus war vergangen, seit die Oratus jeden letzten Lebenshauch von diesem Planeten getilgt hatten. Dass die Quib überhaupt noch existierten, war jenen zu verdanken, die zur Zeit außerhalb der Welt gewesen waren, und denen, die die Amigga danach gezüchtet hatten.

„Man kann seine Heimat nicht verlieren", erwidert Twillo. „Ich trage sie mit mir, wohin ich auch gehe."

„Wie schön", sagt Sax. „Aber ich bin nicht hier, um über deine Heimat zu reden. Es gibt eine Vyphen, Plake, die versucht, dir Nahrung zu verkaufen. Ich will, dass du sie kaufst."

Twillo sträubt ihre Flügel. Hält ihre Glieder eng am Körper. „Warum sollte mich interessieren, was du denkst?"

„Weil diese Klaue dich in Stücke schneiden kann, bevor irgendjemand dir helfen könnte, selbst wenn sie es wollten?"

Twillos vier kleine Augen huschen zu Sax' erhobener Vorderklaue.

„Was spielt das für eine Rolle? Ich habe ein Restaurant auf der *Scrapper Station*, einem der schlimmsten Orte in der Galaxie. Mich zu töten wäre mir ein Gefallen."

„Und die Leute, die für dich arbeiten? Was würden sie tun?"

„Ein Oratus, der an Mitgefühl appelliert?" Twillos Lachen klingt wie ein monotones Summen.

„Woran kann ich dann appellieren? Warum willst du das Essen nicht kaufen?"

„Weil ich es nicht kann!", schießt Twillo zurück. „Die

Ooblots kontrollieren diese Station und sie bestimmen, von wem ich kaufen darf."

„Sie mögen Plake nicht?"

„Ich weiß es nicht!", sagt Twillo. „Sie haben mir nur gesagt, ich dürfe nichts von ihr kaufen, egal wie gut es aussieht. Hast du die Nährstoffe gesehen, die sie hat? Ich glaube, die waren für eine Amigga gedacht!"

Sax lehnt sich gegen die Tür zurück. Schließt für einen Moment die Augen. Er ist weit über seinen Schlafpunkt für diese Schicht hinaus, was bedeutet, dass er müde sein wird, während Bas frei hat. Und es sieht nicht so aus, als hätte er schon eine Antwort für sie.

„Es gibt nichts, was du mir geben kannst?", sagt Sax, und er hasst die Resignation in seiner Stimme.

„Wenn du zu den Ooblots gehen willst, solltest du besser etwas anzubieten haben", erwidert Twillo. „Sie geben nichts umsonst. Gar nichts."

Sax spreizt wieder seine Klauen. Ooblots sind allerdings schwer zu töten. Sie haben die unangenehme Angewohnheit, sich in Steine zu verwandeln, sobald sie bedroht werden.

„Ich mag deine Dekorationen", zischt Sax und geht, bevor Twillo antworten kann.

Da seine Zeit fast um ist, macht sich Sax auf den Weg zurück zum Casino, wohl wissend, dass er jede Menge Stimulanzien brauchen wird, um diese Schicht zu überstehen.

Twillos Bemerkungen geben ihm jedoch einen Plan. Beim nächsten Mal, wenn er frei hat – nach dem dringend benötigten Schlaf – wird er dorthin marschieren, wo auch immer sich diese Ooblots, die die Station leiten, eingerichtet haben, und einen Weg finden, sie dazu zu bringen, Plakes Essen zu kaufen.

Sax zischt bei dem Gedanken, was einige Spezies, die an ihm vorbeigehen, alarmiert aufblicken lässt. Es gibt hier zu viele Verstrickungen, zu viele Verbindungen. Es sollte einfach sein – Sax bietet einen Dienst an, nämlich Plake nicht aus der Galaxie zu tilgen, und im Gegenzug darf sie ihr Leben behalten und erhält eine kleine Auszahlung von entweder den Vincere oder Evva, je nachdem, wen sie zuerst finden.

Sax wälzt dies in seinem Kopf herum, bis er das Casino erreicht, woraufhin alle Gedanken an Plake, ihr Schiff oder die Ooblots verschwinden.

Das Casino selbst ist voll. Die verschiedenen Spezies quetschen sich in jeden Winkel, einige klettern sogar übereinander, nur um einen Blick zur Mitte zu erhaschen. Trotzdem hat Sax keine großen Schwierigkeiten, sich durchzudrängen – niemand will etwas mit so vielen Klauen verärgern.

Um die zentrale Bar herum, gespickt mit vielen zerbrochenen Flaschen und Pulverspritzern, stehen Bas und D'Arscale mit zwei seiner Luto-Wachen sich gegenüber. Um sie herum, verstreut im ganzen Casino, sind die Überreste eines Kampfes – zerbrochene Möbel, Blutspritzer und andere Dinge. Die verräterischen Verbrennungen von Bergleuten.

Was Sax jedoch zuerst auffällt, was seine Augen zu einem rotglühenden Schleier verengt, ist, dass Bas blutet. Sie ist verletzt und zerschlagen, und obwohl ihre Klauen noch bereit sind, weit gespreizt und scharf, ist klar, dass sie müde und vorsichtig ist.

„Da kommt er, um diese Katastrophe zu vervollständigen", kündigt D'Arscale an, als Sax sich durchdrängt. „Vielleicht kannst du dein Paar zur Vernunft bringen."

„Sie haben mich zuerst angegriffen", erwidert Bas.

„Trotzdem wird ein Gemetzel in meinem Geschäft nicht toleriert", sagt D'Arscale und dreht dann einen Augenstiel, um die Menge zu überblicken. „Obwohl dies vielleicht allen als Lehre dienen wird, dass man sich nicht mit meinem Personal anlegen sollte."

„Das war ein Hinterhalt", zischt Bas, ihre Klauen verkrampfen sich. „Sie wollten mich tot sehen."

„Willkommen auf der *Scrapper Station* – hier will jeder von irgendjemandem tot gesehen werden", erwidert D'Arscale. „Aber wir müssen trotzdem am Anschein von Zivilisation festhalten."

„Wo sind sie?", unterbricht Sax.

„Oh, dein Paar hat sich gut genug um sie gekümmert. Diese Station hat heute fünf Bewohner weniger, alles dank ihr."

Sax schreitet neben Bas, sie berühren für einen Moment ihre Nasen. Er riecht keine Angst an ihr, nur Erschöpfung, und Sax atmet tief durch seine Lüftungsschlitze ein.

Ruhe.

„Sie wollen mich einsperren, weil ich mich verteidigt habe", flüstert Bas. „Obwohl sie mit Messern auf mich losgegangen sind, mich hinterrücks angegriffen haben, bin ich diejenige, die dafür bezahlen soll."

„Ich glaube, sie haben genug dafür bezahlt", D'Arscale deutet auf einige Spritzer trocknendes Blut. „Und du kannst darauf wetten, dass mich die Reparatur all dieser Schäden auch einiges kosten wird. Ich dachte, Oratus zu haben würde mir helfen, würde mich sicher halten, aber ihr beide zieht mehr Ärger an, als ihr wert seid."

Eine Inhaftierung auf der *Scrapper Station* würde zu einem von zwei Dingen führen: entweder von der Station an den Meistbietenden verkauft oder aus einer Luftschleuse geworfen zu werden, falls sich kein Käufer finden ließe.

Keine der beiden Optionen ist verlockend.

D'Arscale wartet mit seinen Luto-Wachen, während die murmelnde Menge zusieht.

Die Oratus treffen ihre Entscheidung mit einem Schlag ihrer Schwänze gegeneinander.

Das, was als Nächstes geschieht, als Kampf zu bezeichnen, wäre eine Beleidigung für das Wort – Sax und Bas springen gemeinsam auf die Luto-Wachen zu, und bevor einer von ihnen eine Waffe ziehen kann, haben beide Oratus ihre Schwänze fest um die Köpfe der Lutos gewickelt, wobei sie keine Zweifel daran lassen, was passieren würde, sollten sich ihre Opfer wehren. Lutos mögen aus Stein sein, aber wenn man sie gegeneinander schlägt, zerbrechen sie leicht genug.

Acht Klauen und zwei schneidende Mäuler wenden sich D'Arscale zu, der genauso reagiert wie alle feigen Ooblots: indem er sich in nahezu festen Stein verwandelt.

„Das wird dich nicht retten", zischt Sax.

Es würde D'Arscale ein bisschen Zeit verschaffen – so lange, wie Sax braucht, um seinen Luto wegzuwerfen, den Ooblot mit seinem Schwanz zu packen und anfängt, ihn gegen den Boden zu schmettern.

„Dann lass uns verhandeln", erwidert D'Arscale, die flatternden Worte kommen aus dem winzigen Fleischstück, das er für diesen Zweck offen gelassen hat.

Die Stimme des Ooblots ist klein, sanft und erbärmlich.

„Du hast uns bedroht", erwidert Bas. „Unter Chorus-Herrschaft gibt uns eine solche Handlung das Recht, dich nach unserem Ermessen zu eliminieren."

„Wenn auch nicht diskret", zischt Sax.

„Ich verstehe, ich verstehe", plappert D'Arscale. „Aber

was bringt euch das? Bald werden mehr Wachen hier sein, und wollt ihr gegen die ganze Station kämpfen? Selbst ihr beide könntet das nicht schaffen, und selbst wenn ihr es ohne zu sterben schafft, was hättet ihr davon?"

„Freiheit." Sax und Bas krächzen das Wort gemeinsam.

„Ja, bis eure eigene Armee kommt, um euch zu eliminieren. Bis euch hier jemand anderes in den Rücken sticht, euch die Schuppen aufschlitzt, während ihr schlaft. Eure nächste Mahlzeit vergiftet. Niemand will einen Oratus an der Macht."

„Was ist dann dein Angebot?", fragt Bas.

„Ich lasse euch gehen. Lasse euch meine Schwestern sehen, die euch helfen können, das zu bekommen, was ihr wirklich wollt."

Es gibt einen Moment, in dem Sax überlegt, ob die Eliminierung dieses Ooblots wirklich ihre Verhandlungen mit dessen Schwestern beeinträchtigen würde, aber die schiere Hilflosigkeit des Wesens tötet Sax' blutrünstigen Drang.

„Woher wissen wir, dass du dein Wort hältst?", sagt Sax.

„Ihr habt eine Menge Zeugen."

Sax blickt zurück zur Menge, und mehrere Dutzend Augenpaare starren zurück. Um sicherzugehen, dass sie den Punkt verstehen, gestikuliert Sax mit einer Klaue in ihre Richtung, die Kante nach außen.

„Ihr werdet uns unterstützen?", fragt Sax.

Seine Frage wird mit einer Parade von Nicken beantwortet.

„Dann haben wir einen Deal", sagt Bas.

Mit dem Verschwinden der Aussicht auf Gewalt löst sich die Menge schnell auf, einige kehren sogar zu den Tischen und Glücksspielautomaten zurück, während D'Arscales Mischung aus Robotern und Personal das Durcheinander aufräumt.

„Ich bringe euch selbst hin", verkündet D'Arscale und taut sich auf.

Sax und Bas lassen die Lutos los, die zurücktaumeln, ihre Hälse massieren und ihr Fell glätten.

„Ihr zwei nutzlosen Trottel könnt hier bleiben", sagt D'Arscale zu ihnen, bevor es seine Augenstiele zu den Oratus dreht. „Folgt mir."

Der Ooblot rollt aus dem Casino, Sax und Bas folgen. Wenn ein Oratus schon Aufmerksamkeit erregte, der durch die Station wanderte, so zieht zwei von ihnen mit einem der Ooblots jeden Blick auf sich.

„Wir sind Berühmtheiten", scherzt Bas während sie gehen. „Ich wollte schon immer ein Star sein."

„Wie schlimm bist du verletzt?", fragt Sax.

„Ich werde das überstehen", zischt Bas. „Es wird allerdings einige Zeit dauern, bis ich mein perfektes Rosa zurückbekomme."

„Das ist mir egal."

„Manchmal wünschte ich, es wäre dir nicht egal", aber Bas lacht, und als D'Arscale einen Stiel sendet, um zu schauen, wechselt sie zu einem harten Starren.

Sax blinzelt unterdessen. Aussehen? Warum sollte ihn das interessieren? Bas ist eine glorreiche Killerin, die Worte genauso gut führen kann wie ihre Klauen. Die Farbe oder der Zustand ihrer Schuppen bedeutet so wenig …

Sax denkt immer noch über die Bemerkung nach, als sie eine weitere Bank von Aufzügen in der Mitte des Nexus erreichen. Nur dass es nicht mehrere sind, sondern eine einzige große Plattform, mit nur einer offensichtlichen Option.

D'Arscale nähert sich den großen Glastüren, die

verschlossen bleiben, als es näher kommt. Dann erscheint plötzlich ein anderes Gesicht, eines, das Sax erkennt:

Der blau-goldene Vyphen aus dem Junkyard's Rest.

„Womit haben sich die Schwestern die Strafe deines Besuchs verdient, D'Arscale?", trällert der Vyphen.

Sax wartet auf ein Zeichen der Erkennung, aber das Reptil zeigt keines. Es ist ein Rätsel, das eine Sekunde später gelöst wird, als Sax eine schwarze Kameralinse über der Tür bemerkt. Die beiden Oratus stehen weit hinter D'Arscale - auf Vorschlag des Ooblots.

Jetzt weiß Sax warum.

„Eneks, lass mich hoch. Ich brauche keinen Grund, um meine Schwestern zu sehen", antwortet D'Arscale.

„Aber du hast einen."

Die Türen bewegen sich nicht.

„Willst du mich wirklich dazu drängen?", D'Arscale legt viel Zorn in seine klatschende Sprache.

„Ja." Eneks scheint das seinerseits nicht zu kümmern.

„Das würde auf einem Vincere-Schiff nie passieren", flüstert Bas zu Sax.

„Weil wir keine Ooblots haben, mit denen wir uns herumschlagen müssen", antwortet Sax, und Bas zischt ein leises Lachen.

„Es geht um Sicherheit. Ich brauche mehr für mein Casino und für die Station im Allgemeinen. Zu viele Kämpfe, zu viele Tötungen. Es schadet dem Geschäft", sagt D'Arscale hastig.

Eneks ändert endlich seinen distanzierten Skeptizismus und schafft es, tief zu seufzen. „Das, D'Arscale, könnte das erste sein, was du je gesagt hast, dem ich zustimme. Wenn das ist, worüber du diskutieren willst, lasse ich dich durch."

Einen Moment später gleiten die Glastüren ausein-ander und D'Arscale schlängelt sich hindurch. Sobald die

Projektion verschwindet, winkt D'Arscale den Oratus zu und sie stürzen vorwärts, tauchen gerade noch durch, als die Glastüren hinter ihnen zuschlagen.

„Was passiert, wenn wir dort oben ankommen und sie zwei Oratus sehen?", fragt Bas.

„Ich bin sicher, ihr werdet in der Lage sein, alle Probleme zu lösen", antwortet D'Arscale.

„Jede Lösung wird mit dir beginnen." Sax geht in die Hocke, als der Aufzug sich in Bewegung setzt, bereit, loszuspringen, sobald sich die Türen öffnen.

KAPITEL 11

KLARHEITS
MORGENRÖTE

MALO HÄLT Viera immer noch am Handgelenk fest, als das Gitter beginnt, sich auf uns zuzubewegen. Es zieht an einem Paar langer Metallstangen, die als Läufer dienen und sich zusammen mit dem Gitter zurückziehen. Malo sieht aus, als würde er gleich fallen, und mein verkrampfter Griff an den Terminals hilft ihm auch nicht gerade.

Ich drehe mich um und eile zurück zum Loch im Boden, um T'Oli zu bitten, es zu öffnen. Der Ooblot tut dies, indem er die Barriere beiseite schiebt und einen Befehl von den Terminals der Bestie sendet. Ich gleite hinunter zur rot beleuchteten unteren Ebene und schaue hinaus, während das Gitter näher kommt. Malo hat seine Schultern nach vorne geschoben und seinen rechten Arm benutzt, um Vieras Handgelenk mit beiden Händen zu umfassen. Es sieht allerdings nicht so aus, als hätte er den nötigen Hebel, um sie hochzuziehen.

Auf der anderen Seite der Röhre stürmt ein Trupp gepanzerter Flaum ins Blickfeld, ihr Fell bedeckt mit Flickenpanzern und ihre Hände halten Miner. Der erste zeigt auf meine Freunde, und die Flaum richten ihre Waffen aus.

Malo und Viera sind leichte Ziele.

Ich muss das ändern.

Ich schnappe mir eines der Schrottstücke und werfe es. Es ist schwerer als es aussieht, aber es fliegt über Malo und Viera hinweg, während das Gitter näher kommt. Das Schrottstück schafft es nicht ganz über die Röhre – es fällt durch die Luft und in den Abgrund. Aber was der Schrott für einen Moment bewirkt, ist, die anstürmenden Flaum zu stoppen. Sie beobachten den rostigen Miner, um sicherzugehen, dass er keine Gefahr darstellt. Es verschafft Malo und Viera einen Augenblick Zeit.

„T'Oli, dreh das Gitter!", rufe ich.

Der Ooblot befolgt den Befehl sofort und dreht die flache Plattform so, dass sie wie ein Schild wirkt. Ein Schild, der Viera direkt dem Feuer aussetzt.

„Jetzt rückwärts", fahre ich fort. „Fahr zurück!"

Die Bestie erwacht brummend zum Leben und spritzt überall Schlamm, als ihre Ketten die Maschine durch die Röhre zurückbewegen. Mit dem sich zurückziehenden Gitter und der zurückweichenden Bestie hängt Malo über dem Schlamm. Er lässt los und landet mit einem Platschen im Matsch. Viera folgt eine Sekunde später.

Die Flaum scheinen sich unterdessen auf der anderen Seite der großen Röhre in Stellung zu bringen. Warum schießen sie nicht? Warum mähen uns die Sevora nicht nieder?

Ach ja, stimmt. Sie wollen uns lebend.

Malo und Viera rennen um das zurückweichende Gitter herum, tauchen in die Bestie ein und gesellen sich zu mir. Ich habe kaum Zeit, Hallo zu sagen, bevor T'Olis Stimme über die Lautsprecher dröhnt. „Sieht aus, als hätten sie Überbrückungskabel mitgebracht. Wir stecken in Schwierigkeiten."

„Kannst du sie nicht abhängen?", frage ich.

„Dieses Ding ist nicht fürs Rennen gedacht", antwortet T'Oli.

„Wie langsam ist es denn?", flüstert Viera mir zu. „Die sind alle zu Fuß."

„Ich dachte nicht, dass es *so* langsam ist."

Wir drei klettern hastig durch die Luke zurück zur zweiten Ebene, wo wir sehen, warum T'Oli nicht zuversichtlich ist, dass wir entkommen können: Die Flaum haben mehr mitgebracht als nur Miner. Sie haben ein Paar dicker Seile über die zentrale Röhre geschossen, und jedes Seil entfaltet kleine Fasern, die sich zwischen den beiden Kabeln ausspannen und eine Brücke bilden.

Aber die eigentliche Überraschung kommt, als die Flaum zu laufen beginnen. Sie bewegen sich nicht wie irgendetwas, das ich je gesehen habe; jeder zuckt mit den Füßen und hebt sich einen halben Meter vom Boden ab. Wenn sie ihre Beine anpumpen, schießen die Flaum vorwärts, frei von jeglichem Schlamm.

„Ihr habt noch nie Magstiefel gesehen? Diese Typen können sich bewegen. Keine Reibung, nur Geschwindigkeit", T'Olis Blubbern klingt verdächtig lässig, angesichts der Todeswelle, die auf uns zukommt.

„Wie können wir uns wehren?", fragt Malo.

„Gar nicht", antwortet T'Oli.

Die Bestie kommt ruckelnd zum Stehen, und ich will gerade fragen, was T'Oli da macht, als sie wieder anspringt, diesmal aber vorwärts. Zurück zur zentralen Röhre, zurück zu den Flaum.

Als sie sehen, dass die Bestie auf sie zukommt, eröffnen die Flaum das Feuer. Helle rote und blaue Blitze, als die

Miner zerstörerische Energie gegen die Front der Bestie entfesseln. Die Bolzen prallen gegen den Boden der Maschine, und ich kann sehen, wie kleine Teile des Terminals anfangen, gelb und rot zu leuchten.

„Wie viel kann dieses Ding aushalten?", fragt Viera. „Denn du weichst hier wirklich gar nichts aus."

„Sie ist ein starkes Mädchen. Sie wird ein paar Treffer verkraften", sagt T'Oli.

Als wir uns der zentralen Röhre nähern, beginnen die Flaum zurückzuweichen und sich zu verteilen. Einige ziehen sich auf die Brücke zurück, andere nutzen ihre Stiefel, um sich an den Seiten der Röhre um uns herum hochzudrücken. Ihre Miner schießen weiterhin geschmolzene Energie in die Bestie, und ich höre neue Mahlgeräusche aus ihrem Motor, aber die Bestie stampft weiter voran.

Direkt auf die Kabel zu.

„Wir werden reinfallen, du Idiot!", schreit Viera.

„Genau das ist der Plan." T'Olis beiläufige Abweisung ist das Einzige, was mich von völliger Panik abhält – wenn der Ooblot, ein selbsternanntes Mitglied einer Organisation, die die Sevora hassen, sich keine Sorgen macht, warum sollte ich es dann tun?

Und dann stottert der Motor der Bestie und bleibt stehen.

Wir sind zum größten Teil auf den Brückenkabeln, hängen über dem Rand des Abgrunds. Doch die Seile der Flaum halten, und wir fallen nicht.

„Das ist nicht gut", sagt T'Oli, als der Motor auf ein Nichts herunterheult.

Die Flaum bemerken es auch und stellen das Feuer ein, beginnen vorsichtig, wieder über die Brücke zu kommen. Ich kann mir nur vorstellen, dass die an den Seiten nach Wegen hinein suchen.

„Was jetzt? Ergeben wir uns?", sagt Malo.

„Das können wir nicht", sage ich. „Ich würde lieber sterben, als wieder zu den Sevora zurückzukehren. Glaubst du, sie würden uns noch eine Chance geben, zu entkommen?"

„Ich brauche euch alle zum Rennen, wenn ich es sage, und drückt gegen die rechte Seite." T'Olis Befehl überrascht uns.

„Rennen?", sagt Viera. „Offensichtlich hast du eine falsche Vorstellung davon, wie groß dieser Ort ist."

„Macht es! Jetzt!"

Es ist das Lauteste, was ich T'Oli je habe rufen hören, seine Haut hämmert die Worte heraus, und wir springen, um zu gehorchen. Alle drei von uns stürzen zur leeren Metallwand auf der rechten Seite des Biests und drücken. In diesem Moment gibt es einen Knall vom hinteren Teil des Biests, der die Maschine etwa einen Meter nach vorne stößt. Unser Gewicht plus der Stoß lässt das Biest zur Seite der Kabel kippen.

Ich sehe, wie sich die Welt durch das vordere Glas seitwärts dreht, die Münder der Flaum öffnen sich, und dann fallen wir.

Mein Magen schießt nach oben, während meine Nerven erstarren und mein Mund sich zu einem Schrei öffnet. Die Lichter draußen verschwinden, als wir stürzen und uns in Dunkelheit fallen lassen.

Wir landen. Zumindest sagt das T'Oli. Ich bin zerschlagen, zerbeult und blutig, nachdem ich gegen den Boden und die Wände geschleudert wurde, als wir auf unserem Weg nach unten von der Hauptröhre abprallten. Aber am Ende tauchen wir tief in einen riesigen Pool aus suppiger Flüssigkeit ein. Das Biest selbst schwimmt nicht und sein zerknitterter Körper sinkt langsam ab.

Schlamm sickert durch die Seiten der Maschine. Er

tropft auf Terminals, von der Decke und spritzt sogar aus einer Ecke auf Viera, bedeckt sie mit brauner Scheußlichkeit.

„Wenn wir den Sumpf für eine Weile draußen halten", sagt T'Oli, „wird alles gut gehen."

„Alles wird gut gehen?", sagt Viera und weicht vor den Spritzern zurück. „Der Sturz hat uns nicht getötet, also werden wir jetzt stattdessen ertrinken?"

„Ihr habt nach einem Ausweg gefragt. Das habe ich euch gegeben", antwortet T'Oli. „Mag holprig sein, aber ihr seid am Leben."

Malo taumelt auf die Füße und fängt meinen Blick auf. Wir bewegen uns beide zu ein paar Lecks und drücken unsere Hände dagegen, greifen nach allem, was lose ist, und drücken es gegen die kriechende Flüssigkeit. Wir versuchen, das Biest so lange wie möglich abgedichtet zu halten.

„Was passiert jetzt?", frage ich T'Oli, während wir immer tiefer in die Dunkelheit sinken.

„Abwarten und sehen. Entweder haben wir Glück und jemand passt auf, oder nicht, in diesem Fall war es mir ein echtes Vergnügen, euch alle kennenzulernen."

Ich bin sicher, meine Augen sind so weit aufgerissen wie Vieras, die endlich bemerkt, was Malo und ich tun, und sich unseren Bemühungen anschließt, den Schlamm davon abzuhalten, das Biest vollständig zu füllen.

„Zumindest sterben wir frei", sagt Malo.

„Ich hatte gehofft, wir würden überhaupt nicht sterben", erwidert Viera. „Scheint, als wäre ich hier die Optimistin."

„Ignos holt jeden irgendwann", fügt Malo hinzu. „Vielleicht ist jetzt unsere Zeit gekommen."

„Würdet ihr alle aufhören, so niedergeschlagen zu sein?", wirft T'Oli ein. „Der einzige Grund, warum ich von diesen Kabeln gefahren bin, ist, weil es scheint, als ob die Sevora euch wirklich wollen. Und wenn sie euch wollen, dann könnte Klarheits Morgenröte euch wahrscheinlich auch gebrauchen. Also haltet den Mund und verhindert, dass dieser Schlamm meinen armen Schrottkarren zu schmutzig macht."

T'Olis Worte lassen uns für eine Minute verstummen, bis ich auf ein orangefarbenes Glühen unter uns hinweise. Es steigt auf, vorbei an der zersplitterten Windschutzscheibe des Biests, und ich sehe, dass es ein Kreis ist, breit genug, um der Eingang zu einer anderen Röhre zu sein. Als wir vorbeikommen, flammen die orangefarbenen Lichter auf und die Tür - eine Abfolge von acht sich kräuselnden Platten - gleitet auf. Der Schlamm ist jedoch zu dick, um zu sehen, was auf der anderen Seite ist.

„Haltet euch an etwas fest", rät T'Oli.

Es gibt einen plötzlichen Druckausbruch und wir alle werden nach vorne in das geworfen, was von der Windschutzscheibe übrig ist, in Richtung der plötzlich offenen Röhre. Ich sehe es nicht, aber ich kann hören, wie sich die Tür schließt, als das Biest hindurchgleitet. Was ich fühle, was ich sehe, ist, wie das Biest auf den Boden eines quadratischen Raums kracht, während der flüssige Schlamm durch Metallgitter abfließt.

Überall schmerzend, richte ich mich auf. Ich schaue auf die tiefroten Lichter, die hier leuchten, genau wie sie es im unteren Bereich des Biests taten. T'Oli sagte, diese Lichter würden verraten, ob jemand infiziert ist. Ich schätze, das wäre der Weg, um zu sehen, ob derjenige, dem dieser Raum gehört, etwas gefangen hatte, das sie nicht wollten.

„Das ist nicht gerade der Haupteingang, aber wir betreten den einzigen Ort auf Vimelia, an dem wir frei sein dürfen", sagt T'Oli. „Und bitte, bitte sagt mir, dass ihr es wert seid. Denn mein Baby wird lange brauchen, um wieder zu laufen. Ich glaube nicht, dass ihr den schieren Horror zu schätzen wisst, all den Schlamm aus den Zahnrädern und Mahlwerken dieses Dings zu reinigen."

T'Oli hat kaum zu Ende gesprochen, und ich habe kaum fertig überlegt, ob irgendwelche meiner Knochen gebrochen sind - glücklicherweise keine -, als sich eine breite Tür am anderen Ende öffnet. Sie ist groß genug, um etwas wie das Biest durchzulassen, und mit weichen gelben Lichtern beleuchtet. Eine weitere Crew, bewaffnet mit Bergbaugeräten, kommt heraus, nur dass es sich statt der endlosen Flaum-Trupps der Sevora um eine bunte Mischung von Spezies handelt. Einige habe ich gesehen, andere nicht.

„Ihr kommt hier runter und raus. Sicher werden sie mit euch reden wollen." T'Oli unterstreicht seinen Satz, indem es das Gitter wieder öffnet.

„Vertraust du ihm?", fragt mich Malo, bevor wir uns irgendwohin bewegen.

„Ich glaube nicht, dass wir eine Wahl haben."

„Zumindest hat dieses Ding noch nicht versucht, uns zu töten oder zu versklaven", fügt Viera hinzu. „Obwohl ich irgendwie immer noch überall Schmerzen habe."

„Ich würde dir sagen, du sollst dich daran gewöhnen, aber ich wette, das bist du schon", sage ich.

„Der Tag, an dem deine Krieger mich aus dem Dschungel holten", nickt Viera Malo zu, „war der letzte gute Tag meines Lebens."

Wir drei lassen uns fallen und klettern aus dem Biest, wobei T'Oli das Gitter so dreht, dass wir aussteigen können.

Es fühlt sich wunderbar an, zur Abwechslung mal außerhalb des Schlamms zu laufen. Meine Füße treten frei auf, obwohl sich am Geruch nichts geändert hat. Meine

Maske ist mit Dreck bedeckt, Malo und Viera sehen ähnlich aus. Wir sehen eher wie Sumpfkreaturen aus als wie Menschen.

„Also habt ihr doch den Weg zu uns gefunden", sagt die wässrige Stimme der Führungsfigur, die ich trotz seiner Rüstung als unseren potenziellen Gefängnisausbrecher erkenne. „Ich war mir nicht sicher, ob ihr je herunterkommen würdet. Jel ist nicht jemand, der Leute freilässt. Nicht solche, die sie gebrauchen kann."

„Wir mussten dafür arbeiten", antwortet Viera, bevor ich es kann. „Vielleicht haben wir auch unsere Spuren in ihrem Zuhause hinterlassen."

Beim Tonfall des Wesens lockern die anderen fünf Mitglieder seines Teams den Griff um ihre Bergbaugeräte. Mir fällt auf, dass sie sich nicht völlig entspannen und immer noch verteilt stehen, um genug Platz zu haben, falls die Dinge schiefgehen sollten. Vertrauen kommt auf Vimelia nicht leicht.

„Ich heiße Rackt", sagt das Wesen. „Willkommen auf Klarheits Morgenröte."

Rackt führt uns aus dem Raum, während der Rest seiner Crew uns folgt. T'Oli verkündet, dass es bleibt, um die Bestie zu reinigen, und in seiner plätschernden Stimme liegt viel Resignation. Angesichts des Drecks, den wir tragen, beneide ich das Ooblot nicht.

Hinter dem ersten Raum – etwas, das Rackt als Luftschleuse bezeichnet – betreten wir eine weitere Röhre, wenn auch eine, die weitgehend frei von Schmutz ist. Das bedeutet jedoch nicht, dass sie sauber ist: Gerümpel säumt den Korridor, und das gelbe Licht, das von außen so einladend aussah, flackert und dimmt an der Decke, während wir gehen. Es liegt ein scharfer Geruch in der Luft, der in meiner Nase brennt, ein saurer Geschmack, der auf meiner Zunge verweilt und in meinem Hals kribbelt.

Malo und Viera bleiben ihrerseits still. Ich vermute, dass sie wie ich versuchen, alles in sich aufzunehmen.

Ein Teil von mir wünscht sich, Ignos – das Wesen, nicht der Gott – wäre noch in meinem Kopf. Der Sevora hätte mir mehr über Klarheits Morgenröte erzählen können, ob man ihnen vertrauen kann oder nicht, wie die Fraktion entstanden ist und wohin Rackt uns bringt. Stattdessen bin ich gezwungen, Rackt zu fragen, der einen Schritt zurückfällt und neben mir hergeht.

„Der Name erzählt unsere Geschichte", sagt Rackt. „Eine Gruppe von Sevora-Ausgestoßenen, die von ihren Herren zurückgelassen wurden, kam hierher und fand heraus, dass es besser ist, zusammenzuarbeiten als getrennt zu bleiben. Mit der Zeit begannen genug gleichgesinnte Spezies das, was ihr seht."

„Und jetzt schlagt ihr zurück?"

„Jetzt versuchen wir zu überleben", sagt Rackt. „Wenn die Sevora jemals aufhören würden, gegen die Vincere und die Amigga zu kämpfen, hätten sie Zeit für uns, und wir wären ausgelöscht. Wir verstecken uns in einem Haufen Röhren, Mensch. Wir haben nirgendwo hin, keine Möglichkeit, von diesem Planeten wegzukommen."

„Also, was wollt ihr von uns? Du hast im Gefängnis gesagt, dass unsere Rettung für euch mit hohen Kosten verbunden war."

Rackt hält inne und sieht mich direkt an. „Es gibt nur wenige bekannte Spezies, die die Sevora nicht beherrschen können. Meine, die Vyphen, die Ooblots, die selten sind, und jetzt eure."

„Und?"

„Wir können nicht zulassen, dass die Sevora euch in

Stücke reißen. Sie werden einen Weg finden." Rackt blickt auf seine schwimmhäutigen, gefiederten Hände. „Deshalb haben die Amigga uns aus dem Krieg gezogen. Warum die Oratus unseren Platz eingenommen haben."

„Aber die Oratus können von den Sevora gefangen genommen werden", sagt Malo, jetzt, da wir alle um Rackt herumstehen und zuhören.

„Oratus sind lebende Waffen, gezüchtet und ausgebildet nur um Sevora zu töten", antwortet Rackt. „Vyphen, wir sind anders. Nicht so robust, nicht so blind. Die Amigga bevorzugen Spezies, die sie kontrollieren können, selbst wenn es mit Kosten verbunden ist."

Rackt setzt sich wieder in Bewegung, aber ich lasse das Gespräch nicht sterben.

„Was ist es nun?", dränge ich den Vyphen. „Haben die Amigga eure Spezies aus dem Kampf geholt wegen der Sevora oder wegen euch?"

„Dir entgeht nicht viel, oder?"

„Ich habe festgestellt, dass mein Überleben davon abhängt."

Rackt lässt dies ein paar Schritte lang unbeantwortet. Gibt mir die Gelegenheit, seine Federn genauer zu betrachten, die im Licht schimmern. Zuerst denke ich, es liegt daran, dass die Vyphen schön sind, aber dann bemerke ich Unstimmigkeiten – Stellen, an denen die grauen und schwarzen Federn stumpf sind. Es ist nicht die Beleuchtung, es ist Fett und Schmutz. Ein Blick zurück zu den anderen bestätigt dies – Klarheits Morgenröte lebt nicht im Luxus.

Rackt hat ja gesagt, sie versuchen zu überleben.

„Wir wurden müde", sagt Rackt schließlich. „Alle Spezies wurden es, nicht nur wir. Hast du jemals einen Krieg über Generationen hinweg geführt? Wir kamen der

Ausrottung der Sevora nahe, nur damit sie wieder auftauchten, auf irgendeiner anderen Welt, mit irgendeiner anderen Spezies, die ihrem Willen unterworfen war. Irgendwann begann die Vorstellung von Frieden ziemlich gut auszusehen."

„Aber die Amigga wollten das nicht?"

„Du sprichst von der herrschenden Spezies der zivilisierten Galaxie. Die Sevora werden sich ihnen nicht unterwerfen, was bedeutet, dass die Amigga nicht aufhören werden, bis sie vernichtet sind. Jetzt, mit den Oratus, könnten die Amigga es tatsächlich schaffen."

Wir erreichen das Ende des Korridors, wo sich eine breite Tür bei unserer Annäherung öffnet. Ich suche nach einem Tastenfeld, so wie auf der *Cobalt*, aber alles, was ich sehe, ist ein kleiner schwarzer Knubbel oben an der kreisförmigen Tür.

„Winken", murmelt Rackt, als wir durchgehen, und macht eine halbherzige Geste mit seiner rechten Hand in Richtung des Knubbels.

Ich mache es ihm nach, obwohl ich nicht weiß, warum. Eine Sekunde später habe ich es sowieso vergessen.

Der Raum beherbergt eine kleine unterirdische Stadt. Eine Kammer, die sich weit nach hinten, unten und oben erstreckt. Eine Plattform, die zu Treppen führt, liegt vor uns, und als ich über den Rand schaue, sehe ich Reihe um Reihe von zerlumpten Bewohnern, notdürftige Behausungen aus verrosteten Metallteilen, flache Feuer und sogar kleine Abschnitte, in denen grüne Dinge wachsen, mit Lampen, die von oben leuchten. Spezies schleichen entlang provisorischer Alleen – Orte, die anscheinend nur deshalb frei sind, weil noch niemand etwas dort abgeladen hat.

Aber trotz all des Schmutzes gibt es hier auch Schönheit. Vielfarbige Lichter sind zwischen den größeren

Behausungen gespannt und tauchen die düstere Höhle in Lila, Rot und Blau. Gelächter und das Gemurmel ständiger Gespräche dringen zu uns herauf. Auch die Gerüche vermischen Schmutz und Schweiß mit den fleischigeren Düften kochender Speisen. Es erinnert mich an Damantum, an ein urbanes Leben.

Unser Eingang ist einer von vielen. Leuchtende Portale umgeben die Kammer, einige groß und einige klein, alle mit Treppen oder Leitern, die zu ihnen führen.

„Hier sind wir, unser Zuhause unter dem Fels", sagt Rackt, während wir starren. „Hier lebt der Widerstand. Hier überleben die einzigen freien Seelen auf Vimelia."

Rackt führt uns zu den Treppen, die viel größer sind als die, die ich gewohnt bin. Sie sind breit und lang und mit kleinen Perlen übersät. Zuerst denke ich, die Erhebungen machen sie unbequem zum Betreten, anders als die glatten Stufen in den Tempeln von Damantum, dann bemerke ich, dass die Maske um meine Füße an ihnen haftet. Nützlich vielleicht, wenn ich schnell rauf und runter laufen müsste.

„Also erzähl mir, wie deine Welt ist", sagt Rackt, während wir hinabsteigen.

Die Frage löst einen Wasserfall aus. Worte sprudeln aus mir heraus, Beschreibungen, die sich in Erinnerungen an mein Heimatdorf im Dschungel verwandeln, an die Wüstenebenen und die ausgedehnte Stadt Damantum. Von Familie und Opfer, von windgepeitschten Morgen und Nächten tief unter einem Walddach, lauschend den geisterhaften Rufen ferner Vögel.

Rackt nimmt alles in sich auf, während wir hin und her die endlose Reihe von Zickzacktreppen hinuntergehen.

„Weißt du, wie lange die meisten dieser Leute den Himmel nicht mehr gesehen haben?", sagt Rackt, als ich fertig bin. „Die meisten, bei weitem, wurden hier geboren.

In Sevora-Tanks gezüchtet, nur um ihr Leben in Knechtschaft zu fristen, bis sie durch Zufall oder Vernachlässigung entkommen konnten."

„Es tut mir leid", antworte ich. „Ich wollte nicht beleidigen-"

„Nein, nein", sagt Rackt und gestikuliert mit seinen Federn in Richtung der Masse zusammengeschusterter Unterkünfte. „Du solltest allen erzählen, was du mir gerade gesagt hast. Sag ihnen, dass es etwas Besseres gibt, als am Boden eines Abwasserkanals festzusitzen. Sag ihnen, dass ihr Kampf ihnen etwas Neues bringen kann. Dass er ihnen etwas Schönes finden kann. Denn im Moment haben wir nur Wut. Frustration und Zorn."

„Das funktioniert nur eine Weile." Ich erinnere mich daran, wie die Überreste des Solare-Stammes Malos Trupp auf unserem Weg nach Damantum angriffen; sie gaben sich ihrer Rache hin und wurden dafür niedergemetzelt.

„Das ist nichts, wofür es sich zu leben lohnt."

Wir erreichen den Boden, wo ich tausend Augen auf mir spüre, während wir uns bewegen. Die Siedlung ist nicht rasterförmig wie eine Stadt angelegt, und die vorhandenen Wege scheinen zufällig entstanden zu sein. Zu beiden Seiten stehen heruntergekommene Hütten, in denen Spezies herumliegen, arbeiten oder kochen oder uns einfach anstarren, während wir an verschiedenen Zuständen der Verzweiflung vorbeiwandern.

Nach dem, was T'Oli gesagt hatte, hatte ich mehr von Klarheits Morgenröte erwartet. Ich hatte eine Art blühende Gesellschaft erwartet, eine organisierte Armee. Aber das hier ist nicht einmal auf dem Niveau der schlimmsten Solare-Stämme.

Hier zerfällt alles.

Ich sage das nicht, nicht nur, weil Rackts Kameraden

mit ihren Bergarbeitern immer noch hinter uns sind, sondern weil ich weiß, dass ich im gleichen Pferch landen könnte. Ich habe hier nichts, und der einzige Grund, warum ich nicht tot bin, ist, dass ich zufällig ein Mensch bin. Ich bin exotisch, ein Verhandlungschip zwischen Spezies, die mich benutzen wollen.

Wir gehen weiter, bis wir fast die ganze Siedlung durchquert haben, in Richtung eines riesigen Shuttle-Flügels. Als wir uns nähern, sehe ich, dass der Flügel nicht allein ist. Einige Spezies lungern darum herum und scheinen sich zu unterhalten. Was mich innehalten lässt, wodurch Malo in meinen Rücken läuft, bevor er es bemerkt, ist das Wesen in der Mitte. Dasjenige, das die anderen um sich herum mit ruckartigen Bewegungen dünner, an seinen Körper transplantierter Metallarme zu dirigieren scheint.

Ein Amigga.

Es ähnelt nicht sehr Dalachite, dem Meister der *Cobalt* - es hat sich nicht überall ausgebreitet und Adern mit Terminals verbunden. Vielmehr hat es sich in etwas niedergelassen, das wie ein verrosteter Metallstuhl aussieht. Diese Roboterarme scheinen an seinen Körper transplantiert zu sein, der eher grau und fleckig ist als rot und braun wie der Meister der *Cobalt*. Büschel zerbrechlicher Haare sprießen an verschiedenen Stellen hervor. Eine einzelne, auf sein Gesicht transplantierte mechanische Linse dreht sich und fokussiert sich auf uns, als wir uns nähern.

„Also habt ihr sie gefunden", kommt die Stimme des Amigga, wie die von Dalachite, aus dem Lüftungsschlitz am Boden des Stuhls und klingt metallisch, tonlos.

„T'Oli hat sie gefunden", antwortet Rackt. „Durch Zufall, wie es scheint. Sie haben es geschafft, in die oberen Abwasserkanäle zu gelangen, wo sie im Schlamm gefangen waren, als T'Oli zufällig auf sie stieß."

„Unsere kleine Gruppe überlebt durch Glück, ich bin froh zu wissen, dass es uns nicht ausgegangen ist." Das Amigga wendet sich uns zu. „Ihr könnt mich Sapphrite nennen. Und ihr seid?"

Wir stellen uns der Reihe nach vor, jeder von uns vorsichtig und misstrauisch. Sapphrite tut nichts, bis wir fertig sind, dann starrt es uns langsam an.

„Ich bin nicht der erste Amigga, den ihr gesehen habt", sagt Sapphrite, und ich schüttle den Kopf.

„Der letzte wollte uns benutzen", sage ich. „Wollte uns in Teile zerlegen. Um etwas anderes daraus zu machen."

Ich bin mir nicht sicher, wie Sapphrite Überraschung zeigen könnte, aber die Nullreaktion, die es an den Tag legt, treibt nur weitere Dolche in meine Wahrnehmung der Spezies. Dass die Amigga es anscheinend nicht als böse betrachten, an jemandem zu operieren, sagt mir alles, was ich wissen muss.

„Das sollte euch zeigen, warum ihr so wichtig seid", erwidert Sapphrite. „Es ist lange her, seit ich eine andere Welt gesehen habe, seit ich mit dem Chor gesprochen habe, aber die Amigga arbeiten immer an der nächsten Sache. Der neuen Sache. Und nichts regt Entdeckungen so an wie eine Injektion frischer Gene."

„Nun, das ist gruselig genug für mich", sagt Viera laut. „Ich bin sicher, ihr werdet uns alles darüber erzählen, was ihr mit unseren Körpern vorhabt, aber ich bin, erstens, mit Dreck bedeckt. Ich bin erschöpft, am Verhungern und dringend reinigungsbedürftig. Also kann das vielleicht warten? Wenn ihr uns nicht gerade jetzt umbringen wollt?"

„Ja, eure Bedürfnisse sind offensichtlich. Keine Angst jedoch. Jetzt, da ihr hier seid, müsst ihr euch keine Sorgen machen. Rackt, könntest du ihnen den Bunker zeigen?", sagt Sapphrite.

Seltsam, ich fühle mich nicht müde. Zumindest noch nicht. All die neuen Dinge, die wir sehen, die Menschen und Kreaturen, denen wir begegnen, lassen mich auf derselben Welle reiten, die mich in der allerersten Nacht, nachdem Malo mich aus meinem Dorf weggebracht hatte, wach hielt. Aber wir sind alle tropfnass und schmutzig, und der Hunger, als ob er von der Idee angestachelt würde, beginnt an mir zu nagen. Es ist lange her, seit wir etwas Richtiges gegessen haben, seit dem weißen Raum in Nasiyas Turm dort oben.

Der Gedanke an den Sevora-Anführer lässt mich an Ignos denken. Lebt es da oben noch? Hat es einen neuen Wirt gefunden?

„Kaishi, komm schon", flüstert Malo.

Rackt führt uns vom Flügel weg, aber nicht zurück zu den Zelten. Stattdessen gehen wir zu einer Reihe von Räumen, die in die Rückseite der Kammer, hinter dem Flügel, eingebaut sind. Dieser Bereich ist sauberer, die Kugellampen hier flackern kaum. Einige Spezies, hauptsächlich ältere Flaum und Whelk, starren uns an, als wir vorbeigehen, und wenden sich dann Terminals zu.

„Der größte Teil von Klarheits Morgenröte besteht aus Flüchtlingen", sagt Rackt, während wir durch die Gänge gehen. „Die meisten haben kleine Fähigkeiten, wie Kochen oder Verkaufen. Vorräte oder andere Ausrüstung herstellen. Es gibt andere, wie mich, die einen militärischen Hintergrund haben. Die die Überfälle planen."

„Die Überfälle?", frage ich. „Wie als ihr uns aus dem Gefängnis gerettet habt?"

„Genau", sagt Rackt. „Wir sind nicht so viele, also müssen wir sorgfältig auswählen. Wir müssen genau verstehen, was wir tun, und rein und raus sein, bevor die Sevora ihre Kräfte sammeln können. Die ganze Planung findet hier im Bunker statt."

Rackt zeigt uns unsere Unterkünfte, ein gemeinsames Zimmer für uns drei. Die Einrichtungen sind nicht luxuriös, aber es gibt so etwas wie eine Dusche, die stinkendes Wasser ausschüttet, das zumindest nicht braun ist. Es fühlt sich unglaublich an, mich selbst zu reinigen, erfrischt zu sein. Mich daran zu erinnern, dass nicht jede Minute der Existenz damit verbracht wird, mit Schmutz und Dreck verkrustet zu sein. Nicht damit verbracht wird, nach meinem eigenen Schweiß und meiner Verzweiflung zu riechen.

Danach steht vor jedem unserer kleinen Schlaflager eine Schüssel. In den Schüsseln befindet sich ausnahmsweise mal kein Nährbrei, sondern etwas, das wie echtes gekochtes Essen aussieht. Ich erkenne nichts davon, aber die Ansammlung dicker, farbiger Blütenblätter sieht pflanzenähnlich aus, also verschlinge ich es trotzdem. Es ist sauer, saftig, und eines, ein leuchtendes orangefarbenes Rund, strotzt vor würziger Schärfe, was ich zu schätzen weiß. Ein kleiner Funke am Boden des Nirgendwo.

„Das Wasser ist gut", sagt Malo.

Jeder von uns hat eine Flasche, und als ich es probiere, stimme ich Malo nicht unbedingt zu - das Wasser selbst ist geschmacklos. Es wurde abgekocht, was bedeutet, dass es wahrscheinlich durch weniger als hygienische Orte gelaufen ist. Andererseits galt das auch für das meiste Wasser, das wir im Dschungel getrunken haben, und wir sind dort nicht gestorben.

Also kippe ich es hinunter.

„Wann kommen sie zurück, um uns abzuholen?", fragt Viera, als wir fertig sind, nachdem jeder von uns sich auf sein kleines Bett begeben hat, weil wir nicht wissen, wohin wir sonst gehen sollen. „Denn ich bin kurz davor, hier auf der Stelle umzukippen."

„Ich kann die erste Wache übernehmen", meldet sich Malo freiwillig.

Erste Wache? Hier? Natürlich, diese Leute sind vielleicht keine Freunde. Wir haben sie gerade erst kennengelernt, und Rackt hat deutlich gemacht, dass wir benutzt werden sollen. Ziele in ihrem Spiel. Also sage ich Malo, er solle mich in ein paar Stunden wecken - nicht dass ich wüsste, wie er die Zeit verfolgen will ohne Sterne oder Ignos, die über uns leuchten.

Diese Frage hält mich nicht lange wach: Sobald mein Kopf das Kissen berührt, bin ich weg.

ES IST SO VIEL GRÜN. Das ist nicht das, was Sax erwartet, als sich die Türen öffnen und eine kuppelförmige Weite mit Blick auf den sternenbeleuchteten Weltraum offenbaren. Weiches Gras breitet sich vor ihnen aus, hier und da unterbrochen von größeren Pflanzen und Tischen, die mit den leiterartigen Strukturen gesäumt sind, die Ooblots als Stühle bevorzugen.

Eine Reihe von UV-Drohnen surrt durch die Gegend: schwebende Balken, die Licht ausstrahlen und umherreisen, um sicherzustellen, dass jede einzelne Pflanze die erforderliche Menge erhält, bevor sie weiterzieht.

Sax hat so etwas schon einmal gesehen - normalerweise, wenn die Vincere zu einer Art Feierlichkeit als Symbole der militärischen Macht Amiggas gerufen wurden. Wohlhabende Besitzer zeigten mit dem Finger und jubelten, als Sax und seine Kameraden aufmarschierten, und er betrachtete all die wertlosen Fleischsäcke und wünschte sich, er könnte zu seinem Schiff zurückkehren.

Er fühlt hier das Gleiche. Das ist kein Ort für ihn, für Bas. Aber zumindest zeigt kein Bergarbeiter mit dem Finger auf sein Gesicht - der Einzige, der sie begrüßt, ist der blau-goldene Vyphen, Eneks, der alles andere als begeistert aussieht, zwei Oratus hinter D'Arscale stehen zu sehen.

„Ich dachte, du hättest gesagt, du brauchst mehr Sicherheit", sagt Eneks, wobei sein Blick auf Sax verweilt.

Es ist klar, dass der Vyphen ihn erkennt, aber Sax erwähnt die Bar nicht.

„Diese beiden sind der Grund", antwortet D'Arscale. „Sie haben mein Kasino zerstört."

„Selbstverteidigung", zischt Bas. „Deine eigenen Kunden haben dein Kasino zerstört."

D'Arscale würdigt das keiner Antwort, und nach einem unbehaglichen Moment führt Eneks sie vom Aufzug weg und durch den Garten.

Jenseits der Blumen gibt es sogar Reihen von wachsendem Gemüse. Gemüse und Obst. Sax wettet, dass nichts davon jemals diese Ebene verlässt, um zum Rest der Station zu gelangen.

„Deine Schwestern haben einen schönen Ort", sagt Sax zu D'Arscale. „Warum musst du im Kasino bleiben?"

„Ich entscheide mich dafür."

Encks lacht glucksend.

„Wir sind nicht hier, um mit dir zu reden, Vyphen", sagt D'Arscale.

Nach den Gärten kommen sie zu einem weitläufigen, wenn auch flachen Gebäude. Zu niedrig für Sax und Bas, um einzutreten, ist der Raum kaum einen Meter hoch. Genug allerdings für einen Ooblot, um darunter zu gleiten und es vielleicht zu genießen. Es ist jedoch ziemlich breit. Etwa ein Drittel der Ebene.

Dann bemerkt Sax, was das Dach macht, und er ist tatsächlich beeindruckt. Ein durchsichtiges Dach - das denjenigen im Inneren des Gebäudes einen perfekten Blick auf die Sterne über ihnen bietet. Hier hat das Zuhause der Ooblots das gleiche, und Sax kann den Fortschritt der beiden Schwestern an der Veränderung des cremefarbenen Daches verfolgen, während es sich in und aus dem Blickfeld verschiebt.

Solche Dinge sind teuer, und die *Scrapper Station* schreit nicht gerade nach Luxus. Diese Ooblots müssen hier ein anderes Spiel betreiben, um sich diese Dinge leisten zu können.

„Ich präsentiere euch die Schwestern", sagt Eneks einen Moment später und tritt zur Seite, wobei er beide Oratus im Auge behält.

D'Arscale schloss für eine lange Sekunde die Augen. „Ihr werdet sie lieben."

KAPITEL 13

EIN SPAZIERGANG MIT WUT

MALO WECKT mich einige Zeit später – in diesem dunklen Raum habe ich keine Ahnung, wie lange es gedauert hat, aber nach seinen eingefallenen Augen und meiner eigenen relativen Wachheit zu urteilen, hat Malo lange durchgehalten, bevor er mich anstupste. Er murmelt etwas von keinen Unterbrechungen und bricht auf seinem eigenen Bett zusammen.

Ich blinzle eine Minute lang im Dunkeln. Das letzte Mal, als ich Wache gehalten hatte, waren wir noch auf der Erde gewesen, im Freien. Dort konnte man wenigstens ein Feuer brennen sehen oder den Geräuschen der Natur lauschen. Jetzt höre ich nur das allgegenwärtige Summen der Maschinen und sehe überhaupt nichts.

Das führt mich zunächst zu meiner Fantasie und dann zu dem Ding an meinem Handgelenk. Das matt smaragdgrüne Armband, das Ignos mir gegeben hatte. Der Cache. Er enthält theoretisch alles Wissen, das die Sevora hineingelegt haben. Ich könnte seine Archive durchsuchen und mehr über Vimelia erfahren, über die Sevora und vielleicht auch über Klarheits Morgenröte.

Das Problem mit dem Cache ist jedoch, dass seine Benutzung eher einem Eintauchen in einen Ozean gleicht als dem Lesen einer Seite. Ich wäre in seine Informationen eingetaucht und könnte nicht feststellen, ob jemand beschließt, den Raum zu betreten.

Also nein, ich kann Malo und Viera nicht verraten.

Stattdessen gehe ich auf und ab. Ich übe meine lautlosen Schritte, rolle meine Füße über den kühlen Metallboden. Ich höre Vieras und Malos leises Atmen – und das sanfte Schnarchen des Letzteren. Ich gehe die Namen aller Menschen in meinem alten Stamm durch, flüstere sie laut vor mich hin und frage mich, wie viele von ihnen noch am Leben sind. Wie viele sich noch an mich erinnern.

Ich frage mich, was meine Eltern denken, was mit mir passiert ist – als ich sie zuletzt sah, sagte ich ihnen, ich würde die beiden Oratus aufhalten, die durch den Dschungel gerast waren und nach mir suchten. Als ich nicht zurückkam, nahmen sie da an, ich sei da draußen gestorben?

Irgendwann kommt jedoch wieder Langeweile auf. Es gab kein Anzeichen von irgendetwas an der Tür, keine Nachricht oder Wort von Sapphrite, Rackt oder irgendjemandem. Wie auch immer, sie sagten, wir wären hier sicher? Dass wir der Schlüssel zu ihren Plänen wären?

Dass sie uns nicht verletzen würden.

Also hebe ich den Cache, schaue ihn an, und bei meinem Blick und mit meinem fokussierten Gedanken blitzt er in meinen Augen brillant grün auf und ich bin verloren.

Zuerst suche ich nach Vimelia, den Sevora, und ich tauche ein in ihre Geschichte des Konflikts. Entdeckungen spielen sich um mich herum ab – ihre erste Begegnung mit einem abgestürzten Flaum-Schiff, die Übernahme von

Wirten und das langsame Wachstum von ihrem Planeten in die weitere Galaxis. Selbst während sich diese Ereignisse abspielen, nehme ich jedoch einen konstanten Refrain wahr, der alles übertönt:

Angst.

Ich dringe tiefer in den Cache ein, was diese Angst betrifft. Wie sie sich auf die Sevora bezieht, und Szenarien wirbeln umher: Angst vor Entdeckung, bevor sie als Spezies bereit sind, Angst davor, einen wertvollen Wirt zu verlieren, Angst vor ihrer eigenen Schwäche. Und auch Angst vor ihrer eigenen Bedeutungslosigkeit.

Denn die Sevora haben laut den Aufzeichnungen des Cache über Tausende von Debatten, Schriften und mehr von ihren eigenen Historikern nie die Frage beantworten können, warum so viele andere Spezies selbstständig sind, während sie untrennbar mit der Übernahme anderer verbunden sind.

Ich steige aus dieser verzweifelten Grube wieder auf und versuche stattdessen, Spuren von Klarheits Morgenröte zu finden. Als ich es tue, dominiert eine Sache alles andere:

Sapphrite, der Amigga.

Der erste und einzige Amigga, der je von den Sevora gefangen genommen wurde, und das schon früh in ihren andauernden Kriegen. Die verstreuten Informationen über Sapphrites Gefangennahme zeigen, dass Sapphrite, wie Dalachite, auf einem einsamen Außenposten gefunden wurde, wo alle möglichen Experimente durchgeführt wurden.

Ich bin gerade dabei, in die Aufzeichnung von Sapphrites Gefangennahme einzutauchen, als meine Wahrnehmung erschüttert wird. Der Cache wird verschwommen. Die Worte verschwimmen und verschwinden dann ganz, und ich bin zurück in unserem Raum. Nur sind wir jetzt nicht mehr allein.

Sapphrite wartet darauf, dass ich aus dem Cache ausbreche, und es ist allein. Starrt mich an. Der Raum bleibt dunkel, und soweit ich auf einen Blick erkennen kann, schlafen Malo und Viera noch.

„Komm mit mir", sagt Sapphrite.

Es gibt eine Reihe von Gründen, warum ich nein sagen sollte, aber der Grund, warum ich zustimme, warum ich Sapphrite aus diesem Raum folge, ist, dass ich für mich immer noch die Kaiserin der Charre bin. Ich habe immer noch ein Volk, auch wenn es weit über die Sterne verstreut ist, und dieses Volk verdient eine Kaiserin, die alles versucht, um es zu schützen.

Das kann ich nicht, indem ich mich in dem Raum verstecke.

Sapphrites Stuhl bewegt sich langsam, was mir nichts ausmacht, da es meinen Augen Zeit gibt, sich von dem dunklen Raum zu erholen. Wir winden uns durch die Korridore des Bunkers und wieder hinaus in Richtung des Flügeltisches. Niemand wartet auf uns, und Sapphrite geht weiter. Hinunter in die Zelte.

„Du hast einen Cache", stellt Sapphrite fest.

Da der Amigga mich bei der Benutzung erwischt hat, scheint es keinen Grund zu geben zu lügen, also nicke ich einfach. Sapphrite antwortet nicht und ich erinnere mich daran, dass es der Amigga ist, und es ist jetzt nach vorne gerichtet. Führt uns durch die Haufen von Abfall und schlafenden Körpern.

„Ja", sage ich. „Die Sevora haben ihn mir gegeben."

„Es ist ein gefährliches Werkzeug", sagt Sapphrite. „Ich habe viele gekannt, die sich in einem verloren haben. Wissen kann so berauschend sein wie jede Droge, und wenn du deinen Körper vergisst, während du durch die endlosen Schätze eines Cache gleitest, können sie tödlich sein."

Ich verstehe, dass der Amigga wahrscheinlich nur Konversation macht, aber ich bin nicht in der Stimmung für sinnloses Geplauder.

„Wohin gehen wir?", frage ich.

„Nirgendwohin", antwortet Sapphrite. „Ich möchte, dass du diesen Ort in dich aufnimmst, die Spezies, die hier leiden, auf Hoffnung warten, damit du, wenn wir dich fragen, ja sagst."

Ich bin nicht so kalt, dass ich nicht sehe, wovon Sapphrite spricht. Trotz der kleinen Kochfeuer sehen die meisten Spezies hier ausgezehrt und müde aus. Krank oder alt. Fell, wenn vorhanden, ist fleckig und die schneckenartigen Körper der Whelks weisen eine Reihe von verkrusteten, verkalkten Stellen auf.

„Die Sevora könnten euch jederzeit zerschmettern", sage ich. „Es ist nicht so, dass sie euch nicht finden können, es ist ihnen einfach egal."

„Nicht genug", stimmt Sapphrite zu. „Wir waren früher stärker. Wir haben oft die Oberfläche erreicht, Chaos verursacht. Versucht, eine Nachricht an die Vincere mit Vimelias Standort zu übermitteln. Aber wir waren nie erfolgreich, und jetzt haben wir viele verloren, während die Sevora immer besser darin werden, ihre Wirte unter Kontrolle zu halten."

„Also, was werdet ihr tun?"

„Wenn der Chorus von Vimelia erfährt, werden sie eine Streitmacht hierher schicken, die zu stark für die Sevora ist, um zu überleben. Wir müssen den Standort dieser Welt bekannt machen, Kaishi. Du kannst uns dabei helfen."

„Und was bekommen wir? Malo, Viera und ich?"

„Ihr könnt nach Hause gehen", sagt Sapphrite. „Ihr könnt diese Welt, diesen Kampf vergessen. Zurück zu dem Leben, das ihr früher kanntet."

Ich lache. Es ist ein zynisches Bellen, aber ich kann nicht anders. Vergessen? Ich könnte es nie, und ich würde es auch nicht wollen.

„Es gibt kein Zurück, wenn man einmal eine Stimme im Kopf hatte", antworte ich. „Wenn man gesehen und gefühlt hat, was wir gesehen und gefühlt haben."

Sapphrite widerspricht dem Punkt nicht, aber der Amigga dreht sich um. Wir stehen am Fuß einer weiteren Treppe, und mir wird klar, dass es in dieser Kammer keine Aufzüge gibt. Keine der Türen hat Rampen, die zu ihnen führen. Der Amigga muss von jemandem getragen werden, oder er steckt schon sehr lange hier unten fest.

„Vielleicht nicht, aber ihr könnt es versuchen." Sapphrite beginnt, zurück durch die Zelte zu tuckern, und ich habe keine andere Wahl, als zu folgen.

Wenn ich eines gelernt habe, seit Malo mich von meinem Stamm weggeholt hat, dann, dass Nächstenliebe selten ist. Sapphrite bietet uns einen Ausweg an, aber es muss einen Grund dafür haben. Dalachite kümmerte sich um nichts anderes als sich selbst und seine Experimente. Ich kann nicht erwarten, dass Sapphrite anders ist.

„Was ist dein Grund?", frage ich Sapphrite, während wir an einem Trio schlafender Flaum vorbeitrotten. „Warum hilfst du all diesen Leuten?"

Sapphrite hält nicht an. Seine Metallarme hängen schlaff an seinen Seiten, während es dahinrollt. „Die Sevora haben alles ruiniert, wofür ich gearbeitet habe. Haben meine Forschung zerstört, mich daran gehindert, den Zweck meines Lebens zu erfüllen. Ihr Ende durch die Kraft meiner Amigga-Gefährten herbeizuführen, wäre die süßeste Rache."

„Das ist alles? Rache?"

Jetzt hält der Amigga an, dreht den Stuhl so, dass er mich mit seinem einzigen Auge voll anstarrt. „Ich werde sterben, Kaishi. Auf diesem Planeten kann ich nicht auf die Therapien zugreifen, die es Amigga ermöglichen, unbegrenzt weiterzuleben. Rätsel, die wir vor Ewigkeiten gelöst haben, kommen jetzt zurück, um meinen Körper zu zerreißen. Ein Amigga kann getötet werden, aber sterben? An natürlichen Ursachen?"

Es erwartet, dass ich seine Verblüffung teile, seine kopfschüttelnde Ablehnung eines Prozesses, der jeden Solare und Charre seit Menschengedenken ereilt hat.

„Amigga sterben nicht?", bringe ich schließlich heraus.

„Nicht auf diese Weise. Nicht, es sei denn, du bist abgeschnitten", zischt Sapphrite einen Seufzer durch seinen Lautsprecher. „Was bei mir schon viel zu lange der Fall ist."

Als wir zum Flügel zurückkehren, warten Malo und Viera, zusammen mit Rackt und einigen anderen, auf uns. Meine Freunde sehen nicht besonders begeistert aus, als ich mich mit dem Amigga nähere, und ich kann mir denken, warum.

„Toller Job als Wache, Kaiserin", sagt Viera zu mir, als wir uns nähern. „Es gibt nichts, was ich nach einem langen Schlaf mehr mag, als mit diesem Ding in meinem Gesicht aufzuwachen."

Sie nickt in Richtung eines lilafarbenen Whelk. Das schneckenartige Ding seinerseits macht, was ich für ein Achselzucken halte, indem es seinen Körper zittern lässt und mit den Augen rollt.

„Es ist meine Schuld", übernimmt Sapphrite. „Ich habe sie gebeten, mich zu begleiten, damit sie lernen kann, damit sie euch helfen kann zu verstehen, warum ihr wieder an die Oberfläche gehen werdet."

„Ich weiß, warum wir wieder nach oben gehen werden", erwidert Viera, ihre Schlagfertigkeit kehrt mit ihrer Energie zurück. „Um von diesem Ort wegzukommen und nach Hause zu fahren. Richtig, Kaishi?"

Malo sagt nichts, aber an seinem direkten Blick erkenne ich, dass er sich dasselbe wünscht. Sapphrite, offenbar für den Moment fertig, starrt mich nur an und wartet.

„Sie wollen unsere Hilfe, Viera", beginne ich. „Und sie werden uns die Chance geben, nach Hause zu gehen, ja."

„Die Art, wie du das sagst, lässt vermuten, dass es einen Haken gibt."

Ich diente nicht lange als Kaiserin – jedenfalls nicht, bevor ich von einem Paar wütender Oratus abgesetzt wurde. In dieser Zeit lernte ich jedoch, ein Publikum zu erkennen. Zu verstehen, dass ich nicht wirklich eine Rede an eine Person halte, wenn ich eine Frage beantworte, sondern an alle.

„Klarheits Morgenröte braucht Hilfe", sage ich. „Sie werden diesen Kampf verlieren, und zwar bald, wenn wir ihnen nicht helfen, Vimelia zu einem Ziel für die Vincere zu machen. Sapphrite hat einen Plan, und ein Teil davon sieht vor, dass wir am Ende ein Schiff bekommen und nach Hause fliegen, aber wir können nicht einfach alleine aufbrechen." Jetzt schenke ich Viera ein kleines Lächeln. „Nicht zuletzt, weil keiner von uns weiß, wie man eines dieser Schiffe fliegt."

Es gibt eine kurze Pause, dann stößt Viera einen theatralischen Seufzer aus. „Na gut. Was ist dieser Plan?"

„Es wird etwas Mut erfordern", sagt Sapphrite. „Aber ich denke, ihr seid das perfekte Trio, um es durchzuziehen."

KAPITEL 14

EIN DEAL NACH DEM ANDEREN

EINE VIOLETT, in der Farbe der nahenden Dämmerung, und die andere bläulich-weiß, wie ein neuer Morgen. Die Schwestern treten aus ihrem Haus hervor wie ein Paar besonders geschmeidiger Flüssigkeiten, ohne ihre Augenstiele, die sich ohne Überraschung auf die Oratus richten.

Sie nehmen beide Form an und stehen, oder besser gesagt, sitzen in einer Höhe von einem halben Meter. Sax und Bas starren auf sie herab, und Sax macht sich bereit, seine Geschichte zu erzählen.

„Bruder", beginnt die blaue Schwester. „Du hast schon wieder ein Problem verursacht. Wir haben dich bereits von dieser Ebene entfernt und dir die Administratorrechte entzogen."

„Was können wir sonst noch tun?", sagt die violette.

„Ich habe eine Idee, Schwester", antwortet die blaue.

„Was denn, Schwester?"

„Diese beiden, sie suchen unsere Gunst, nicht wahr?"

Vier Augenstiele drehen sich zu Sax und Bas, und die Oratus nicken.

„Dann ist hier mein Plan", sagt die blaue. „Tötet unseren Bruder, und wir werden eurem Vorschlag zuhören."

„Was?", flattert D'Arscale. „Mich töten?"

„Du bist zu einer Belastung geworden", sagt die violette. „Ich stimme deinem Plan zu. Oratus, seid ihr auch einverstanden?"

Sax blickt zu Bas, die ihre Zähne fletscht. D'Arscale hat nichts getan, um ihr Erbarmen zu verdienen, hat nichts getan außer seinen eigenen Untergang zu verdienen.

„Wir stimmen zu", zischt Sax.

D'Arscale versucht zu fliehen, sein flüssiger Körper windet sich zurück, während seine Augenstiele sich in diesen harten Ooblot-Zement verwandeln.

Sax fängt ihn mit seinem Schwanz, wickelt ihn fest um D'Arscale. Er beugt sich über den Ooblot, dreht sich dann zurück zu den Schwestern. „Wie?"

„Wie auch immer ihr wollt", sagt die blaue. „Wir sind keine Monster."

Also macht es Sax auf die freundliche Art – er fragt nach der nächsten Luftschleuse. Es gibt eine auf dieser Ebene, bereit für schnelle Fluchten – also überqueren sie zu sechst den Garten dorthin. Eneks legt eine gefiederte Hand auf die Mitte der kreisförmigen Tür, die zustimmend klingelt, als sie sich öffnet.

„Ist das wirklich das, was ihr wollt?", fragt Bas, als Sax den Ooblot mit allen vier Klauen packt.

„Unser Bruder hat viel zu viel Ärger verursacht, um am Leben gelassen zu werden", sagt die blaue.

„Er vergisst ständig unsere Geburtstage", fügt die violette hinzu. „Unter vielen anderen Beleidigungen. D'Arscale ist einfach des Ooblot-Namens nicht würdig."

„Ihr seid böse!", D'Arscale taut lange genug auf, um eine

Reihe härterer Beschimpfungen auszustoßen, von denen keine die Schwestern im Geringsten zu beeindrucken scheint.

„Seht ihr?", sagt die blaue, als D'Arscale endlich verstummt. „Es hat keinen Sinn, so etwas in der Nähe zu behalten."

„Tut es", sagt die violette.

Mit dieser Debatte geklärt, wirft Sax den sich wehrenden, hilflosen D'Arscale in die Luftschleuse. Eneks schließt die Tür und öffnet mit einem zweiten Druck das Portal zum kalten Nichts des Weltraums.

Sax ist sich sicher, dass D'Arscale schreit, aber sie hören keinen Laut, als der Ooblot in die unendliche Leere gesaugt wird.

Nachdem das erledigt ist, wendet sich Sax den Schwestern zu und erzählt ihnen auf ihre Aufforderung hin von Twillo, davon, dass Plakes Fracht gekauft werden muss, damit Sax und Bas sich eine Mitfahrgelegenheit von der Station sichern können.

„Gefällt es euch hier nicht?", fragt die blaue, die sich als L'Reneo vorstellt. „Ist die *Scrapper Station* kein Paradies für ein Paar Oratus?"

„Sie ist nicht für uns gebaut", wirft Bas eine viel diplomatischere Antwort ein, als Sax es geschafft hätte.

„Wie der Großteil der Zivilisation, so scheint es", sagt die violette Schwester, N'Ollene. „Doch wir müssen weitermachen, auch wenn unsere Bemühungen den mächtigen Oratus missfallen."

„Dein Sarkasmus ist nicht nötig", zischt Sax.

„Oh, aber er ist es. Wir können euch nicht physisch verletzen, also müssen Worte unsere einzigen Waffen sein", erwidert N'Ollene.

„Warum uns überhaupt verletzen?", sagt Bas. „Wir

wollen gehen, ihr könnt das ermöglichen. Tut es, und ihr werdet dafür gedankt."

„Von wem?", sagt L'Reneo.

„Den Vincere", sagt Sax. „Sie suchen nach uns."

Die Schwestern schwenken ihre Augenstiele zueinander. Sie halten den Blick für eine Sekunde, dann schwenken sie zurück zu den beiden Oratus. Eneks scheint es zu genießen, durch die Luftschleuse dem verschwindenden Lichtpunkt nachzustarren, der D'Arscales im Vakuum gefrorener Körper ist.

„Dann können wir einen Deal machen." L'Reneo zittert, als es das sagt.

„Ich will keine Deals mehr", zischt Sax. „Ich bin es leid, Deals zu machen. Ich bin es leid, auf dieser Station herumzuwandern und mit Leuten zu reden, die irgendwie mit allen anderen verbunden sind."

„Oh, aber dieser Deal wird euch gefallen", sagt N'Ollene. „Er liegt genau in eurem Bereich. In eurem Fachgebiet, wenn ihr so wollt."

„Was?", sagt Bas.

„Ihr wollt einen Ausweg, und wir wollen, dass eine bestimmte Person beseitigt wird." L'Reneo verschiebt seine Augenstiele in Richtung Eneks. „Der Bruder unseres Freundes wurde kürzlich bei einem schrecklichen Angriff auf genau dieser Station getötet, von einem Whelk. Einem roten."

„Tötet den Whelk, und wir lassen Twillo eure Vorräte kaufen", fügt N'Ollene hinzu.

„Aber der Whelk arbeitet für Plake – wenn wir ihn töten, wird sie uns nie ihr Schiff geben." Sax schüttelt den Kopf.

„Dann müsst ihr wohl einfach alle töten und ihr Schiff

selbst nehmen", sagt L'Reneo. „Die *Scrapper Station* verlangt Gerechtigkeit für unseren getöteten Bewohner, Oratus. Liefert sie, und ihr bekommt, was ihr wollt."

KAPITEL 15

DAS SPIEL SPIELEN

ICH ERKUNDE die Zelte mit Malo, um mich zu entspannen, um die farbigen Lichter, Anblicke und Geräusche der geschäftigen Spezies zu sehen und zwischen ihnen zu wandeln. Ich glaube nicht, dass die Details von Sapphrites Plan an die Öffentlichkeit gelangt sind, aber jeder kann erkennen, dass große Bewegungen im Gange sind – zum einen ist der Bunker voller Menschen, die ein- und ausgehen. Die verschiedenen Luftschleusen, die von der Siedlung wegführen, öffnen und schließen sich ständig, während Agenten, Ingenieure und Kuriere von Klarheits Morgenröte Nachrichten und Materialien dorthin senden, wo sie gebraucht werden.

Viera ist mit Rackt unterwegs, der versprochen hat, ihr ein paar Minenarbeiter zu besorgen und sicherzustellen, dass sie weiß, wie man sie abfeuert. Malo ist glücklicher mit den gezackten Klingen, die sie überall verstreut haben – die meisten scheinen von Schrott abgebrochen zu sein –, also übernimmt er die Rolle meines Beschützers, während wir umherwandern.

„In vielerlei Hinsicht fühlt sich das hier wie mein

Zuhause an", sage ich, als wir an einem Quartett von Teven vorbeigehen, die um ein Kochfeuer versammelt sind. „Alle leben und arbeiten zusammen, um zu überleben."

„Zuhause gab es keine existenzielle Bedrohung", erwidert Malo. „All diese Spezies wissen, dass sie in einem Moment tot sein könnten, wenn die Sevora über ihnen beschließen würden, dass es sich lohnt."

„Denkst du nicht, dass wir dasselbe über die Charre und die Lunare empfunden haben? Ihr beide hättet uns zermalmen können, wenn ihr es gewollt hättet."

Malo schüttelt den Kopf. „Wir hatten nie Interesse an Eroberung. Es gab genug Land im Westen für uns. Die Überfälle auf eure Stämme dienten eher dazu, unsere Soldaten bereit und selbstbewusst zu halten. Und um ehrenvolle Opfer zu sammeln."

„Na, jetzt fühl ich mich besser."

Wir kommen an einem provisorischen Laden vorbei, der in blaues Licht getaucht ist. Ich schaue hinein und sehe Regalreihen voller kleiner Würfel an den Wänden, die meisten davon pulsieren. Sie sind hypnotisierend, und ich trete ein, strecke die Hand aus, um einen zu berühren, als etwas Langes und Pelziges meinen Arm packt.

„Wenn du nicht aus reiner Energie bestehst, solltest du die besser nicht anfassen", es ist eine raspelnde Stimme, leise und rau. „Sie brennen sich direkt durch deine Haut, schmelzen deine Knochen und verwandeln dich in eine rauchende Pfütze."

Ich folge dem Arm und sehe, dass er zu einem dreigliedrigen, monströsen Ding gehört, mit etwas, das wie ein halber Mund aussieht und aus einem breiten Torso herausragt. Als ob ein Flaum und ein Amigga zusammengequetscht worden wären, ohne viel Rücksicht darauf, wie die Dinge zusammenpassen.

„Nimm deine Hände von ihr", sagt Malo und stellt sich zwischen uns.

„Hab's nicht böse gemeint", der Mund der Kreatur verzieht und schnappt sich, während sie spricht. „Wollte nur verhindern, dass deine Freundin sich umbringt."

„Danke", sage ich schnell. „Für die Warnung."

Ich sehe keine Augen an der Kreatur, doch sie weiß offensichtlich, wo wir stehen, da sie zu uns orientiert ist und ihr zentraler Arm – der, der mich gepackt hat – bereit hängt, um wieder auszugreifen. Die anderen beiden Gliedmaßen, ihre Beine, enden in dem, was wie massive, aber dünne Füße aussieht.

„Was bist du?", Malo stellt die Frage, wofür ich dankbar bin, auch wenn es unhöflich klingt.

„Ein Unfall." Die Kreatur scheint sich darüber nicht im Geringsten zu schämen. „Ein Fehler der Sevora. Ein alter noch dazu. Sie haben versucht, verschiedene Spezies in einem ihrer Tanks zu koppeln, und als es nicht funktionierte, wollten sie mich töten lassen."

„Du bist entkommen?"

„Befreit", die Kreatur kratzt ein Lachen hervor. „Der Sevora-Wissenschaftler, der mich gezüchtet hat, dachte, es wäre grausam, mich zu verbrennen. Also ließ er mich stattdessen in die Kanalisation gehen, als wäre das irgendeine Art von Gnade. Bin hier runtergefallen und sieh an, eine nutzlose Mischbrut, die Batterien bewacht. Was für eine Errungenschaft."

„Also kommen die in die Minenarbeiter?", ich nicke in Richtung der Würfel.

„In alles andere auch", antwortet die Kreatur. „Wir zapfen ab, was wir an Energie von oben bekommen können. Es ist nicht viel, aber es hält diesen Ort warm, die Filter am

Laufen und unsere Waffen mit genug Saft, um etwas Schaden anzurichten."

„Du scheinst nicht besonders begeistert?"

„Was gibt es da zu begeistern? Dieser Angriff, den Sapphrite plant?" Wieder verfällt die Kreatur in ihr hackendes Lachen, was mich allmählich nervt. „Wir haben Hunderte davon gemacht. Sie verursachen etwas Chaos, aber die Sevora treiben uns immer zurück. Dann kommen sie, um Rache zu üben, aber ihre Fraktionen hindern jeden daran, zu viel zu unternehmen, also lecken wir unsere Wunden und warten darauf, es wieder zu versuchen."

„So kann man keinen Krieg gewinnen." Malo blickt zu mir, seine Augen bewegen sich in Richtung Ausgang. „Es muss Antrieb geben, eine Bereitschaft weiterzukämpfen, bis der Feind verschwunden ist."

„Oder man hat Frieden geschlossen", füge ich hinzu und mache selbst einen Schritt von der Kreatur weg.

„Frieden. Das ist eine lustige Idee. Denkst du, ich bin hier unten, weil ich den Sevora den Krieg erklärt habe?" Die Kreatur folgt uns, als wir uns von den leuchtenden Würfeln entfernen. „Nein. Sie wollten mich loswerden, weil ich sie an ihre eigenen Fehler erinnerte. Ich bin ein Fleck, der weggewischt werden muss, nichts, mit dem man verhandeln kann."

Wir erreichen den Rand des Ladens und gehen weiter, beide machen wir halbherzige Abschiedsgrüße.

„Für sie sind wir nichts!", ruft uns die Kreatur hinterher. „Nichts!"

Wir gelangen zu einem ruhigen Fleck mit ein paar verstreuten Kisten zwischen zwei größeren Zelten. Eine Kette grün leuchtender Lichter verleiht der Lichtung eine beruhigende Atmosphäre, genau das, wonach ich nach der Begegnung mit dem seltsamen Batteriewächter suche.

„Sieht aus wie der Dschungel, nicht wahr?", sage ich zu Malo, während ich auf die Kiste zugehe.

Es ist nicht gerade ein bequemer Stuhl, aber allein das Sitzen für einen Moment gibt meinem Verstand die Chance, sich neu zu sortieren. Die Gerüche einzuatmen und sie um Gedanken zu winden. So viele davon an der Grenze zur Vertrautheit, so viele völlig neu.

„Ich weiß nicht, in welchem Dschungel du gelebt hast, Kaishi, aber der, an den ich mich erinnere, hatte keine solchen Lichter." Malo setzt sich in meine Nähe. Ich bemerke, dass er irgendwoher eine zerbrochene Metall-stange aufgehoben hat und sie hält, wie er früher seinen Speer hielt.

„Es ist noch gar nicht so lange her", sage ich. „Aber es fühlt sich wie eine Ewigkeit an, seit wir unser Zuhause verlassen haben."

„Der Fluss der Zeit wird weniger vom Vergehen der Tage bestimmt als von Erfahrungen", erwidert Malo. „Zumindest das haben unsere Krieger den Novizen beim Training immer gesagt. Ihr Punkt war, glaube ich, dass wir die Stunden in ihren monotonen Lektionen vergessen und uns an die Ergebnisse erinnern würden."

„Hast du das?"

„Ich lebe noch, also nehme ich an, ja."

Ich nicke in Richtung des Metallstabs. „Und du hast daran gedacht, immer eine Waffe griffbereit zu haben."

„Daran muss ich mich nicht erinnern, Kaiserin", Malo betrachtet den Stab, als wäre er das Wertvollste, was er besitzt. „Diese Abenteuer haben mich gelehrt, dass ich in jedem Moment, in dem ich unbewaffnet bin, verwundbar bin."

„Du bist ein guter Soldat, Malo", sage ich und werfe ihm ein Lächeln zu, um die Schärfe aus dem zu nehmen, was ich als Nächstes sage. „Aber du könntest ein besserer Freund sein."

„Ein besserer Freund?"

„Du bist so ernst. Immer geht es um die Mission, mich am Leben zu erhalten oder nach der nächsten Bedrohung Ausschau zu halten. Nicht jede Gefahr kommt von außen, weißt du."

„Geht es dir gut, Kaishi?"

„Hör zu, Malo, lass uns zur Abwechslung mal nicht nach mir fragen. Was ist mit dir? Geht es dir gut?"

Diese Frage scheint Malo zu verwirren. „Mir geht es gut, Kaiserin."

„Nein, das ist nicht das, wonach ich frage. Wie fühlst du dich bei allem, was wir durchgemacht haben? Bei dem, worum Sapphrite uns bittet?"

Jetzt versteht er es. Er wendet seinen Blick von mir ab und lässt ihn über die Teile der Siedlung schweifen, die wir sehen können.

„Nichts, was ich erlebt habe, hätte mich darauf vorbereiten können", beginnt Malo. „Es ist eine Überraschung nach der anderen, womit ich umgehen kann. Was schwieriger ist, ist zu sehen, wie alle Konstrukte, mit denen ich gelebt habe, weggerissen werden. Ich dachte einmal, die Charre seien die besten Menschen überhaupt, und jetzt weiß ich, dass wir nichts sind im Vergleich zu all diesen anderen. Wenn sie wollten, könnten die Sevora uns zerstören. Die Vincere könnten es auch. Ich habe keinen Zweifel daran, dass Klarheits Morgenröte, so zerzaust und verloren sie auch sind, sich über all unsere Krieger und ihre Jahre des Umgangs mit Speeren und Bögen lustig machen würden. Kurz gesagt, Kaishi, fühle ich mich nutzlos."

In Malos Worten höre ich meine eigenen Gedanken kristallisiert – wir, die Menschheit, werden zu Verhandlungschips reduziert von Rassen, die weit stärker sind als unsere eigene. Wir sind von Herren unseres eigenen Schicksals zu Bauern in einem Spiel geworden, das ich kaum begreifen, geschweige denn spielen kann.

Aber dann, hier sind wir, eingetaucht in eine Gruppe voller Rebellen, Flüchtlinge und Ausgestoßene, die nicht akzeptieren, dass ihre Rolle die der Knechtschaft ist, dass ihr Schicksal von anderen bestimmt wird.

„Wir müssen es zurückholen", flüstere ich die Worte zunächst. „Unsere Handlungsfähigkeit, unsere Wahl."

„Wie?"

„Wir fangen hier an. Mit Sapphrites Plan. Wir fangen damit an, uns zu Wort zu melden. Du hast hundert Überfälle angeführt. Ich schleiche mich durch Dschungel, seit ich laufen kann. Und Viera ..."

„Viera ist unberechenbar, aber immer zu unserem Vorteil", beendet Malo für mich.

„Genau. Das mag zwar das Zuhause von Klarheits Morgenröte sein, und es mag ihre Idee sein, aber wenn wir sie ausführen, dann werden die Menschen einen Anteil daran haben."

Allein die Worte zu sagen, hilft. Mein Blut pumpt härter, mein Lächeln fühlt sich selbstbewusster an als zu irgendeinem Zeitpunkt, seit wir Damantum verlassen haben.

Malo packt meine linke Hand fest. Es ist lange her, dass ich seinen Griff gespürt habe, warm und rau. In seiner Berührung steckt viel, und ich begegne seinem Blick nicht als Kaiserin, nicht als Tochter eines Solare-Häuptlings, sondern als eine Freundin, die Kraft in einem anderen findet.

KAPITEL 16

UNTERBROCHENE VERHANDLUNGEN

ERNEUT WÜNSCHT sich Sax die simple Klarheit einer Vincere-Mission herbei. Ein Kommandant, ein Ziel und eine Horde böser Sevora zum Vernichten. Stattdessen machen er und Bas sich auf den Weg zurück zum Lift, in die eigentliche Station, auf der Suche nach Agra-Red. Allerdings kann Sax nicht sagen, was er tun wird, wenn er den Whelk findet.

Zurück im Nexus macht Sax einen Schritt aus dem Lift, auf der Suche nach dem Weg zum Andockarm, als Bas ihn mit ihrer rechten Vorderklaue antippt.

„Sax, bevor wir weitergehen, muss ich mich um ... mich kümmern." Bas blickt auf ihre Schnitte und Wunden, ihre verbogenen Schuppen.

Als ob die Erkenntnis, dass sie lebende, atmende Wesen sind, einen Bann bricht, spürt Sax seine eigene erdrückende Erschöpfung. Sie brauchen einen Ort zum Schlafen, sie brauchen medizinische Versorgung. Und beides gibt es nicht umsonst. Trotzdem gehen sie zuerst zur einzigen Krankenstation auf der Station, einem Ort, der nur durch einen leuchtend grünen Kreis gekennzeichnet ist – das universelle Zeichen für Gesundheit.

Drinnen teilt ihnen ein Paar fröhlicher Teven mit, dass die Kosten für die Behandlung durch die medizinischen Roboter und der Aufenthalt in einem der Genesungsräume weit mehr betragen würden, als einer der beiden Oratus geben kann.

Sax ist bereit, zur bewährten Methode des Klauenblitzens zurückzukehren, aber Bas hält ihn mit einem Schlag ihres Schwanzes zurück.

„Wir haben kein Geld", sagt Bas. „Aber wir haben Einfluss."

„Was für einen Einfluss?", erwidert der leitende Teven, einer mit einem ungewöhnlichen schwarz-violett gestreiften Panzer. „Wir brauchen keinen zusätzlichen Platz, und die Schwestern würden uns niemals ersetzen."

„Mit Ihren Kunden", zischt Bas und betrachtet ihre Klauen. „Wir bringen Ihnen mehr, viele mehr, wenn Sie uns jetzt behandeln."

Die Teven, ihre Augen spähen durch die Löcher in ihren langen Panzern, starren auf die Klauen und führen dann einen kurzen Tanz auf, bei dem ihre Gliedmaßen auf die Panzer des jeweils anderen trommeln.

Sax hasst Geheimsprachen schon immer.

„Wie viele Kämpfe habt ihr vor anzufangen?", fragt der leitende Teven.

„Viele", antwortet Sax.

„Hoffentlich nicht genug, um die Station auseinanderzunehmen?"

„Nein." Sax hat keine Ahnung, was es brauchen würde, um die *Scrapper Station* zu zerstören, aber er ist ziemlich sicher, dass es nicht so weit kommen wird.

Obwohl Sax und Bas ihren fairen Anteil an Verwüstungen hinterlassen haben, *Cobalt* eingeschlossen.

„Dann, wenn ihr mindestens fünf weitere Kunden garantieren könnt, erlasse ich euch die Reparatur- und Ruhegebühren."

Es ist ein Deal. Die Teven haben keine Oratus-spezifischen Pflegeräume – es gibt so wenige der Spezies außerhalb der Vincere, dass es keinen Sinn ergeben würde – also trennen sich Sax und Bas. Jeder von ihnen nimmt einen der größten verfügbaren Räume, normalerweise für schwere Whelk vorgesehen.

Die Räume selbst sind klar, cremefarben. Gefliest an Böden und Wänden. Sax ist sich nicht sicher warum, bis Schläuche ihn von allen Seiten mit Wasser bespritzen. Nur ist es nicht nur Wasser – das Zeug haftet an ihm, scheint über seine Schuppen zu kriechen.

Nanoroboter.

Die kleinen Dinger knabbern und beißen, nähen und flicken Sax' Körper wieder zusammen. Sax glaubt nicht, dass er viele neue Verletzungen hat, aber dann spürt er, wie seine Beine kitzeln, reißen und wachsen.

Sie reparieren die Verbrennungen, transplantieren und verbinden neue Haut und Schuppen direkt dort.

Noch bevor die Nanoroboter fertig sind, wird Sax in einen Erholungsraum gebracht, eine ruhige, stille Box mit Blick ins All und auf die Sterne. Auch hier gibt es keine Oratus-Stühle, aber Sax macht es sich auf einer großen Couch bequem. Ein Serviceroboter schwebt mit einem Nährstoffgetränk herbei, und Sax nimmt einen langen Schluck, spürt, wie die Nanoroboter weiterarbeiten, und gleitet in einen lang ersehnten Schlaf.

Die *Mobius* wartet auf sie im Andockarm Eins. Sax fühlt sich besser als seit langer Zeit – obwohl die Teven sie beim Verlassen an ihre versprochenen ‚Empfehlungen‘ erinnern.

Nicht, dass es Sax kümmert – wenn sie nicht ein halbes Dutzend Leute aufschlitzen müssen, ist er damit einverstanden, seine Klauen eingesteckt zu lassen. Die Teven können ohnehin nicht viel tun, um ihren Teil der Abmachung durchzusetzen.

Angedockt sieht die *Mobius* aus, als gehöre sie hierher. Jeder Teil des Schiffes scheint für etwas anderes bestimmt zu sein. Die Außenseite ist ein Dutzend verschiedener Farben, alle von Weltraumschrott zerkratzt und vernarbt. Triebwerke, Waffen und Wohnmodule ragen in verschiedenen Winkeln vom großen Frachtkern ab, sodass Sax denkt, Plake muss ihrer Crew die Freiheit geben, mit ihrem Schiff zu machen, was sie wollen.

„Es wird nie einen Kampf in dichter Atmosphäre gewinnen", sagt Coorvin, während er die Rampe des Schiffes zu ihnen herunterkommt. „Plake sagt allerdings, es gehöre in den tiefen Weltraum. Will dieses Ding nie wieder zu einem anderen Amigga-Planeten bringen."

Der kleine alte Flaum tritt näher, mustert jeden von ihnen.

„Hat D'Arscale euch hierher geschickt?", fragt Coorvin schließlich.

Sax beschließt, dass der Flaum es nicht verdient, zu den Teven geschickt zu werden.

„D'Arscale genießt gerade eine malerische Tour durch den lokalen Weltraum." Bas grinst breit. Ihre roségoldenen Schuppen glitzern im hellen Licht der Andockbucht, durch die kürzliche Reparatur so poliert, dass Coorvin sogar ein wenig zusammenzuckt.

„Ah", erwidert der Flaum. „Also ist dies ... ein Höflichkeitsbesuch?"

„Haben Sie schon von den Schwestern gehört?", fragt Sax, und als Coorvin den Kopf schüttelt, bringt Sax den Flaum auf den neuesten Stand.

„Plake wird nicht erfreut sein, wenn du Agra-Red tötest", Coorvin blickt hinter sich zurück die Rampe hinauf. „Der Whelk ist schon lange ihr Muskelprotz."

„Deshalb stehen wir hier, im Freien", sagt Bas. „Wir wollen von der Station wegkommen. Plake hat jetzt die Chance, uns das zu ermöglichen, entweder mit Agra-Red oder ohne ihn."

„Warum versucht ihr es nicht bei einem der anderen Schiffe?", Coorvin nickt hinter ihnen. „Es sind mindestens ein Dutzend weitere angedockt."

Wenn Sax die verschlungenen Ereignisse, die sie hierher geführt haben, noch einmal erklären muss, wird er anfangen, alles in Sichtweite umzubringen.

„Wir haben kein Geld", fasst Sax kurz zusammen. „Wir brauchen einen Hebel bei jemandem, der uns mitnehmen wird. Die Schwestern geben uns diesen Hebel."

„Ich glaube, ihr werdet feststellen, dass die Schwestern euch nicht so viel geben, wie ihr braucht", sagt Coorvin. „Aber ich werde Plake holen, und ihr könnt ihr euren Fall vortragen."

Der Flaum verschwindet wieder die Rampe hinauf.

„Wenn sie uns angreifen", sagt Sax, „nehme ich mir den Whelk vor."

„Versuchst du, mich zu beschützen?", erwidert Bas.

Sax lacht zischend: „Ich finde Whelk lecker."

Sie müssen nicht lange warten, bis Coorvin mit Plake im Schlepptau wieder auftaucht. Die Vyphen sieht nicht gerade erfreut aus, sie zu sehen, obwohl sich ihr Gesichtsausdruck ändert, wie bei allen anderen auch, als die Alarmsirenen der Raumstation losgehen.

„Ein Vincere-Schiff nähert sich!", verkündet eine Stimme, die Sax als die von Eneks erkennt. „Wer fliehen will, jetzt ist eure Chance! *Scrapper Station* übernimmt keine Haftung für die Folgen eures Fluchtversuchs!"

„Schätze, das heißt, du solltest laufen", sagt Sax zu Plake, die lacht.

„Warum? Willst du versuchen, dich zu rächen? Ich habe nur meine Fracht zu einem guten Preis verkauft."

„Du hast uns in die Sklaverei verkauft."

„Kaum." Plakes gummiartiger Mund verzieht sich zu einem Stirnrunzeln. „D'Arscale sagte, ihr würdet schließlich an die Vincere übergeben werden, dass er jegliche Schuld für eure Gefangennahme auf sich nehmen würde."

„D'Arscale ist jetzt ein Eiszapfen", erwidert Bas. „Was bedeutet-"

Plake winkt mit ihrem gefiederten Arm ab. „Stopp. Ich lasse mich nicht von Oratus bedrohen. Euer Ausweg ist hier. Nehmt ihn. Ihr könnt versuchen, mich zu belasten, wenn ihr wollt, aber ich habe eure verdammten Leben gerettet. Ich denke, das ist ein fairer Tausch für mein Leben und das meiner Crew. Ihr Oratus seid doch alle so auf Ehre bedacht, oder?"

Sax denkt, dass die Oratus eher auf höchst effizientes Abschlachten aus sind, aber Ehre funktioniert auch.

„Wir lassen euch gehen", bestätigt Sax, und gemeinsam wenden sich die beiden Oratus ab, um das wirre Durcheinander von Forderungen der Schwestern, von Plake und Twillo hinter sich zu lassen.

Sieht so aus, als ob die Teven definitiv nicht ihre Rache bekommen werden.

Der Andockarm leert sich rasch, nachdem die Ankunft der Vincere angekündigt wurde. Schiffe zerstreuen sich von der Station, springen weg zu jedem anderen Ort als hier, überall dorthin, wo sie nicht gefangen, inspiziert und zweifellos erbarmungslos ausgeweidet werden.

Was Sax jedoch fasziniert, ist, dass das Vincere-Schiff, eine leichte Fregatte mit reichlich Jägerunterstützung, keinerlei Anstalten macht, gegen die Schmuggler vorzugehen. Es unternimmt keine Versuche, die Polizeiaktion durchzusetzen, die der Grund für seine Existenz ist. Alles, was es tut, ist, in der Nähe der Station zu bleiben und ein einzelnes Shuttle zu starten, ein ovales, unbewaffnetes Transportfahrzeug, das zur *Scrapper Station* schwebt.

Sax und Bas beobachten das ganze Geschehen auf einem der vielen riesigen Displays im Andockarm, die alles zeigen, was um die Station herum passiert. Schiffe werden als kleine Diamanten dargestellt, deren Spitzen ihre Flugrichtung anzeigen, während die Fregatte als großer roter Kreis gekennzeichnet ist. Das Rot ist laut einer breiten Legende auf der rechten Seite ein deutlicher Hinweis auf ihre wahrscheinliche Feindseligkeit.

Das Shuttle erscheint als hellblauer Diamant – eine harmlose Kennzeichnung – und als es sich der Station nähert, erscheint eine Sechs in seiner Form.

„Wette, das ist unser Taxi", sagt Bas, und Sax stimmt zu, also machen sie sich auf den Weg zu Bucht sechs und warten.

Kurz darauf landet das Shuttle, lange Streben entfalten sich von der Basis des Fahrzeugs, und mit lautlos brennenden Magnetstrahltriebwerken setzt sich das Shuttle auf dem Boden der Bucht ab. Statt einer Rampe senkt sich eine Plattform aus der Mitte des Fahrzeugs, breit genug für vier Oratus, obwohl diese hier nur zwei trägt.

Zwei, die Bas und Sax erkennen: Gar und Lan.

Und sie sind kriegsbereit; ausgerüstet mit Minern, tragen Masken und lassen ihre Köpfe auf der Suche nach

Ärger umherschweifen. Als sie Sax und Bas ins Visier nehmen, sieht Gar enttäuscht aus.

„Schätze, wir haben die ganze Beute verscheucht?", sagt Gar, als die beiden Oratus herüberspringen.

„Es gibt noch jede Menge zurück in der Station, wenn ihr hungrig seid." Sax zuckt mit den Schultern.

„Das ist nicht die Mission", sagt Lan.

„Das ist es nie." Gar blickt wehmütig auf seine Klauen.

„Was ist dann die Mission?", fragt Bas.

„Ihr."

KAPITEL 17

EIN PLAN BEGINNT

ICH WIDERSTEHE DEM DRANG, mir über die Kopfhaut zu kratzen. Es würde nur Aufmerksamkeit darauf lenken, was dort ist. Die Fahrt jedoch ist langweilig – ein langsames Kriechen durch die Röhren zur Oberfläche in einem notdürftig reparierten Biest.

T'Oli ist wieder an den Kontrollen, seine harte, weiße Gestalt steuert das Biest um Unebenheiten und Kanten herum, während wir die Wände hinaufklettern. Die Ketten der Maschine graben sich in die Seiten der Röhre und ermöglichen den Aufstieg. Um uns dem Tod näher zu bringen.

Malo und Viera sitzen neben mir, festgeschnallt auf einem Trio harter Latten, die neue Dimensionen des Unbehagens erforschen, indem sie sich scheinbar in jede Ecke meines Rückens gleichzeitig drücken.

„Für Ooblots gemacht", sagte T'Oli, als wir einstiegen. „Wir passen uns allem an, also passt alles zu uns."

Um also nicht verrückt zu werden wegen des Kneifens, denke ich darüber nach, wie in anderen Röhren überall hier

Klarheits Morgenröte alles in diesen Kampf schickt, was sie haben.

Oder besser gesagt, sie werden es tun. Wir gehen zuerst rein. Mit einer Überraschung anfangen, mit der die Sevora nicht rechnen, und das sollte uns eine echte Chance geben, hier rauszukommen.

„Glaubt irgendjemand, dass das eine Chance hat?", fragt Viera während der Fahrt.

„Eine bessere als dort unten zu sitzen", antworte ich. „Und zumindest bekommen wir dieses Mal, was wir wollen."

„Stimmt. Denn anstatt vom Kampf ferngehalten zu werden, sind wir stattdessen der Köder. Genau das, worauf ich gehofft hatte."

Sapphrites Plan sah vor, dass wir als Ablenkung dienen, ein ablenkendes Ziel für die Sevora, während die eigentliche Arbeit woanders stattfindet. Klarheits Morgenröte würde uns beschützen, sagte Sapphrite, und uns danach zum Raumhafen bringen.

Das Problem ist, ich bin kein Fan mehr von ‚danach', von ‚Vertrauen'. Es gibt keine Garantie, dass Klarheits Morgenröte uns nach der Mission nicht als Bauern benutzen wird. Also haben Malo und ich stattdessen einige Empfehlungen gegeben. Einige Positionen getauscht.

„Das gibt uns die beste Chance zur Flucht", sagt Malo. „Wir haben jetzt die Kontrolle über unser eigenes Schicksal, anstatt jemand anderes."

„Ich glaube, ich kontrolliere gerade euer Schicksal, Malo", bemerkt T'Oli fröhlich von den Kontrollen aus. „Könnte dieses Ding einfach umdrehen oder anhalten und uns alle in ein schmutziges Ende stürzen lassen."

„Aber das würdest du nicht tun, T'Oli", erkenne ich den Witz an. „Weil das deinem Biest schaden würde."

„Stimmt", antwortet T'Oli. „Habe ich euch erzählt, wie lange es gedauert hat, sie zu säubern?"

„Ja", antworten wir alle im Chor.

„Es war eine Monsteraufgabe, das ist alles, was ich sagen will."

Ich greife wieder nach meiner Kopfhaut, fange Malos Blick auf und ziehe meine Hand weg. Ich habe nicht gesehen, dass er auch nur einmal in Richtung seiner eigenen schwarzen Haare gezuckt hätte. Anscheinend kommt diese Kriegerdisziplin manchmal ganz nützlich.

„Haben wir entschieden, wer unser Schiff fliegen darf, wenn wir es stehlen? Angenommen, wir kommen so weit", fragt Viera nach ein paar weiteren Minuten des Rumpelns.

„Ich habe den Cache. Ich werde ihn benutzen."

„Du willst also in eine deiner Trancen fallen, genau wenn wir vor einem Haufen wütender Feinde fliehen?"

„Hast du einen besseren Plan?", fragt Malo und lehnt sich um mich herum. „Bist du darauf vorbereitet, eines dieser Dinger zu fliegen?"

„Ich bin unter den Bergen mit Geräten aufgewachsen", antwortet Viera. „Ich kann das schon herausfinden."

„Dann entscheiden wir das, wenn wir dort sind", sage ich. „Ein Plan kann sowieso nur so weit gehen."

„Du willst einfach nicht, dass ich Spaß habe", schmollt Viera. „Von Malo erstochen werden, von Oratus gefangen genommen, von Sevora eingesperrt, die Liste geht immer weiter."

„Aber schau dir an, was du trägst. Zählt das nicht?"

Viera trägt einen neuen Satz synthetischer Rüstung über ihrer Maske, obwohl die unpassenden Farben verraten, dass es eine Mischung aus anderen Sätzen ist. Schließlich hat Vimelia keine menschengroße Ausrüstung, da sie nicht wussten, dass wir existieren. Worauf ich mich wirklich konzentriere, ist das Paar glänzender Bergarbeiterausrüstung, blitzsauber geputzt und an Laschen um Vieras Taille befestigt. Es besteht die Chance, dass die Sevora sie ihr wegnehmen, aber wenn wir Glück haben, behält sie sie.

„Schätze, du hast recht", Viera blickt an sich herunter. „Ich habe wirklich das beste Outfit bekommen." Sie schaut uns an und schüttelt theatralisch den Kopf. „Kaishi, was trägst du überhaupt? Einen Umhang?"

Es ist ein einfaches, braungrünes Tuch. Mit der Maske darunter brauche ich nur etwas, um die Sevora davon abzuhalten zu erkennen, dass ich mit der unsichtbaren Hülle der Maske überzogen bin. Wenn es eine Sache gibt, um die ich mir gerade keine Sorgen mache, dann ist es Mode.

„Und Malo? Bist du in ein Feuer gefallen?"

Er trägt den dicksten Satz von uns allen, hauptsächlich weil Malo den Körperbau hat, um einige der gleichen Ausrüstungsstücke zu tragen, die für schwerere Flaum gedacht sind. Wie Viera sagt, ist das meiste davon jedoch schwarz verbrannt, ein Relikt früherer Kämpfe und hastiger Reparaturen.

Rackt sagte Malo, er solle nicht darauf wetten, dass es in einem Kampf standhält, aber sie hatten nichts Besseres anzubieten, also nahm Malo es.

T'Oli setzt uns in der Nähe der Oberfläche ab, obwohl es immer noch jede Menge Dreck gibt, durch den wir waten müssen, bevor wir zu einer der breiten Leitern nach oben gelangen.

„Zumindest fühlte ich mich einen Tag lang sauber", sagt Viera, als der braune Schlamm wieder unsere Kleidung verschmutzt und der Gestank alle angenehmen Erinnerungen meiner Nase überwältigt.

Es gibt einen Grund dafür – wenn wir als Überlebende, die in den Abwasserkanälen von Vimelia geschuftet haben, überzeugend wirken wollen, können wir nicht erfrischt und sauber aussehen. Also sind wir ordentlich verdreckt, als Malo die Oberflächenluke öffnet und wir uns wieder im chaotischen Wunder der Straßen von Vimelia wiederfinden. Zugegeben, ich bin ein Fan davon, den beige-weißen Himmel nach so langer Zeit im Untergrund zu sehen. Allein eine echte Brise zu spüren und zu wissen, dass ich nicht in etwas gefangen bin, weckt Energie und ein Lächeln.

„Weiß nicht, wie ihr so leben könnt", sage ich zu Viera, während ich meine Arme ausstrecke.

„Es ist das, was wir kennen", antwortet Viera. „Und es ist nicht alles schlecht – in einer Höhle ist es schwer, jemanden zu überraschen."

Viera schaut an uns vorbei und wir drehen uns um, um ein Paar Whelk zu sehen, die mit langen, dünnen Werkzeugen an einer Tafel arbeiten, die in die Seite des hohen, schimmernden grünen Gebäudes eingelassen ist, neben dem wir aufgetaucht sind.

Nur arbeiten die Whelk nicht mehr – sie starren uns mit schlaffen Gesichtern an. Ich winke ihnen zu – wir sollen ja schließlich gefangen werden – und endlich greift einer von ihnen nach einem kreisförmigen Gerät in einem Beutel um seinen Körper. Er zieht es heraus und beginnt, hineinzuplappern.

„Ich nehme an, wir warten jetzt einfach?", sagt Viera.

„Das ist der Plan", antwortet Malo, obwohl er sich näher zu mir bewegt. Er hat immer noch diesen Stab bei sich und ich bin froh darüber.

Das Ziel mag sein, gefangen zu werden, aber nicht, getötet zu werden.

Wir müssen jedoch nicht lange warten, bevor sich die Sevora durch ein surrendes Brüllen ankündigen. Über uns bahnt sich ein schmales Shuttle seinen Weg zwischen den Gebäuden und aus einem Paar sich öffnender Ladeluken springt ein Trupp von zwölf gepanzerten Flaum – die Nasivas Embleme tragen – herab.

Zuerst denke ich, sie werden alle fallen und sich am Boden zerschmettern, aber ihre Stiefel flammen auf, als die Flaum sich nähern, und sie schweben schließlich knapp über der Oberfläche.

Ich erkenne den Anführer – schwarz mit weißen Büscheln – als denjenigen, der uns begrüßte, als wir zum ersten Mal auf Vimelia landeten. Es ist offensichtlich, dass der Flaum uns auch nicht vergessen hat, da er kein Risiko eingeht.

„Haltet eure Gliedmaßen erhoben und frei", bellt der Flaum uns an, während seine Truppen das ganze Umzingelungs-Spektakel durchführen.

Wir werden in kürzester Zeit unserer Waffen entledigt, dann werden wir zu meiner Überraschung aus der Gasse heraus und entlang der Hauptstraßen geführt. Shuttles und andere Fluggeräte summen über und neben uns, halten kurz an, um einen Blick auf die seltsame neue Spezies zu werfen.

„Warum fliegen wir nicht?", schaffe ich es, den Flaum zu fragen, nachdem wir ein paar Schritte gegangen sind.

„Ihr seid nah genug, um zu laufen", antwortet der Flaum.

„Nah genug wofür?"

„Nasiya verlangt keine weiteren Chancen", antwortet der Flaum. „Auch wenn ihr nicht direkt kontrolliert werden könnt, werdet ihr beeinflusst werden. Ihr bekommt heute eure Meister", sagt der Flaum, und es liegt ein Hauch von Stolz in seiner Stimme.

Da wird mir klar, dass T'Oli uns nicht zu einem zufälligen Absetzpunkt gebracht hat – nein, so nah an der Oberfläche hat T'Oli uns neben einem Sevora-Wirtszentrum abgesetzt. Wahrscheinlich nicht sein tatsächlicher Name, aber so nenne ich den riesigen, langen und flachen Raum, zu dem uns die Flaum führen.

Im Gegensatz zu den anderen Gebäuden ist dieses hier himmelblau gestrichen und hat auf seiner flachen Oberfläche lange, gewundene Spitzen, die sich zueinander neigen und sich um die Mitte des Gebäudes herum verbinden.

„Einheit", sagt der Flaum, als wir uns den Türen nähern. „Egal welche Spaltungen unter dem Sevora-Volk existieren, diese Räume sind heilig. Alle, die hier eintreten, tun dies, um ihr Leben und das ihrer Wirte zu bereichern. Seid dankbar, dass ihr eines der größten Geschenke erhalten werdet, die die Sevora geben können."

„Ich kann's kaum erwarten", murmelt Viera.

KAPITEL 18

DIE ZUKUNFT IST JETZT

DIE ART, wie Lan die Worte ausspricht, löst einen leisen Alarm in Sax' Kopf aus – da ist Vorsicht, Bedenken. Verdacht.

„Ihr seid hier, um uns zu retten?", fragt Bas.

„Um zu sehen, ob ihr noch auf der guten Seite seid", antwortet Gar. „Oder ob ihr zu Evva gehört."

„Was ist mit ihr passiert?", lenkt Sax das Gespräch ab und dreht es. Es macht keinen Sinn, seine Loyalität so früh und mit so wenig Informationen zu offenbaren.

„Hat ein Shuttle gestohlen und ist mit einem Gefangenen verschwunden." Lan nickt zurück zu dem Shuttle, mit dem sie gekommen sind. „So eines wie dieses. Irgendwelche Vermutungen, wer der Gefangene war?"

„Avan." Sax' Antwort ist keine Vermutung.

Gar nickt. „Hätte nie gedacht, dass die Kommandeurin sich in einen Sevora verlieben würde. Aber ich schätze, wenn man seinen Partner verliert, dreht man durch."

„Wenn ich dich je verlieren würde", sagt Lan zu Gar, „wäre ich ... wahrscheinlich entspannter."

„Du wärst gelangweilt, und das weißt du."

„Sie liebt Avan nicht", zischt Sax. „Evva würde niemals."

„Spar dir das für die Amigga", sagt Lan. „Wenn du irgendetwas über sie weißt, wo sie sein könnte-"

„Sie haben sie noch nicht gefunden?"

„Noch nicht", sagt Gar. „Aber sie werden. Sie hat jetzt oberste Priorität. Sie ziehen Ressourcen von den Sevora ab, um sie zu finden."

Warum?, will Sax auch fragen, aber er bekommt das Gefühl, dass Lan und Gar mehr tun, als nur zwei verirrte Oratus von einer abtrünnigen Station abzuholen. Keiner von beiden wirkt entspannt, beide halten ihre Mittelklauen an ihren Minern, als ob sie jeden Moment einen Hinterhalt erwarten würden.

„Was wird passieren, wenn wir in dieses Shuttle steigen?", fragt Sax.

„Wenn?", erwidert Lan.

„Du hast mich schon verstanden."

„Ihr werdet befragt. Nach Evva ausgefragt. Beweist, dass ihr nicht auf ihrer Seite seid, und ich bin sicher, sie werden euch wieder aufnehmen."

„Wer sind sie?", zischt Bas.

Jetzt spannen sich Lan und Gar für einen Moment an. Eindeutig. Die Art von Bewegung, die Sax von jemandem erwarten würde, der seine Situation hasst, aber versucht, sie als erträglich darzustellen. Die Art von Bewegung, die er von Menschen gesehen hat, die Rettung brauchen.

„Der Chor hat Amigga zu jedem Kreuzer geschickt", sagt Lan. „Um die Loyalität der Flotte zu bewahren."

„Sie haben jeden verhört, sogar die Flaum und Whelk", fügt Gar hinzu. „Es ist dumm, aber wenn du einmal durch bist, ist es vorbei."

Sax fragt sich, was passieren wird, wenn die Amigga

herausfinden, dass er einen der ihren zu einem Asche-haufen verbrannt hat. Er dachte, die Amigga auf der *Cobalt* sei verrückt geworden, aber es gibt keine Garantie, dass andere es genauso sehen würden. Was bedeutet, dass er und Bas möglicherweise in eine Falle tappen könnten. Aber wenn sie versuchen, auf der Station zu bleiben, dann ... könnten sie hier auch nicht überleben. Sax sieht nur eine Option: versuchen, Evva zu finden. Genau da, wo sie ange-fangen haben.

„Was, wenn wir nein sagen?", fragt Sax.

„Nein wozu?"

„Dazu, mit euch in dieses Shuttle zu steigen. Zurück zur Vincere zu gehen."

Das lässt ihre Rücken versteifen. Spannt ihre Arme an. Sax lässt seine Zähne ein wenig sehen. Spürt, wie Bas' Schwanz seinen berührt, sein Ende um die Spitze seines eigenen wickelt. Sie ist bei ihm, was auch immer kommt.

„Das wäre eine gefährliche Entscheidung", sagt Lan schließlich. „Sie würden uns befehlen, euch mit Gewalt herzubringen."

„Glaubt ihr, dass ihr das könntet?", kontert Sax.

„Sax, ich wollte schon immer einen guten Kampf mit dir", krächzt Gar. „Aber nicht hier, nicht so."

„Dann lasst uns gehen", erwidert Sax. „Denn ich werde nicht in dieses Shuttle steigen. Die Vincere ist nicht mehr das, was sie war, und mir gefällt der neue Look nicht."

Blitzschnell haben Lan und Gar ihre Miner erhoben und auf Sax gerichtet.

„Bas, sei nicht wie er", zischt Lan. „Du musst nicht für seine Entscheidungen bezahlen."

Bas lacht. „Das Ding bei Paaren, Lan, ist, dass ich es doch muss."

Es braucht einen langen Moment, um den Abzug gegen

einen Freund zu drücken, gegen jemanden, mit dem man in die düstersten Kämpfe, die tödlichsten Umgebungen geritten ist. Dessen Leben man gerettet hat und der dein Leben öfter gerettet hat, als ihr beide euch erinnern könnt.

Sax und Bas nutzen diesen Moment – sie gleiten beide zur Seite, drehen sich und schlagen mit ihren Schwänzen nach den Minern, die Lan und Gar halten. Sie schlagen die Waffen aus den Klauen und lassen sie klirrend zu Boden fallen.

Gar springt auf Sax zu, die Klauen ausgestreckt, das Maul weit geöffnet zu einem zischenden Brüllen. Sax, den Körper seitlich zu Gar gedreht, fängt den ankommenden Oratus und wirft ihn an sich vorbei. Er spürt einen Schnitt über seinen Bauch, als Gars Krallen vorbeigehen.

Gar jedoch kracht auf den Boden, rollt gegen die breite Tür, die zurück in die Station führt, und dreht sich, Furchen in den Metallboden grabend, um und stürzt sich wieder auf Sax. Die beiden Oratus sind fast gleich groß, und Sax kann sehen, dass die blinde Blutgier Gars Sinne übernommen hat.

Es wird ein roher Kampf werden.

Also springt Sax nach vorn, trifft Gar in der Luft, und die beiden krachen zu Boden, rollen und schnappen und kratzen einander. Es ist ein Ansturm von Instinkten – hier ein Aufblitzen von Krallen, dort glänzende Zähne, die zubeißen – und am Ende, als Gar unten landet und Sax wegkickt, bluten beide. Beide grinsen.

Bereit für die nächste Runde.

„Hätte dich nie für einen Verräter gehalten", zischt Gar, während die beiden umeinander kreisen.

„Hab dich schon immer für einen blutrünstigen Wahnsinnigen gehalten", erwidert Sax.

Er möchte sehen, wie es Bas geht, ihr helfen, aber den

Blick auch nur für eine Sekunde von Gar abzuwenden, könnte tödlich sein. Alles, was Sax hört, sind zischende Geräusche hinter ihm, das Krachen und Rumpeln, wenn schwere Körper gegen Dinge prallen.

„Du hattest Recht", lacht Gar, und dann springt der Oratus los –

Nein. Eine Finte.

Sax beißt jedoch an. Zuckt nach vorne, um einem Sprung zu begegnen, der nicht kommt, während Gar hinter seinen Rücken greift und einen weiteren Miner aus seiner Maske zieht. Zielt, feuert. Sax hat einen Sekundenbruchteil, um sich zu bewegen, und schafft es nicht, dem Schuss auszuweichen, der in sein linkes Bein eindringt.

Es wird taub. Nicht das Brennen eines tödlichen Lasers, sondern das blaue Eis eines Betäubungsschusses.

„Du willst uns lebend?"

„Der Kommandant denkt, ihr könntet wissen, wohin Evva unterwegs ist, was sie vorhat." Gar hebt den Miner erneut, während Sax weiter humpelt und versucht, zu einem langen Gestell mit Batterien zu gelangen. „Persönlich, Sax, würde ich dich lieber nicht töten."

„Ich werde nicht in dieses Shuttle steigen, Gar", zischt Sax.

Er kommt den Batterien nahe – sie sind für den Fall da, dass ein Schiff tot ist und einen Energieschub braucht –, als Gar erneut feuert. Er trifft Sax' Rücken, und nun hat fast alles das Gefühl verloren. Sax fällt nach vorne, sein Kopf stößt gegen das Gestell.

„Glaube nicht, dass du eine Wahl hast", sagt Gar, obwohl der Oratus sich nicht näher bewegt.

Ein kluger Zug. Halte Abstand, wenn du nur einen kleinen Miner und ein großes Ziel hast. Betäubung ist eine ungenaue Wissenschaft. Besser zu viel als zu wenig.

Gar hebt den Miner erneut. Zielt auf Sax' Kopf.

„Schlaf gut", zischt der Oratus.

Und Sax, mit der flackernden Verbindung in seiner linken Vorderklaue, wirft eine Batterie nach Gar, als der Oratus den Abzug betätigt.

Ein hell blau-weißer Ausbruch verschlingt das Universum für einen kurzen Moment und Sax' Augen sind geblendet vom Licht. Sein Verstand wird benebelt, und das Einzige, was er für länger als ihm lieb ist tut, ist dazuliegen und zu versuchen, wieder mit dem Rest von sich selbst in Verbindung zu treten. So viel überladene Elektrizität hätte ihn töten können, wahrscheinlich hätte sie das auch, wenn Sax kein Oratus wäre. Wenn er nicht zwei Herzen und Schicht um Schicht dicker Muskeln, schützender Schuppen und eine Halbmaske hätte, die auffängt, was sie kann von der Explosion.

Gar allerdings ergeht es schlimmer. Die Batterie, befreit aus ihrer Umhüllung und fast beim Oratus, als der Abzug gedrückt wird, erwischt Gar mit der vollen Wucht ihrer Wut. Der physische Stoß der Explosion hat den Oratus auf den Rücken geworfen, aber was noch deutlicher ist: Gar hat überhaupt keine Kontrolle mehr über sich. Sein Körper ist ein zappelndes Durcheinander, während die Synapsen verrücktspielen. Die anderen Waffen an ihm haben ebenfalls Kurzschluss – sie explodieren oder schmelzen mit einer Vielzahl von Knallen und Funken, brennen durch die Maske oder schmelzen zu kochenden Pfützen auf dem Boden um ihn herum.

Nicht dass Gar lange dort festsitzt – Sax, dessen Kopf auf dem Boden liegt und auf seinen bedrängten ehemaligen Freund starrt, sieht Lan ins Blickfeld stürmen. Sieht sie Gar aufheben und von den zerbrochenen Überresten seiner Bewaffnung weglaufen. Sie hält einen Moment inne, blickt in Richtung dessen, was Sax für Bas hält, obwohl er seinen Kopf nicht drehen kann, um nachzusehen.

„Ihr seid jetzt kaputt", sagt Lan. „Ihr seid auf der falschen Seite."

„Hat Evva dir je etwas Böses getan?", zischt Bas zurück. „Hat sie uns je auf eine schlechte Mission geschickt oder uns zum Sterben zurückgelassen? Warum sollte sie das jetzt tun, wenn sie keinen Grund hätte?"

„Unser Job, der ganze Grund, warum wir leben, ist es, den Chorus zu unterstützen. Zu tun, was sie sagen, zu kämpfen, wie sie befehlen." Lan weicht weiter zum Shuttle zurück, Gar in ihren Armen. „Wendet ihr ihnen den Rücken zu, habt ihr euren Daseinszweck verleugnet."

„Deinen Zweck, vielleicht", sagt Bas. „Aber nicht unseren. Geh zurück zu deinem Schiff, Lan. Sag ihnen, was passiert ist. Wir werden hier sein, wenn ihr zurückkommt."

„Wir werden nicht allein zurückkommen. Ihr werdet in der Unterzahl sein. Gefangen und als Verräter vor die Amigga geschleift. Ein so unehrenhafter Tod, wie du ihn dir nur vorstellen kannst."

„Für das zu kämpfen, woran wir glauben? Du hast eine seltsame Vorstellung von Ehre." Bas erscheint vor Sax, kniet sich über ihn. Schnüffelt kurz an ihm, dann greift sie unter Sax mit ihren Klauen und hebt ihn hoch.

Lan und Gar besteigen die Plattform, die sich in den Bauch des Shuttles erhebt. Bas bleibt nicht, um zuzusehen, sie schleppt Sax aus der Andockbucht, in Richtung der Aufzüge aus der Speiche.

„Wir gehen zurück zu Plake", zischt Bas, während sie sich bewegen. „Ihr Schiff ist unsere beste Chance, hier rauszukommen."

Sax versucht zuzustimmen, aber sein Mund funktioniert nicht. Also liegt er stattdessen in den Armen seines

Partners und hofft, dass der nächste Kampf nicht zu bald kommen wird.

„Warum sollte ich euch nochmal helfen?", sagt Plake, diesmal auf der *Mobius*.

Coorvin führte Sax und Bas auf das Schiff, wo Agra-Red mit seinem neuen schweren Miner in der Hand wartete. Offenbar wollte Plake nicht dabei gesehen werden, wie sie mit den beiden meistgesuchten Oratus auf der *Scrapper Station* spricht.

„Wegen dem, was wir dir bringen werden", sagt Bas.

Sax erholt sich langsam – er kann jetzt seine eigene Atmung kontrollieren, und er kann seine Muskeln benutzen, um sich aufrecht zu halten, wenn auch nicht mit Stabilität zu gehen. Trotzdem versucht er, stark auszusehen, auch wenn ein bisschen Speichel seinem tauben Kiefer entkommt und auf den Boden tropft.

Plake betrachtet es, dann blickt sie zu Bas auf: „Was ist das, außer einem Haufen wütender Soldaten?"

„Du sagtest, du hasst die Oratus. Die Amigga. Dass du sie geschlagen sehen willst."

„Viele Leute wünschen sich das Unmögliche, das heißt nicht, dass ich versuche, es wahr zu machen."

Bas beginnt eine kurze Geschichte über Avan, den Sevora-Verräter, der galaxisverändernde Geheimnisse versprach. Darüber, wie Evva mit ihm geflohen ist, darüber, wie Plake, wenn sie Sax und Bas hilft, sich wieder mit ihrer Kommandantin zu vereinen, sie vielleicht in der Lage wären ... etwas zu tun.

„Ihr kennt diese Geheimnisse nicht einmal?", lacht Plake. „Avan spielt vielleicht mit euch allen. Noch ein Sevora-Trick, um tief in unsere Gesellschaft einzudringen."

„Der Sevora war aufrichtig", aber selbst Bas kann da nicht viel Kraft hineinlegen.

„Hört zu, Oratus. Ich mag euch nicht. Ich werde nicht meine Crew und mein eigenes Leben für eure verrückte Idee riskieren, die vielleicht nichts ist!" Plake nickt Agra-Red zu. „Schafft sie hier raus. Mit etwas Glück wird das Militär sich um sie kümmern und uns in Ruhe lassen."

„Fehler", schafft Sax zu krächzen. Schwach, aber es ist da.

„Oh, er kann jetzt sprechen?", Plake schüttelt den Kopf. „Zu spät. Geht."

Agra-Red gibt Sax keine weitere Chance zu argumentieren. Zwingt sie beide aus dem Schiff, den Miner die ganze Zeit auf sie gerichtet. Dann, als die beiden Oratus auf dem Boden sind, hebt sich die Rampe und versiegelt sie draußen.

„Das lief nicht so, wie ich gehofft hatte", sagt Bas, während sie Sax aus der Bucht zieht. „Es gibt nur noch einen anderen Ort, den wir versuchen können."

Die Schwestern lassen sie herein, lassen sie mit dem Aufzug zurück in ihren wunderschönen Garten. Jetzt allerdings wischt die Oratus-Fregatte ab und zu durchs Sichtfenster und zerstört jedes Gefühl von Frieden. Anstatt die Oratus zu ihrem Gebäude zu bringen, begrüßen die Schwestern, mit Eneks und ein paar bewaffneten Flaum, die Sax aus dem Kasino wiedererkennt, die Oratus sofort, als sie aus dem Aufzug kommen.

„Eure Umstände sind nicht gut", sagt L'Reneo.

„Überhaupt nicht gut", fügt N'Ollene hinzu.

„Deshalb sind wir hier", sagt Bas. „Um Hilfe zu bekommen."

Und an der Art, wie sich die Augenstiele der Schwestern drehen, am schnellen Geklapper ihrer Ooblot-Formen, weiß Sax, dass sie in Schwierigkeiten sind.

Das Gefühl wiederzuerlangen ist wie aus einem Traum

zu erwachen – allmählich sickert die Realität ein. Deine Füße bekommen ihren Halt wieder, deine Krallen spüren die gewohnte Kante, während sie kleine Schnitte in den Boden graben. Deine Kiemen öffnen sich weiter und weiter, und du kannst tatsächlich fühlen, wie die Luft deine Muskeln belebt. Dein Schwanz zuckt, wenn du es willst, und deine vier Klauen beginnen sich auf Befehl zu öffnen und zu schließen, statt aus nervösen Launen.

Sax bekommt all das rechtzeitig mit, um zu hören, wie die Schwestern Bas ins Gesicht lachen, und zu sehen, wie die Flaum-Wachen ihre Minenarbeiter hochziehen, während sich die Aufzugtüren hinter ihnen schließen.

„Die Vincere haben gute Bedingungen für euch angeboten", sagt L'Renee. „Wir halten euch hier fest, sie holen euch ab, und *Scrapper Station* wird für lange, lange Zeit vergessen. Wisst ihr, wie viel es wert ist, keine Vincere-Inspektionen zu haben?"

„Das würden sie nicht", sagt N'Ollene. „Sie sind nicht wie wir. Keine normalen Leute."

Sax drückt leicht Bas' Schulter und lässt sie wissen, dass er größtenteils wieder da ist. Sie hält ihn trotzdem weiter fest, denn wenn es etwas gibt, was verborgen bleiben muss, dann ist es eine Oratus-Überraschung.

„Wenn ihr also unseren Freunden zur Luftschleuse dort folgen würdet, werden wir euch sicher und wohlbehalten aufbewahren, bis sie euch abholen kommen", sagt L'Renee.

„Eine schöne Heimfahrt", fügt N'Ollene hinzu.

Die Flaum gestikulieren mit ihren Minenarbeitern, und Bas zieht sie beide mit. Quer durch den Garten zur Luftschleuse. Mit jedem Schritt kehrt ein weiteres Quäntchen Gefühl zurück, mit jedem Schritt wird Sax zu einer tödlicheren Waffe.

Die Schwestern befehlen den beiden Oratus, in die

Luftschleuse zu gehen, wobei Eneks wieder vorwärts tritt, um die Tür zu öffnen. Sie schiebt sich auf und lässt eine glänzende cremefarbene Röhre warten. In diese Röhre zu treten bedeutet den Tod, einen langsamen und schrecklichen, sobald die Amigga herausfinden, dass weder Sax noch Bas wissen, wo Evva ist. Und den Tod durch Folter, den Tod in Gefangenschaft wird Sax nicht hinnehmen.

Er stößt sich von Bas ab, schleudert sie zur Seite und nutzt den Schwung, um sich zu drehen und auf den ersten Flaum zuzuspringen. Der pelzige Wächter feuert, aber der Schuss geht hoffnungslos weit am geduckt heranstürmenden Oratus vorbei.

Der Flaum bekommt keine zweite Chance.

Sax wendet sich von seinem erledigten Ziel ab und sieht, wie Bas den Minenarbeiter des anderen Wächters auseinandernimmt, ein Brandmal auf ihrer rechten Schulter. Die Schwestern rennen unterdessen mit Eneks davon und rollen über das Gras in Richtung ihres Gebäudes.

Es ist ein vergeblicher Versuch.

„Ihr werdet anhalten, oder ihr werdet sterben", zischt Sax, als er sie einholt, den Minenarbeiter des Flaum in seiner rechten Mittelklaue. Die Waffe ist nicht für Oratus-Hände gemacht, aber auf diese Entfernung spielt Genauigkeit keine so große Rolle. Er wird einfach Laser versprühen, bis sie sich ergeben oder verbrennen.

Sie entscheiden sich für Ersteres, kauern sich zusammen und starren ihren neuen Geiselnehmer an. Eneks verblasst von seiner blauen Farbe zu einem krankhaften Lila und zupft an seinen Federn, während seine kugeligen Augen blinzeln. Sax ist es nicht gewohnt, Geiseln zu haben. Die normale Oratus-Position ist, dass ein Feind besser tot ist, vorzugsweise aufgefressen. Nicht gefangen.

Die Schwestern können offenbar sein Zögern sehen.

„Was werdet ihr jetzt tun?", fragt L'Renee. „Uns hier festhalten, bis eure Vincere sowieso kommen und euch mitnehmen?"

„Oder werdet ihr uns erschießen und am Ende genauso enden?", fügt N'Ollene hinzu.

„Wir werden weder das eine noch das andere tun", erwidert Bas und tritt neben Sax.

Sie hält keinen Minenarbeiter, aber es gibt auch kein Anzeichen von dem Flaum, mit dem sie gekämpft hat. Er ist entweder so tot wie Sax' Gegner, oder sie hat ihn verjagt. In jedem Fall werden die Chancen der Schwestern und ihres Vyphen-Kumpels, lebend davonzukommen, immer geringer.

„Diese Station muss doch einige Verteidigungsanlagen haben, oder?", fragt Bas.

„Nichts Großes", wagt Eneks zu antworten. „Sie ist nicht zum Kämpfen gedacht."

„Aber um Piraten abzuwehren? Sicherlich ist ein Ort wie dieser ein Ziel für Überfälle."

Wieder winden sich die Schwestern, trippeln aufeinander zu.

„Sprecht so, dass wir alle es hören können", sagt Sax.

„Wir haben Waffen", sagt L'Renee. „Aber sie sind nicht für euch zum Benutzen."

„Nie jemand außer uns", fügt N'Ollene hinzu.

„Ihr werdet sie also benutzen, um das nächste Shuttle abzuschießen, das sie schicken", sagt Bas. „Wir werden sie dazu bringen, es zu schicken, und dann werdet ihr es zerstören. Und alles, was danach kommt."

Die Schwestern lachen. Sogar Eneks sieht verwirrt aus.

„Ihr denkt, sie werden weggehen? Die Vincere werden niemals verschwinden, wenn wir auf sie feuern. Sie werden einfach in immer größerer Zahl angreifen, bis von dieser Station nichts mehr übrig ist."

Bas zuckt mit den Klauen. „Das ist eure Zukunft. Dies ist euer Jetzt. Entweder ihr bringt uns zu den Waffen und feuert sie ab, oder ihr sterbt hier. Wenn ihr wollt, könnt ihr den Angriff uns in die Schuhe schieben."

Danach gibt es nicht mehr viel zu debattieren. Die Schwestern rollen quer durch den Garten, gefolgt von Eneks und den Oratus. Bis sie das Gebäude erreichen, das viel zu klein ist, als dass ein Oratus es betreten könnte. Die Schwestern krabbeln jedoch hinein, bevor Sax reagieren kann.

Bas packt Eneks, bevor der Vyphen versuchen kann wegzulaufen, und überlässt es Sax, die offensichtliche Drohung auszusprechen. Entweder die Ooblots tun, was vereinbart wurde, oder ihr geliebter Diener wird zu einem blutigen Fleck inmitten ihres Gartens.

„Wir laufen nicht weg", kommt L'Renees Stimme aus dem Inneren des Gebäudes. „Der einzige Weg, die Station zu bewaffnen, ist hier drinnen."

„Wo niemand sonst rankommen kann", fügt N'Ollene hinzu.

„Hältst du ihn?", fragt Sax Bas.

„Er geht nirgendwo hin. Stimmt's, Eneks?"

Der Vyphen schüttelt den Kopf, seine Federn sträuben sich wild. Sax nimmt das als Zeichen, auf das Gebäude zu springen, wo er die Ooblots durch das durchscheinende Dach verfolgt, sie von einem Raum zum nächsten wechseln sieht, bis sie nach hinten gelangen, zu einem kleinen Raum, wo er, nachdem er seine Klauen in die Decke gegraben und sie abgerissen hat, eine Reihe von Terminals sehen kann.

„Was hast du gerade getan?", protestiert L'Renee.

„Er hat unser Zuhause ruiniert!", sagt N'Ollene.

„Ich stelle sicher, dass ihr tut, was ihr sollt", erwidert Sax. „Sagt ihnen, dass ihr uns gefangen habt. Lasst sie das Shuttle zur Luftschleuse schicken."

Die Schwestern tun wie geheißen. Es ist Lans Stimme auf der Empfangsleitung, und sie sagt, dass in Kürze ein Abholfahrzeug unterwegs sein wird. Wenn sowohl Lan als auch Gar in diesem Shuttle sind... im Weltraum in einen Hinterhalt zu geraten und in die Luft gesprengt zu werden, ist auch kein guter Oratus-Tod.

Sax wendet sich zurück zu Bas, die Eneks immer noch festhält und gelangweilt davon aussieht. Er muss sie beschützen, so wie sie ihn beschützt. Sax sagt den Schwestern, sie sollen fortfahren, die Waffen zu aktivieren.

Er wird einen Krieg beginnen, um sich selbst zu retten.

KAPITEL 19

GEFANGENE SEELEN

DAS INNERE IST LANG, breit und ohne Unterbrechung. Und ich erkenne es wieder. Es sind die gleichen Becken, die Ignos mich in Damantum bauen ließ – schäumende lila Flüssigkeit mit strukturierten Rändern für einen leichten Ein- und Ausstieg. Nur dass wir damals zwei oder drei gebaut haben, während es hier leicht zwanzig oder mehr sind.

Der Raum ist auch überfüllt – alle möglichen Arten werden von Sevora-besetzten Flaum und Whelk herumgetrieben. Alle werden in verschiedene Reihen gedrängt, obwohl unsere Flaum-Wachen uns vom Rest der Menge fernhalten und uns zum anderen Ende bringen.

„Keine gewöhnlichen Sevora für euch", fährt der Flaum-Anführer fort. „Ihr werdet die besten Wirte bekommen, erfahren und fähig. Ihr solltet euch geehrt fühlen."

„Es ist nie eine Ehre, seine Freiheit zu verlieren", erwidert Malo.

„Dann betrachtet es als Opfer, wenn ihr wollt", antwortet der Flaum. „Was ihr hier tut, wird nur eurem Volk helfen. Indem ihr euch den Sevora unterwerft, werdet ihr sie retten, entweder vor euch selbst oder vor dem Rest einer hungrigen, brutalen Galaxie."

„Ist das der Pitch, den du jedem machst?", fragt Viera.

„Denn er ist nicht besonders gut", füge ich hinzu. „Du solltest versuchen, die Wunder anzupreisen, die ihr uns geben werdet. Wie wir nie hungern werden, wie wir uns keine Sorgen mehr machen müssen, unsere eigenen Entscheidungen zu treffen, wie wir nie wieder etwas entbehren müssen."

Der Flaum starrt mich einen Moment lang an und versucht zu entscheiden, ob ich scherze oder es ernst meine.

„Oder können die Sevora nicht all unsere Wünsche erfüllen?", schließe ich ab.

„Wir werden eure Wünsche ändern und sie dann erfüllen", antwortet der Flaum.

Das ist offensichtlich genug Gerede für ihn, denn er dreht sich um und geht am äußeren Rand der Becken entlang, und seine Wachen schieben uns hinter ihm her.

Während wir gehen, schaue ich nach rechts und sehe einen schlanken Teven, der langsam auf ein Becken zugeht, seine winzigen Gliedmaßen ragen aus dem langen Schilf-rohr heraus, das als zentraler Körper dient. Es zögert etwa auf halbem Weg über die perlmuttfarbenen Steinplatten, und ein Flaum kommt hinter ihm her, streckt eine Klaue aus und schiebt den Teven vorwärts.

Der Teven wirbelt bei der Berührung herum, und für einen Moment denke ich, er würde irgendeine Art von Widerstand leisten, aber dann hebt der Flaum seinen Miner, und der Teven beschließt, angesichts der Laserka-none sein Leben nicht zu riskieren. Er dreht sich um, watet in das Becken und verschwindet unter den lila Wassern.

„Wie viele nehmt ihr jeden Tag?", frage ich den Flaum,

weil mir klar wird, dass ich in Panik geraten könnte, wenn ich nicht rede.

„Tausende werden täglich auf ganz Vimelia ausgetauscht", antwortet der Flaum und verfällt wieder in seinen prahlerischen Ton. „Ob wir nun alte Wirte recyceln, neue integrieren oder einen Sevora gegen einen anderen tauschen, um Bedürfnisse besser abzustimmen, die Sevora sind immer in Bewegung."

Ich traf Ignos zum ersten Mal in einer abgestürzten Kapsel außerhalb meines Stammes, tief im Dschungel. Als ich mich seinem Schiff näherte, in der Annahme, es sei ein Felsen, öffnete es sich, und drinnen befand sich eine tintenartige Flüssigkeit, ähnlich der, die ich in diesen Becken sehe. Ich ging hinein und erhielt, was ich für einen Gott hielt, was in Wirklichkeit ein Wesen war, das entschlossen war, seine parasitäre Rasse über meine Welt zu verbreiten. Hier jedoch scheint das Ereignis so alltäglich. Als ob es so normal wäre, alles an eine andere Spezies aufzugeben, wie das Frühstück zuzubereiten oder durch die Bäume zu rennen.

Es verdreht meinen Magen zu engen Knoten, und ich schlucke hart, um wieder zu Atem zu kommen. Ich spüre, wie Malos Hand leicht meinen Arm berührt, und atme dadurch leichter. Diesmal bin ich nicht allein.

Es gibt keine Schlange für unser Becken, und als wir uns nähern, fragt uns der Flaum, wer zuerst gehen sollte.

Malo meldet sich sofort freiwillig, aber ich lehne ab.

„Lass mich", sage ich. „Ich habe das schon einmal gemacht und weiß, was mich erwartet. Wenn etwas schief geht, kann ich damit umgehen."

„Es wird nichts schief gehen", sagt der Flaum und nickt quer durch die Halle. „Das ist das Gewöhnlichste, was wir tun. Es ist der Kern dessen, wer die Sevora sind. Jetzt, steig ein und unterwirf dich."

Es gibt nicht viel Zeremonielles beim Betreten eines Sevora-Beckens. Die Flaum kümmern sich nicht darum, ob ich meine Kleidung anbehalte – ich weiß nicht, ob ihnen klar ist, dass ich eine Maske trage – und sie blasen keine Hörner, blitzen keine Lichter oder tun irgendetwas anderes, als mich mit den Händen nahe an ihren Minern zu beobachten.

Malo und Viera beobachten mich natürlich auch, obwohl ihre Gesichter von Sorge gezeichnet sind. Auch wenn dies Teil des Plans ist, wissen wir alle, dass es nicht angenehm sein wird.

Die Steinplatten sind kühl bei Berührung, und alles glüht etwas im klaren Licht, das vom Dach einfällt, einer durchscheinenden Abdeckung, die einen ehrlich gesagt erstaunlichen Blick auf all diese verflochtenen Türme bietet. Nicht zum ersten Mal bin ich überrascht, wie viel Schönheit diese schrecklichen Dinge erschaffen können.

Ich gehe bis zum Rand und schaue in das Lila. Es ist zu dunkel, um unter die Oberfläche zu sehen, das Wasser wird schnell so dunkel wie in tiefer Dämmerung. Es gibt offensichtlich auch eine Strömung – entweder das oder die Sevora selbst verursachen die Wellen, die die Oberfläche liebkosen.

„Steig ein", bellt der Flaum hinter mir. „Dein Meister braucht seinen Wirt."

Anscheinend ist das das Stichwort. Ich folge dem Befehl und trete vor, erwarte eine Stufe, aber es gibt keine. Es ist einfach eine Klippe. Ich verliere das Gleichgewicht, stoße einen Schrei aus und platsche in das Becken.

Das bin ich, immer würdevoll.

Ich versuche zu schwimmen, aber die Flüssigkeit ist

schwer und zieht mich nach unten. Als ob ich gegen denselben dicken Schlamm ankämpfen würde, der die Kanalisation bedeckte. Jeder Zug spannt meine Muskeln an und lässt mich sinken, bis zu dem Punkt, an dem ich mich frage, ob ich hier einfach ertrinken werde.

Der Gedanke stirbt einen schnellen Tod, als ich ein kitzelndes Gefühl um meinen Kopf spüre. Ich versuche, eine Hand zu heben, um es wegzuwischen, aber die Tinte ist hier unten zu dick, zu schwer. Ich kann meinen Arm nicht einmal so hoch heben. Nicht, dass es eine Rolle spielt – Sapphrites großer Plan beginnt zu wirken, bevor die tastende Sevora merken kann, dass meine Maske sie blockiert.

Das Zeichen kommt, als die Tinte um mich herum beginnt, die Farbe zu wechseln, in ein kränkliches Orange zu erblühen, während die Beschichtung auf meinem Haar mit den nährenden Chemikalien in der Tinte reagiert und wächst. Sie verbreitet ihren viralen Dunst durch das Becken.

Sofort verschwindet die kitzelnde Berührung – wenn Sapphrites Kreation funktioniert, sollte dasselbe Virus jetzt die Sevora verschlingen, den dünnhäutigen Parasiten auffressen und sich von diesem Becken zu den anderen ausbreiten.

Natürlich schützt die Maske auch mich vor dem Virus. Ihr Schutz machte Malo, Viera und mich zu perfekten Gefäßen für die Übertragung. Wie es ist, stecke ich jedoch am Boden einer massiv wachsenden Ansammlung gefräßiger Zellen fest und kann mich nicht selbst herausheben.

Es gibt eine Bewegung neben mir und ich sehe, wie der graue Metallstock des Flaum-Wächters wie eine schwarze Linie durch das dicke Orange schneidet. Ich kann meine Hände darum legen, die Maske schützt mich vor den rauen Kanten, und ich spüre, wie ich anfange aufzusteigen.

Wie ein sich teilender Film gibt das Orange nach, als ich die Oberfläche erreiche, und totales Chaos bricht aus. Schreie dringen durch die Maske, gepaart mit weit entfernten Knallen.

Klarheits Morgenröte beginnt mit ihrem Teil der Abmachung.

Malo packt meinen Arm und zieht mich den Rest des Weges heraus, und ich bekomme meinen ersten Blick darauf, was mit dem Rest der Becken passiert.

Sapphrite sagte, die Bakterien würden sich schnell ausbreiten, hoffentlich schnell genug, um jegliche Abschottungen zu überholen, die die Sevora vornehmen könnten. Im Moment färben sich mehr als die Hälfte der Becken orange, während sich das Zeug durch die Rohre frisst, die sie offenbar alle verbinden.

Von Sevora kontrollierte Wachen rennen panisch umher, steuern auf Bedienfelder zu oder fliehen einfach, während gefangene Spezies erkennen, dass sie plötzlich die Chance haben, frei zu sein.

„Sie werden ihre Gelegenheit ergreifen", sagte Sapphrite unten. „Sie werden zurückschlagen, sobald sie sehen, was auf sie zukommt."

In diesem Fall hat die Amigga jedenfalls Recht. Nachdem sie gesehen haben, was in diesen Becken wartet, und mit den abgelenkten Wachen, stürmen Teven, Whelk, Flaum und andere entweder auf die Ausgänge zu oder auf ihre Fänger, in dem Bestreben, ihnen die Bergarbeiter aus den Händen zu reißen.

Aber nicht alle. Einige stehen einfach still da, schauen sich um, mit leeren Augen und verloren.

„Wir müssen los", sagt Viera, und ich wende mich von

der Szene ab, um meine Freundin zu sehen, die beide ihrer Bergarbeiter gezogen hat, aufgehoben aus einem Haufen beschlagnahmter Werkzeuge und Waffen, die direkt zurückgegeben werden sollten, sobald eine Sevora die Kontrolle über ihren neuen Wirt übernommen hat.

Es gibt nur einen Ausgang aus dem Gebäude, den ich sehen kann, und er ist überfüllt mit Körpern und dem Aufblitzen von Bergarbeitern, obwohl ich nicht sagen kann, ob die Angriffe von Sevora kommen oder nicht.

„Nicht diesen Weg." Ich zeige zurück hinter die Röhren, auf eine Reihe von Wartungstüren, wo einige der Sevora-Wachen verschwunden waren. „Sie werden nicht erwarten, dass wir durch den Hintereingang gehen."

Zunächst hält uns niemand auf. Mit Viera an der Spitze und Malo, der nach hinten Ausschau hält, brechen wir drei um das lange Becken herum zu diesen Türen durch. Sie sind kleiner als menschliche Eingänge, kleiner auch als die auf der *Cobalt*, die wohl für Oratus bemessen waren. Dies sind einfache Quadrate von etwa zwei Metern Höhe, reichlich hoch für einen Flaum, aber Malo muss sich ducken, als wir hindurchgehen.

Dass sich die Türen sofort öffnen, überrascht mich, bis ich mich daran erinnere, dass die Sevora mit absoluter Autorität operieren. Wozu sich mit Sicherheit abmühen, wenn jeder auf dem Planeten unter deiner eisernen Kontrolle stehen sollte?

Hinter der Tür erwarte ich Gänge zu finden, aber stattdessen ist es ein weiterer offener Bereich, und was ich sehe, ist erschreckend: Reihen und Reihen von betäubten Spezies, die zusammengepfercht sind. Körper von Flaum, Whelk und anderen, die aufeinander gestapelt sind, obwohl sie alle anscheinend noch am Leben sind. Sie atmen noch, bewegen sich aber kaum.

„Man ist so lange ein Wirt, dass man nicht weiß, wie man frei sein soll", sagt Viera, und selbst ihre leichte Stimme ist bei diesem Anblick bleiern.

„Das, das passiert?", sage ich die Worte, wohl wissend, dass keiner von ihnen antworten kann, wohl wissend, dass ich es alles vor mir ausgebreitet sehe.

Es gibt auch auf dieser Seite flache Becken – viel kleiner, und viele der Körper sind außerhalb davon zusammengedrängt. Wo die Sevora ihre Wirte evakuieren müssen, bevor sie auf die andere Seite gehen, um neue zu finden. Kein Geheimnis, warum sie diese Becken verborgen halten wollen – jeder Gefangene, der diese Körper sieht, würde eine ganz andere Vorstellung davon bekommen, was es bedeutet, ein Sevora-Wirt zu sein.

Und da wird mir klar, warum einige der Sevora-Wachen diesen Weg gegangen sind – es gibt hier so viele teilnahmslose Seelen, dass sie, wenn jemand sie zum Kampf aufwecken würde, dieses ganze Gebäude und mehr überwältigen könnten.

„Hunderte und Aberhunderte von ihnen", flüstert Malo.

„Kommt schon", bringe ich schließlich hervor. „Wir können nicht einfach zuschauen, sonst merken die Sevora, dass wir nicht übernommen wurden. Lasst uns gehen."

KAPITEL 20

REBELLION ANZETTELN

DER SCHUSS FEUERT – EIN GRELLER, weißglühender Energiestrahl, der auf das sich nähernde Oratus-Shuttle zusteuert. Kurz bevor er trifft, zerfällt der weiße Blitz in eine Reihe dünner Funken und verteilt sich um das Schiff herum, ohne sichtbaren Schaden anzurichten.

„Streuungsschilde", zischt Bas. „Sie haben es geahnt."

„Wie konnten sie auch nicht? Zwei Ooblots fangen zwei Oratus?", sagt Eneks. „Besonders solche wie euch?"

Sax beobachtet, wie sich das Shuttle weiter nähert und auf die Luftschleuse des Gartens zusteuert. Wenn das Schiff seine Schilde aktiviert hatte - etwas, das viel Energie verbrauchte und sich nicht lohnte, wenn man keinen Angriff erwartete - dann folgte daraus, dass das, was in diesem Shuttle wartete, stark genug sein würde, um Sax und Bas mit Gewalt zu nehmen.

„Feuer noch einmal", befiehlt Sax, und die Ooblots führen den Befehl aus.

Ein weiterer weißer Blitz schießt hervor, ein weiterer weißer Blitz löst sich in Nichts auf.

„Ihr habt nur eine Kanone auf dieser Station?", fragt Sax.

„Nur eine, die wir bereit sind zu benutzen", antwortet Eneks. „Versucht uns zu töten, wenn ihr wollt, aber wenn wir die Vincere zu Feinden machen, sind wir ganz sicher tot."

„Wir müssen fliehen, Sax", sagt Bas. „Zurück zu Plake, vielleicht? Sie zwingen, uns wegzubringen?"

Sax schüttelt den Kopf, bevor Bas zu Ende gesprochen hat. Er hat genug von Verhandlungen. Genug von Deals und Herumtänzeln. Es gibt nur einen Weg, wie er hier rauskommen will - Sax will kämpfen, gewinnen, zurückbekommen, wer er ist.

„Eneks, wo ist die nächste Kommunikationsanlage?", zischt Sax, und der Vyphen zeigt auf einen anderen Raum in dem kurzen Gebäude der Ooblots.

„Was hast du vor?", fragt L'Renee.

„Es kann nichts Gutes sein!", fügt N'Ollene hinzu.

Sax stampft in den Raum der Ooblots. Die Terminals sind niedrig angebracht, aber Sax kann die Bildschirme noch antippen und einen Kanal zum ankommenden Shuttle öffnen.

„Hier spricht Sax, euer Ziel", krächzt Sax in die eingebauten Lautsprecher an der Basis des Terminals.

„Sie werden wegen Verdachts auf Rebellion gegen den Chorus gesucht", die Stimme, die zurückkommt, ist wässrig, ein Whelk. „Es wird Ihnen befohlen, sich zu ergeben und unsere Ankunft abzuwarten. Jeder weitere Angriffsversuch von der Station wird mit tödlicher Gewalt erwidert."

„Eine ganze Station wegen zwei Oratus abzufackeln, scheint brutal, selbst für unsere Verhältnisse", sagt Sax.

„Wir folgen unseren Befehlen, im Gegensatz zu Ihnen."

„Ich folge meinem Gewissen." Sax unterbricht die Kommunikation. Er schaltet den Kanal um, um auf der ganzen Station zu senden. „*Scrapper Station*, die Vincere erklären, dass jeder auf dieser Station, der sich nicht einem Verhör unterzieht, der sich nicht ergibt und sich welcher Verbrechen auch immer er schuldig sein mag stellt, erschossen wird."

Er atmet tief durch. Blickt zurück zu Bas, der ihm zunickt.

Eine Lüge, die viele in den Tod treiben könnte.

Eine Lüge, die den Oratus das Leben retten könnte.

„Wir haben uns entschieden, zurückzuschlagen. Jeder, der zu uns steht, der überleben will, findet eure Waffen, formiert euch und fasst Mut. Die *Scrapper Station* wird sich der Unterdrückung nicht beugen!"

Unschuldige zur Rebellion anzustiften, ist etwas, das Sax noch nie zuvor getan hat, und oben im Garten zu sein, weg von diesen Menschen, macht es schwer zu erkennen, welche Wirkung er erzielt hat, wenn überhaupt. Der Schlüssel ist jedoch, dass er einen offenen Kanal zu dieser letzten Übertragung hinzugefügt hat, sie in den Weltraum geschickt hat.

Zur Vincere-Fregatte, zum Shuttle.

Wenn es Schuldgefühle gibt, möglicherweise einen Kampf zwischen Menschen ausgelöst zu haben, die ihn hätten vermeiden können, erstickt Sax sie mit der sicheren Erkenntnis, dass jeder auf der *Scrapper Station* wahrscheinlich ohnehin legale Arbeit vermeidet. Jeder hier hat etwas zu verbergen, jemanden zu betrügen und die Bereitschaft, alles zu tun, um zu überleben.

Worauf er wettet, ist, dass sie genug tun werden, um Sax und Bas etwas Zeit zu verschaffen, einen Weg von dieser Station zu finden.

„Zumindest werden wir unser Versprechen gegenüber den Teven halten", sagt Bas, als Sax zu ihnen zurückkehrt.

„Ja, ich bin sicher, sie werden begeistert sein, wenn die ganze Station wegen eurer Aktionen brennt." Eneks seufzt.

„Ihr habt uns alle umgebracht!", schreit L'Renee von ihrem Terminal aus.

„Nur wenn ihr sie lasst", sagt Sax. „Es heißt jetzt entweder kämpfen oder sterben, Ooblot."

„Dann kämpfen wir!", verkündet N'Ollene. „Feuer, Schwester, und feuer wieder!"

Diesmal sind es fünf weiße Strahlen, die von der Station ausgehen, und jetzt versucht das Shuttle, sich zu bewegen. Es manövriert auf und ab, sodass nur drei der Schüsse seine Schilde treffen, wobei der letzte durchdringt und die Panzerung des Shuttles streift.

„Zielt auf die Fregatte", sagt Sax. „Haltet sie von der Station fern. Wir kümmern uns um das Shuttle."

„Das gefällt mir nicht", erwidert L'Renee.

„Aber wir werden es versuchen", fügt N'Ollene hinzu.

Sax und Bas laufen zur Luftschleuse, als das Shuttle für eine harte Andockung heranrast. Zwei Oratus gegen wer weiß wie viele. Sax hat immer noch den Miner, den er dem Flaum-Wächter abgenommen hat, aber das ist kaum genug Artillerie. Sie untersuchen die Umgebung der Luftschleuse, suchen nach Schwachstellen, nach Orten, um Deckung aufzubauen, aber die Büsche werden keine Laser aufhalten, und die Luftschleuse ist breit genug, um die Truppen durchströmen zu lassen.

„Unsere einzige Chance ist es, die Dichtung zu brechen", sagt Bas, während sie die Luftschleuse studieren und nach Hoffnung suchen.

„Wir haben nicht die Waffen dafür", antwortet Sax.

„Aber wir schon", ertönt Agra-Reds Stimme hinter

ihnen. Der feurige Whelk hat einen Angriffsbohrer, der in seinen Körper eingebaut ist, mit einem vollständigen Satz an Batterien, die sich vom Bohrer um Agra-Red herum ziehen. Black, die stämmige weibliche Flaum, steht neben ihm, zusammen mit Plake, und jeder von ihnen hält Unmengen an eigenen Waffen.

Und sie alle zielen auf die beiden Oratus.

„Was meinst du, Plake?", sagt Agra-Red. „Wenn wir sie wegpusten, lässt uns der Vincere alle gehen?"

Die Vyphen-Kapitänin streicht mit einem schillernden gefiederten Arm über ihren purpurroten Mund und schüttelt dann den Kopf. „Ich glaube, diese Option ist bereits vom Tisch. Diese beiden haben uns alle verbrannt. Das passiert, wenn man auf ein Vincere-Schiff schießt. Sie werden die Station einfach dem Erdboden gleichmachen, anstatt abzuwägen, wer unschuldig ist und wer nicht."

Sax versucht, eine Schwachstelle zu finden, aber im Gegensatz zu den nutzlosen Flaum-Wachen von vorhin halten Plake, Black und Agra-Red Abstand. Sie hätten mehr als genug Zeit zu reagieren, zu zielen und zu feuern, bevor Sax sie erreichen könnte.

„Genau das ist der Punkt", zischt Bas. „Wir haben es euch gesagt. Hier geht es um etwas Größeres, etwas, das endet, wenn Evva gefangen wird."

„Groß genug, um jeden auf dieser Station zu verdammen?", fragt Plake.

„Ja."

Die Vyphen tut so, als würde sie überlegen, aber Sax wettet, dass sie sich bereits entschieden hat. Er denkt, wenn Plake sie wirklich tot sehen wollte, hätte sie ihnen in den Rücken geschossen. Ihnen nicht einmal die Chance gegeben zu antworten.

„So sehe ich die Sache", beginnt Plake. „Den Rest

meines Lebens damit verbringen, Nährstoffbrei zu transportieren und in Spelunken wie dieser hier Halt zu machen, oder eine kurze Zeit damit, den Bastarden zu schaden, die die Vyphen in Idioten wie diesen hier verwandelt haben."

Sie nickt zu Eneks, der es schafft, gleichzeitig beleidigt und verlegen auszusehen.

„Die Oratus haben meine Heimatwelt niedergebrannt", sagt Agra-Red. „Ich habe keine Sympathien für sie. Auch nicht für euch beide, aber es klingt, als könntet ihr mir die Chance geben, richtig Schaden anzurichten." Es dreht sich und richtet den Angriffsbohrer hinter Sax. „Außerdem brauche ich mehr Gründe, um mit diesem Ding zu spielen."

Beide schauen zu Black, die eine stumpfnasige Gouter schwingt, die an einen großen Tank auf ihrem Rücken angeschlossen ist. Sie blickt auf die Oratus und zuckt mit den Schultern.

„Coorvin sagt, ihr steht auf der guten Seite, und ich vertraue ihm."

Es gibt einen lauten Knall hinter ihnen, gefolgt von surrenden und klickenden Geräuschen von Schlössern, die einrasten. Das Shuttle dockt an.

„Jetzt geht aus dem Weg, ihr Idioten, oder ich brate euch auch", winkt Agra-Red mit der Spitze seines Bohrers, und sowohl Sax als auch Bas springen zur Seite der Luftschleuse.

Eneks stürzt zum Kontrollpanel der Luftschleuse, blickt zurück zu Plake, die den Kopf schüttelt.

„Nicht, bis sie drinnen sind", sagt Plake. „Wir haben nur einen Versuch."

Sax beobachtet durch das Glas in das weiße Cremefarbene der Luftschleuse. Anstelle eines echten Fensters zum Weltraum gibt es jetzt einen Tunnel, der von kleinen Kugelleuchten erhellt wird. Ein Tunnel, der zurück zum

Shuttle führt, zu der Truppe, die kommt, um sie alle zu holen.

Allerdings denkt Sax, wenn er Agra-Reds manisches Grinsen sieht, dass es der Vincere schwerer fallen wird als erwartet.

Die ersten Flaum-Truppen strömen in die Luftschleuse, und sie sind auf fast alles vorbereitet. Sie haben Bohrer, sie haben Rüstungen, und sie bewegen sich wie ein trainierter Trupp. Womit sie jedoch nicht rechnen, ist ein verrückter roter Whelk mit einer riesigen Kanone, der auf sie wartet.

Auf Plakes Nicken hin öffnet Eneks das Panel, und als sich die Luftschleuse zur Seite schiebt, legt Agra-Red los. Ein Hagel roter Bolzen ergießt sich, begleitet von einem anschwellenden Heulen, während die Pumpen der Waffe weiter Gas durch die ionisierenden Batterien des Bohrers jagen. Agra-Red hält den stetigen Sprühstrahl in Bewegung, hin und her, und jenseits der panischen Schreie gefangener Flaum ist ein neues Geräusch zu hören: Vakuumalarme. Agra-Red hat die Hülle zum Shuttle durchbrochen und alles dem offenen Weltraum ausgesetzt.

Beim ersten Anzeichen des Sogs schließt sich die Luftschleuse von selbst, und Sax bewegt sich nicht einmal einen Zentimeter. Die Flaum und jeder, der im Tunnel zum Shuttle gefangen ist, haben nicht so viel Glück. Sie werden in den Weltraum geschleudert, und Sax kann ihre schockgefrorenen Gestalten in die Schwärze davonwirbeln sehen.

„Versiegeln", sagt Plake.

Black tritt mit ihrer Gouter vor und beginnt, eine schwere grüne Flüssigkeit zu versprühen. Sie spritzt um die Luftschleuse herum und gibt jede Menge Dampf ab, während sich das Plasma in das Metall frisst. Die Abkühlung erfolgt rasch, wobei sich das Grün in ein tiefes Grau verwandelt und um die Tür herum aushärtet, bis schließlich der gesamte Eingang eingekapselt ist.

„Das können sie aufbrechen", sagt Sax.

„Aber das werden sie nicht", entgegnet Plake. „Nicht, wenn sie genug andere Andockbuchten zur Verfügung haben."

Es knistert, dann hallt L'Reneos Stimme über das Rundfunksystem der Station: „Sie starten zusätzliche Shuttles und Jäger. *Scrapper Station*, macht euch bereit für einen unmittelbar bevorstehenden Angriff!"

„Zeigt ihnen, was ein Haufen schmutziger Halunken und Vagabunden drauf hat!", fügt N'Ollene hinzu.

Sie verschwenden keine Zeit damit, an der Luftschleuse herumzuhängen. Alle fünf – Eneks zieht sich zu den Schwestern zurück – gehen zum Aufzug, drängen sich hinein und fahren hinunter zum Nexus.

„Ich hätte nie erwartet, dass ihr zu unserer Verteidigung kommt", sagt Sax, während der Aufzug nach unten rumpelt.

„Wollten wir auch nicht", antwortet Plake. „Ihr habt uns dazu gezwungen."

„Das war unsere Absicht."

„Das ist nicht das, was du sagen sollst."

„Danke", zischt Bas. „Jetzt müssen wir gehen."

Agra-Red lacht. „Gehen? Nachdem ihr sie alle aufgewiegelt habt?"

„Selbst wenn wir es schaffen, diesen Angriff abzuwehren", sagt Bas, „werden sie Verstärkung rufen. Die Station wird zerstört werden, es sei denn, wir kommen weg. Es sei denn, wir übernehmen die Verantwortung."

„Mitgefühl? Von einem Oratus? Ich dachte, ihr hättet keins", sagt Plake und seufzt dann. „Und ich nehme an, ihr plant, dass wir euch mitnehmen?"

„Ja."

Sax ist nicht viel für Subtilität.

KAPITEL 21

BRENNENDE STADT

WIR SCHAFFEN es gerade mal zehn Schritte weit. Wir stehen neben einem der Zufuhrbecken, wo vier Whelk stehen und uns mit leeren Augen anstarren, als plötzlich ein Schrei von weiter hinten im Raum ertönt.

„Die Menschen sind hier lang gekommen!", brüllt der Flaum mit harter, wütender und schriller Stimme. „Lasst die hier stehen, schnappt sie euch!"

Es sieht so aus, als wäre die Gruppe der Flaum damit beschäftigt, befreite, verwirrte Spezies zu erschießen und auf Haufen zu werfen. Standrechtliche Hinrichtungen für potenzielle Probleme. Als ich das sehe, wird mir übel, aber ich unterdrücke den Brechreiz, als ich bemerke, wie sich die zehn Flaum in unsere Richtung wenden.

„Und jetzt laufen wir", sagt Viera.

Ein Teil von mir will bleiben und kämpfen, denn es ist klar, welches Schicksal all diese Unschuldigen erwartet. Es ist offensichtlich, dass die Sevora sich für harte Sicherheits-maßnahmen entschieden haben und diese Spezies eher als Produkte denn als Lebewesen behandeln. Aber wir sind zahlenmäßig unterlegen und schlechter bewaffnet, und wenn es schon so viele Tote geben soll, dann sollte das Opfer wenigstens für etwas sein.

Viera feuert ein paar Schüsse aus ihren Bergbaulasern ab, aber ich sehe nicht, ob sie treffen. Ich schaue mich um und versuche, einen Ausgang zu finden. An der Rückwand entdecke ich eine Reihe von Torbögen, ähnlich denen in Nasiyas Turm, die zu diesen Röhren und den weißen Plattformen führen.

„Da lang! Durch die Bögen!", rufe ich, als ich loslaufe.

Im Dschungel habe ich Bäume als Deckung benutzt, ob zum Verstecken oder um geworfenen Steinen und abgeschossenen Pfeilen auszuweichen. Hier mache ich das Gleiche, nur dass ich statt Bäumen die trägen Gestalten benommener Flaum und Gruppen von Teven benutze, die gerade erst damit beginnen, ihre Arme und Beine außerhalb ihrer Panzer zu bewegen. Die Sevora-Flaum schießen wild um sich und es ist ihnen egal, wo ihre Laser einschlagen. Um uns herum fallen Spezies zu Boden, viele ohne einen Laut von sich zu geben. Vielleicht sind sie so weit von ihren eigenen Gefühlen entfernt, dass sie nicht einmal Schmerz wahrnehmen.

Schüsse, die keine Umstehenden treffen, zischen an den Wänden und dem Boden um uns herum vorbei und hinterlassen Brandflecken oder schmelzen die Fliesen.

Ein Schuss landet direkt vor mir und sprengt ein Stück aus dem Boden. Der heiße Staub trifft mein Gesicht, wobei die Maske die Temperatur dämpft. Ich stolpere, obwohl die Maske den Staub filtert, und spüre dann Malos Arm an meinem Rücken, der mich vorwärts schiebt.

„Wenn wir anhalten, Kaishi, sind wir tot", sagt er, und ich will ihm sagen, dass ich das weiß, aber ich finde keine Luft zum Atmen.

Die Luft ist geschwängert vom Geruch verbrannten

Fleisches, dem elektrischen Knistern geschmolzenen Metalls und entladener Batterien, und meine Maske filtert den Gestank nicht vollständig heraus. In meinen Ohren dröhnen Schreie, das Heulen verbrauchter Energie und das ständige Grollen von Explosionen außerhalb des Gebäudes.

Aber wir erreichen die Bögen. Ich bin die Erste, dicht gefolgt von Malo, während Viera weiterhin einen Strom wilder Schüsse abfeuert. Ich bemerke, dass ihre Rüstung ein paar Brandlöcher hat, aber Viera bewegt sich noch und wir haben sowieso keine Zeit für erste Hilfe.

Alle Bögen führen in einen hinteren, kleineren Bereich, der wiederum in dieselben Plattformröhren mündet.

„Die mittlere!", rufe ich und zeige auf die einzige Plattform, die bereits da ist und wartet.

Der Rest der Station ist leer – anscheinend will niemand die Geburtsbecken besuchen, wenn alles schiefläuft. Laser schlagen weiterhin in die Wände hinter uns ein, aber die Verfolgung wirkt halbherzig. Als wir die Plattform erreichen, ist niemand mehr in Sicht.

„Weiß jemand, wie man dieses Ding benutzt?", fragt Viera, als wir durch die Türen stürmen.

„Keine Ahnung", sage ich, wende mich trotzdem dem Bedienfeld zu. „Aber ich schätze, überall ist es besser als hier."

Es gibt keine Knöpfe, nur einen Bildschirm mit einem Labyrinth von Symbolen. Es erinnert mich an die Konsole der *Cobalt*, und ich wünschte, Ignos wäre hier, um mir zu sagen, was sie alle bedeuten. Da weder ein Sevora anwesend ist, noch die Zeit reicht, um in den Cache einzutauchen, tippe ich auf eines, das wie ein fliegendes Schiff aussieht.

Die Türen schließen sich mit einem Knall. Ich trete

zurück auf die Plattform und setze mich in den Stuhl, der sich meiner Größe anpasst.

„Wir leben noch", bringe ich es fertig, meinen Freunden zu sagen, und dann schießt die Plattform davon.

Unsere Fahrt katapultiert uns nach oben und weg vom Gebäude der Geburtsbecken, und was ich sehe, brennt sich in mein Gedächtnis ein: Über Vimelias weiter Stadtlandschaft steigen überall Rauchsäulen auf, wie schwarze, wogende Bäume aus einer silbernen Wüste.

Anders als bei unserer ersten Fahrt mit dem Flaum dehnt sich um diese Plattform ein durchsichtiger Film aus, als wir auf Geschwindigkeit kommen, und ich stelle fest, dass mir die rasende Luft nicht den Atem raubt. Offenbar bauen die Sevora ihre Transportmittel in verschiedenen Klassen – diejenigen, die zu den Geburtsbecken und von dort wegfahren, bekommen eine bessere Reisekategorie.

„Sapphrit hat nicht übertrieben", sagt Viera, während wir durch die Luft sausen. „Klarheits Morgenröte gibt bei dieser Sache wirklich alles."

„Hast du gesehen, wie es da unten aussah?", erwidere ich. „Sie verhungerten, und es schien, als würde sie nur Glück am Leben erhalten. Anstatt darauf zu warten, dass die Sevora sie umbringen, kämpfen sie lieber zu ihren eigenen Bedingungen."

„Besser für etwas sterben als wegen jemandem", fügt Malo hinzu.

Die Röhre schwingt uns hinaus und um die große Skulptur in der Nähe des Gebäudes mit den Geburtsbecken herum, und wir bekommen einen guten Blick darauf, was draußen vor dem Haupteingang passiert, wo die meisten Gefangenen sich drängen.

Es ist genauso schlimm wie der Weg, den wir genommen haben – ein Schießstand aus Sevora-Wachen richtet ein Blutbad unter den unbewaffneten, panischen Gefangenen an, die versuchen, sich aus dem Gebäude zu drängen. Eine einseitige Lichtshow.

„Das ist so schrecklich", kann ich nicht anders, als zu sagen.

„Ignos wollte, dass du dich dem anschließt? Nein danke." Viera blickt auf ihre Bergbaulaser. „Du hättest mich die Schnecke zertreten lassen sollen, als Rackt sie aus deinem Kopf geholt hat."

„Vielleicht hast du recht."

Die Plattform bewegt sich glücklicherweise weiter, und bald verschwindet das Gemetzel hinter höheren Gebäuden aus dem Blick. Es ist immer noch schwer zu erkennen, wohin wir fahren, also sage ich den anderen beiden, dass ich in den Cache eintauchen werde.

Trotz all der Aufregung zieht mich das Auslösen des Caches und sein smaragdgrünes Aufblitzen von unserer rasanten Fahrt weg und in den unendlichen, kühlen Nexus der Daten. Sofort füllt eine riesige Karte von Vimelia den Raum um mich herum, und unser aktueller Standort wird als blinkender Punkt in einer durchscheinenden blauen Stadt angezeigt.

Der Cache zeichnet unseren aktuellen Weg nach, der von unserem Standort aus direkt zu einem großen Oval führt, das der Cache auf meine mentale Frage hin als Raumhafen identifiziert.

Da unser Teil von Sapphrites Mission erledigt ist — alles, was wir tun mussten, war die Geburtsbecken zu vergiften — besteht unser einziges Ziel jetzt darin, zum Raumhafen zu gelangen, das Shuttle zu finden, das Rackt angeblich für uns bereitstehen hat, und von hier zu verschwinden.

Ich schüttle den Cache ab und verkünde Viera und

Malo, dass wir dorthin fahren, wo wir hinmüssen. Ich lehne mich zurück und behalte die Front im Auge.

Die Luft füllt sich jetzt mit immer mehr Sevora-Shuttles, die die erste Gruppe der Flaum abgesetzt hatten, die uns bei unserer Flucht aus der Kanalisation empfingen. Nasiyas Emblem leuchtet auf einigen, Jels auf anderen. Beide Fraktionen, so scheint es, kommen zusammen, um Klarheits Morgenröte aufzuhalten.

Und mir wird klar, dass es mich nicht mehr wirklich kümmert. Weder der Kampf der Sevora, noch Sapphrites Wunsch, ewig mit den anderen Amigga zu leben, oder ob diese Kreaturen sich in ihrer mörderischen Politik gegenseitig verschlingen. Nein, alles, was ich will, ist nach Hause zu gehen.

Deshalb schreie ich fast auf, als die Plattform langsamer wird und dann von ihrem geraden Weg abweicht, um nach unten zu fahren, direkt auf ein hohes, eiförmiges Gebäude unter uns zu. Wir gleiten durch eine Öffnung an der Spitze, die gerade groß genug ist, um unsere einzelne Plattform durchzulassen. Die Stockwerke, an denen wir vorbeifahren, sind dunkel und skelettartig, als ob dieses Gebäude noch im Bau wäre.

Schließlich kommt die Plattform am Boden zum Stehen, wo sich tatsächlich Stapel über Stapel von Materialien befinden.

Dort steht auch eine Gruppe von fünf Kreaturen und wartet. Eine schreitet vor, als sich die Blase der Plattform zurückzieht und unsere Sitze unter uns wegfallen. Als die Kreatur näher kommt, erkenne ich die Form. Wie Sax und Bas, aber kleiner, und ihre Schuppen sind stumpf grau. Mehrere fallen bei den Schritten auf uns zu ab. Aber die Klauen an seinen vier Armen glänzen scharf genug.

„Kaishi. Ich hoffte, ich würde dich wiedersehen", sagt

die Kreatur, und selbst mit dem rasselnden Zischen einer Oratus-Zunge ist es eine, die ich kenne.

Ignos.

„Du hast einen neuen Körper", ist das Erste, was mir einfällt zu sagen.

Wir steigen langsam von der Plattform in das dunkle Skelett des Gebäudes. Über uns filtern mit Papier bespannte Fensterrahmen braunes Licht, das vom Himmel herabfällt, und ein Dutzend offene Türen entlang der Straße lassen den Lärm der Kämpfe herein. Ich rieche Staub, den Hauch von Chemikalien.

„Ein Wirt, Kaishi. So nennen wir sie", belehrt mich Ignos wie immer. „Aber dieser hier ist ein Fehlschlag."

Er scheint tatsächlich zu zerfallen. Als wäre er alt oder am Sterben. Warum würde Ignos das einen Fehlschlag nennen?

„Was meinst du damit?", frage ich.

„Unser Konflikt nimmt kein Ende. Die Amigga werden nicht aufhören, bis wir alle tot sind, was bedeutet, dass wir sie zuerst vernichten müssen. Dafür brauchen wir bessere Waffen. Wir brauchen perfekte." Ignos blickt auf seine Klauen.

„Also erschafft ihr Oratus?"

„Sie sind zu schwer zu fangen, aber nimm die DNA von den wenigen, die wir haben, und vielleicht können wir tun, was die Amigga getan haben, was wir schon so vielen anderen Spezies angetan haben. Was wir mit euch machen werden."

„Ja, genug davon", verkündet Viera neben mir. „Jetzt, da du nicht mehr in ihrem Kopf bist, ist es Zeit, das zu tun, was schon lange hätte getan werden sollen."

Sie zieht ihre Miner, während die vier Flaum-Wachen um Ignos ihre ziehen. Vieras Hände sind schneller als

Flaum-Klauen, und sie hat den Vorteil einer halben Sekunde, da sie genau weiß, was sie tun wird. Also treffen ihre Laser zuerst und schicken ein Paar von Ignos' Wachen brennend zu Boden.

Ignos sitzt jedoch nicht herum und schaut zu, sondern springt stattdessen auf mich zu.

„Du musst dich uns hingeben", zischt der Sevora, während er auf mich zufliegt. „Die Sevora brauchen dich!"

Malos Metallstab erwischt Ignos mit einem weiten Schwung, als die Kreatur mir nahe kommt, und Malo schmettert Ignos zu Boden. Der Charre-Krieger führt den Stab mit beiden Händen, hebt ihn hoch, dreht die Spitze und macht sich bereit, den Parasiten zu erstechen, der meinen Verstand geteilt hatte.

„Malo!", schreit Viera, als sie aus einem Tauchgang auftaucht und dem Gegenfeuer eines der verbliebenen Flaum ausweicht.

Aber nicht beiden.

Der zweite, letzte Flaum zielt auf Malo, und er drückt ab, als der Charre-Krieger mit dem Stab zustößt. Der Bolzen fliegt zielsicher und trifft Malo in die Brust, wodurch er von Ignos wegstolpert.

Malo fällt mir vor die Füße. Ich möchte nach ihm sehen, aber der Flaum bewegt seinen Miner jetzt in meine Richtung, also greife ich auf mein Training zurück und tauche nach vorne, schnappe mir Malos fallengelassenen Stab und bringe Ignos' viel größeren Körper zwischen mich und den Flaum.

Eine weitere Serie von Lasern blitzt um uns herum – Viera, die wieder an die Arbeit geht.

„Das bist nicht du, Kaishi", zischt Ignos, während er wieder aufsteht, eine Bewegung, bei der noch mehr

Schuppen abfallen. „Du bist keine Kämpferin. Du bist eine Anführerin."

„Und was bist du, Ignos? Ich dachte, du wärst mein Freund." Ich halte den Stab bereit, beobachte diese Klauen.

„Ich habe nie behauptet, etwas anderes zu sein, als ich bin. Ich habe dir Wunder geschenkt, die Werkzeuge, die du brauchtest, um dein Volk zu retten. Alles, worum ich im Gegenzug bitte, ist eine Chance, eine Chance für meine eigene Spezies zu überleben."

„Nicht, indem du die Menschen übernimmst, denen du gerade geholfen hast, sie zu retten!"

„Es gibt keinen anderen Weg!"

Ignos springt nach seinem Gebrüll auf mich zu, und ich tanze zurück, schlage mit dem Ende des Stabs nach einer Klaue. Ich hatte Sax und Bas sich bewegen sehen, und Ignos wirkt ruckartig, unsicher, wie er die Gliedmaßen beherrschen soll. Natürlich, wenn er den Körper erst seit ein paar Tagen hat ...

Ich gehe zum Angriff über. Rolle von meinem hinteren Fuß ab und stürze in Ignos' Reichweite. Der Sevora versucht, seine langen Schwünge anzupassen – Klauen, die dorthin schlagen, wo er dachte, ich würde sein, aber er scheint sie nicht schnell genug bewegen zu können. Ich treibe die Mitte des Stabs nach oben und schlage in seinen Mund, dann, als Ignos zurückweicht, bringe ich den Stab zu meiner Taille und stoße ihn wie einen Speer nach vorne.

Die Spitze bohrt sich in Ignos' Seite und durchsticht dünne, zerbrechliche Schuppen. Krankes, dickes Blut sickert um die Wunde, und Ignos umklammert den Stab, sieht mich mit diesen gelben Oratus-Augen an.

„Vielleicht habe ich mich geirrt", murmelt Ignos.

„Du hast dich in vielen Dingen geirrt", erwidere ich.

Ignos reißt den Stab heraus, lässt mehr Blut des Körpers fließen und hält ihn in seiner rechten Mittelklaue.

„Es gibt einen Vorteil, ein Wirt zu sein, Kaishi", sagt Ignos. „Du fühlst nur das, was du fühlen willst."

Die Sevora bewegt sich auf mich zu, und dann kommt ein heller Blitz über meine Schulter, trifft Ignos in die breite Brust des Oratus und wirft die Kreatur zu Boden.

„Komm schon, Kaishi", sagt Viera, während sie neben mich läuft. „Das Ding war sowieso böse."

KAPITEL 22
ABSCHAUM GEGEN SCHURKEN

DER LIFT LANDET im Nexus und die fünf steigen in ein wimmelndes Chaos aus. Verschiedene Spezies rennen hin und her, einige allein, andere in Gruppen. Manche tragen Waffen, die meisten suchen nach Verstecken. Sie fragen nach Fluchtmöglichkeiten oder wie man sich ergibt.

Sax kümmert es nicht, ihnen zu sagen, dass die Vincere keine Gefangenen machen werden. Nicht hier, nicht mehr.

Es ist ein schneller Sprint durch den Nexus zur Speiche, wo die *Mobius* geparkt ist. Selbst in ihrer Panik machen die Massen Platz für den massigen Oratus und seine schwer bewaffneten Freunde. Mehr als nur ein paar hängen sich hinten dran – vermutlich auf dem Weg zu ihren eigenen Schiffen und in der Annahme, dort zu sein, wo die Feuerkraft ist.

Was sich als gute Entscheidung für alle erweist, als die Schwestern verkünden, dass die ersten Shuttles gelandet sind.

Die Andockspeiche selbst ist ein langer, breiter Korridor mit neonfarbenen Nummern, die außerhalb großer, gewölbter Türen hängen, die in die Buchten führen.

Unter den Nummern stehen die Namen der aktuellen Bewohner, und Sax kann das leuchtende Blau von #6 sehen, und darunter *Mobius*, weit unten in der Speiche.

Die meisten Buchten sind jedoch leer. Und die meisten ihrer Türen öffnen sich.

„Zu spät", sagt Black. „Deckung?"

Zwei Möglichkeiten – entweder sie drängen durch, versuchen zur Bucht zu gelangen, oder sie bleiben zurück und kämpfen gegen die ankommenden Streitkräfte. Das Problem bei Letzterem ist, dass die Vincere mehr Truppen und mehr Waffen haben als sie.

„Wenn wir auf Nummer sicher gehen, sind wir tot", verkündet Sax. „Ich gehe zu eurem Schiff, und wir kommen zurück, um euch zu holen. Deckt mich."

Er wirft Bas den Miner zu, den er noch von der Flaum hat, dann stürmt Sax zur Wand.

Agra-Red und Plake übernehmen die Aufgabe des Deckungsfeuers, zusammen mit einem Haufen *Scrapper Station* Schurken, und lassen einen Hagel aus Lasern auf die Gruppen von Soldaten los, die in die Speiche strömen. Es gibt nicht viel, hinter dem man sich im Gang verstecken kann – ein paar Kisten hier und da, einige Batteriegestelle, von denen sich jeder fernhält, sodass das Feuergefecht schnell zu einer blendenden Mörderreihe ausartet.

Sax geht an der rechten Wand hoch und benutzt seine Klauen, um sich vorwärts zu ziehen. Die Wände der Raumstation sind nicht dafür ausgelegt, Oratus-Klauen zu widerstehen, also schlitzt er sich in einem rasanten Klettern in Richtung der Soldaten vor.

Schreie und Rufe werden laut, dann trifft ein verirrter Schuss etwas Brennbares und eine Explosion erschüttert die Mitte der Speiche, Rauch und zischende Energie erfüllen die Luft. Sax kann nichts sehen außer den Blitzen derjenigen, die sich nicht davon abschrecken lassen, dass sie ihr Ziel nicht sehen können. Er bewegt sich weiter vorwärts, hält seine Lüftungsschlitze so lange wie möglich geschlossen – wer weiß, welche schrecklichen Gase jetzt durch die Luft geblasen werden.

Es ist schwer, einen Oratus unter perfekten Bedingungen zu treffen, geschweige denn, wenn Sax eine graue Wand hat, die ihn vor Blicken verbirgt. Sax klettert über das blaue Leuchten von Bucht Fünf und findet sich kurz darauf über Nummer sechs wieder. Er lässt sich auf den Boden fallen und will gerade durch die Türen gehen, als ihm klar wird, dass sie geschlossen sind.

Sax stürzt zum Kontrollpanel an einer Seite, hämmert auf den Knopf zum Öffnen, aber alles, was er bekommt, ist eine simple Fehlermeldung. Verriegelt. Also tippt er stattdessen auf die Gegensprechanlage und versucht hindurchzusprechen.

„Wer ruft da an?", Es ist Engee, der Teven.

„Sax. Öffne die Buchtentür."

„Wo ist Plake?"

Sax hört ein Geräusch hinter sich. Der Rauch ist zu dicht, um zu sehen, was es ist, aber so weit unten in der Speiche ist es wahrscheinlich kein Freund.

„Sie ist beschäftigt. Ich brauche deine Hilfe, um sie zu retten."

„Wie wäre es, wenn du mir sagst, wo sie ist, und wir holen sie zuerst."

Sax zischt, hebt seine Klaue und ist kurz davor, sie gegen das Panel zu schlagen, als ein Miner-Bolzen neben ihm in die Wand kracht.

„Du hast mich einmal reingelegt, Sax", keucht Gar. „Es wird kein zweites Mal passieren."

Einem Feind den Rücken zuzukehren, ist das Letzte,

was Sax tun möchte, besonders wenn dieser Feind vier scharfe Klauen und ein Paar Krallen hat. Aber die *Mobius* muss in die Luft, sonst wird einer der Laser, die immer noch durch den Rauch fliegen, Bas treffen.

„Geh hoch zu Bucht Eins. Sie sind direkt vor der Tür", schafft es Sax zu sagen, bevor sich ein Paar Klauen in seine Schulter bohren und ihn von der Gegensprechanlage wegschleudern.

„Mit jemandem geredet?", zischt Gar, stürzt sich auf Sax und schnappt mit den Zähnen nach Sax' Kehle.

Sax, der Gar mit seinen eigenen Vorderklauen zurückdrängt, schafft es, seinen Schwanz zwischen die beiden zu bringen und drückt mit dem starken Muskel nach oben. Sein Schwanz schleudert Gar hoch und von ihm weg, durch die Luft und irgendwo in den Rauch zurück in die Speiche.

Der Oratus springt in die Hocke, scannt den Nebel. Es gibt immer noch viele Kampfgeräusche, obwohl er weniger Blitze in diese Richtung zurückkommen sieht. Die kleine Bande von Raufbolden würde nie lange durchhalten.

Gar fällt von oben herab, und Sax bekommt nur eine Sekundenbruchteil Warnung durch die plötzliche Kräuselung des grauen Rauchs. Sax versucht nach rechts zu springen, als Gar auf ihn kracht, und dieser Zentimeter Abstand bedeutet, dass Gars Krallen nur einen langen Schnitt an Sax' Hals entlang reißen, anstatt seinen Kopf zu durchbohren. Ohne die feste Landung muss sich Gar am Boden abfangen, was ihn auf die perfekte Höhe für Sax' Schwanz bringt, der auf ihn einschlägt.

Diesmal schleudert Sax' zerschmetternder Schlag Gar gegen die Tür von Bucht Sechs, und Sax lässt seinem ehemaligen Freund keine Zeit, sich zu sammeln. Sax springt vor und nagelt Gar mit einem einzigen langen Satz fest. Mit seiner linken Vorderklaue drückt er Gars Hals gegen das Metall, die Spitzen seiner Klauen drücken sich in Gars Schuppen.

„Du hast dich nie genug um deine Umgebung gekümmert", zischt Sax.

„Ich bin nicht der Einzige", röchelt Gar.

Ein Strahl blauen Lichts trifft Sax, und er spürt, wie alle Empfindungen verschwinden, wie alle Dinge in ein taubes Nichts verblassen.

KAPITEL 23

KAMPF UND FLUCHT

MALO LIEGT NOCH AM BODEN, als wir uns zu ihm umdrehen, und er hat eine tiefe Brandwunde auf der Brust. Seine Augen sind geschlossen und sein Atem geht schwer.

„Können wir ihn hochheben?", fragt Viera, und ich bewege mich, um es zu versuchen.

Der Krieger ist jedoch nicht leicht, und es braucht uns beide, um Malo überhaupt vom Boden zu bekommen. Als wir ihn anheben, reißt Malo die Augen auf und keucht.

„Bewegt mich nicht!", sagt Malo und lehnt sich an uns. „Es tut zu weh."

„Entweder das, oder du bleibst hier bei all diesen hübschen Leichen", erwidert Viera.

„Es ist nicht weit", sage ich, obwohl es nur eine Vermutung ist. „Es ist nicht schlimmer als damals, als Jakkans Attentäter uns zu Hause angegriffen haben."

Malo kneift für einen Moment fest die Augen zusammen und nickt dann.

„Einen Schritt nach dem anderen", sage ich, und dann bewegen wir uns.

Viera hält in ihrer rechten Hand einen Miner gezogen,

während wir uns vorwärts schleichen. Ich werfe einen Blick auf die restlichen Flaum, auf den Rauch, der immer noch von ihren Körpern aufsteigt.

„Du bist tödlicher, als ich dachte", sage ich zu ihr.

„Anscheinend muss ich das in deiner Nähe sein", antwortet Viera. „Scheint, als würden wir in alle möglichen Schwierigkeiten geraten."

Meine Hand an Malos Taille spürt seinen Schweiß, seine zitternde Haut. Ich weiß nicht, ob er es hier raus- schaffen wird, aber ich werde mein Bestes geben, es zu versuchen.

Wir verlassen das eiförmige Gebäude und finden uns auf einer breiten Straße wieder. Nicht weit entfernt kann ich das riesige Oval sehen, das den Raumhafen markiert, den Ort, an dem wir gelandet sind, nachdem Ignos uns zum ersten Mal hierher gelockt hatte.

„Es ist nicht weit, Malo, nicht weit", flüstere ich ihm zu.

„Geht einfach weiter", antwortet Malo, seine Augen immer noch geschlossen.

Also tun wir genau das. Bei dem anhaltenden Chaos in der ganzen Stadt kümmert sich niemand darum, was mit drei sich mühsam am Boden fortbewegenden Spezies los ist. Wir kommen unter riesigen Gebäuden hindurch, unter geschwungenen Gehwegen und Röhren, von denen viele immer noch Plattformen haben, die Menschen von einem Ort zum anderen befördern. Offenbar legt nicht einmal ein Großangriff von Klarheits Morgenröte Vimelia lahm.

„Hast du Ignos gesehen?", frage ich Viera, während wir uns weiterbewegen. „Der Körper, den es benutzte, schien auseinanderzufallen."

„Vielleicht hatten sie nur einen alten zur Verfügung." Viera klingt kein bisschen neugierig. „Oder das Ding war krank. Ich beschwere mich so oder so nicht."

Wir gehen noch ein paar Schritte weiter. Malo wird schwerer, aber ich werde ihn nicht zurücklassen, also grabe ich tief, schiebe mich durch den Schmerz in meinen Schultern und den Druck auf meinem Rücken und mache weiter.

Ich bin immer noch neugierig, wie es Ignos gelungen ist, uns zu schnappen, wie es die Plattform umgeleitet hat, um uns dort unten am Gebäude in einen Hinterhalt zu locken. Wenn es geplant war, warum dann nur mit ein paar Flaum? Wenn nicht, wie hat Ignos uns so schnell gefunden?

„Kaishi, erinnerst du dich, als der Kaiser starb?", sagt Malo mit leiser Stimme, schwächer, als ich sie je gehört habe.

„Du hast unsere Truppen angeführt. Den Kampf gewonnen."

„Ich habe geschlafen", fügt Viera hinzu. „Es war herrlich."

„Ich dachte, ich würde es aus Rache tun, um sein Opfer zu ehren", fährt Malo fort. „Aber ich glaube, wir alle wussten, sogar der Kaiser, dass wir nicht für ihn kämpften, sondern für dich und das, was du uns gegeben hast. Wenn wir dich verloren hätten, dann hätten wir alles verloren."

„Du meinst, wenn ihr Ignos verloren hättet", erwidere ich.

„Nein, dich. Was auch immer du sonst bist, Kaishi, du bist freundlich. Du kümmerst dich. Wenn Ignos einen Krieger gefunden hätte, der sich nicht zurückhält, der nur erobern wollte, dann hätten wir alle verloren."

„Sei still, Malo", ich will nicht, dass er mitten im Satz stirbt, besonders jetzt, wo wir ihn so weit getragen haben. „Versuch, deine Kraft zu sparen."

„Nicht, dass Kaishi das Lob sowieso bräuchte", sagt Viera. „Sie weiß, dass sie großartig ist."

Malo schafft ein halbes Lachen, dann verstummt er wieder.

Der Raumhafen ist jetzt größer und näher. Es gibt keinen großen Eingang, sondern eine Reihe von Tunneln mit gewölbten Öffnungen, die nach unten führen. Vor der nächstgelegenen Öffnung sehe ich ein bekanntes Gesicht und winke mit dem Arm.

Rackt und ein Paar Whelk von Klarheits Morgenröte eilen zu uns herüber und werfen einen Blick auf Malo.

„Könnt ihr ihm helfen?", frage ich den Vyphen, der ein Trio von Minern bei sich trägt, einen größeren in seinen Händen und zwei kleinere wie Vieras an seinem Gürtel.

Der Vyphen blickt zu einem der Whelks, der einen Beutel von seinem schleimigen Rücken zieht und ihn in der Nähe von Malo absetzt. Er zieht eine Tube mit einer Flüssigkeit heraus und verteilt eine klare Flüssigkeit über dem Bereich der Verbrennung.

„Es ist eine schlimme", sagt der Whelk, während er das Gel verteilt. „Er braucht bessere Hilfe, als wir ihm hier geben können."

Dann zieht der Whelk etwas aus seinem Beutel – ein kleines Glas, das ich erkenne.

„Stim?", sage ich, als der Whelk eine Nadel durch den Gummiverschluss des Glases sticht und sie mit dem klebrigen Zeug überzogen wieder herauszieht.

„Du kennst es?", fragt Rackt.

„Ich habe es benutzt", antworte ich. „Wenn wir das hier überleben, erzähle ich dir davon."

„Apropos", Vieras Augen verfolgen etwas hinter uns, und während der Whelk Malo eine Dosis der energetisierenden Droge gibt, sehen wir, wie ein Shuttle von dort, wo wir hergekommen sind, nahe der Ei-Struktur, abhebt.

Das Fahrzeug wackelt in der Luft, neigt dann seine Nase nach unten und beginnt, auf uns zuzurasen.

„Was wettest du, dass das Ignos ist?", sagt Viera.

„Kein Deal", antworte ich. „Lass uns von hier verschwinden."

Ich drehe mich um und helfe einem plötzlich wachen Malo auf die Füße. Der Whelk wirft seinen Medizinbeutel um seinen Körper, und dann beginnen wir zum Eingang zu hasten. Meine Füße schlagen hart auf die Fliesen, und ich spüre Malos Hand fest in meiner, während wir laufen.

„Das, was ich fühle, ist nicht natürlich", sagt er, während wir rennen.

„Es rettet dir das Leben", erwidere ich. „Beschwer dich nicht."

„Ich beschwere mich nicht, bin nur überrascht."

Der Eingang ragt vor uns auf, ein Bogen mit einem rot leuchtenden Rahmen, übersät mit diesen schwarzen Knötchen. Jenen, von denen ich mittlerweile weiß, dass sie andere einen von weitem sehen lassen können.

Noch etwas, das ich gerne auf dieser verdorbenen Welt zurücklassen werde.

Ein allmähliches Dröhnen wächst hinter uns an, und ich muss nicht hinsehen, um zu wissen, dass es das Shuttle ist. Luft drückt uns schneller vorwärts, und wir schaffen es über die Schwelle, der beigefarbene Himmel wird durch hellere, unnatürliche weiße Lichter ersetzt. Die flackern, als das donnernde Brüllen so laut wird, so nah-

„Es stürzt ab!", schreit Viera. „Springt!"

Und wir tun es, während alles um uns herum zusammenbricht, brennt und explodiert.

Irgendwo im Tumult verliere ich Malos Hand. Wir rollen durch fallende Felsen, prallen den Abhang hinunter, bis ich schließlich am Boden ankomme und zum Stillstand rolle.

Die Maske hält mich aufrecht und unverletzt, obwohl sie nichts gegen die Prellungen und den verstauchten Knöchel ausrichten kann, die ich nach diesem Sturz spüre. Trotzdem bin ich die Erste, die aufsteht, und ich starre zurück auf den eingestürzten Eingang und sehe ein Blutbad.

Die Vordernase des Shuttles, grau und zerschmettert, berührt mich fast. Seine Flügel sind weg, und dahinter und drumherum ist der gesamte Tunnel eingestürzt. Steine, funkelnde Lichter und eine unbekannte Anzahl von Rohren sind um das Schiff herum verbogen und geborsten.

Die Körper meiner Freunde, von Rackt und dem Sanitäter Whelk – ich sehe den anderen nicht – liegen um mich herum verstreut. Sie sind meist reglos oder stöhnen. Es gibt ein scharfes Zischen, und die Vorderseite des Shuttles, die Glasabdeckung, springt ab und fällt zur Seite auf den Boden. Herauskletternd, die Klauen an der Seite kratzend, während es herabfällt, ist Ignos.

Sein Oratus-Körper blutet überall. Auf seiner Brust ist eine schwarze Brandstelle von Vieras Schuss, und die tiefe Schnittwunde vom Stab sieht aus, als hätte sie sich nicht geschlossen. Doch Ignos steht da und starrt mich mit offenem Mund voller Reißzähne an.

„Sevora kann den Schmerz überwinden, Kaishi", zischt Ignos mich an. „Wir können einen Körper zu Höhen bringen, die er sonst nie erreichen könnte."

Ich schüttle den Kopf, während ich hoffe, dass meine Freunde sich aufrappeln können. „Du bringst ihn um."

„Diesen hier? Dieser hat nie wirklich gelebt. Von der Röhre bis zum Wirt für mich, er wüsste nicht, was er mit Freiheit anfangen sollte, wenn er sie je kosten würde." Ignos kommt auf mich zu, seine Klauen klacken auf dem Boden des Docks.

„Das sollte nicht deine Entscheidung sein."

„Ja. Ich hätte dich in Ruhe lassen können. Deinen Stamm, all deine Leute im Namen der Freiheit sterben lassen können", Ignos hört nicht auf. „Stattdessen habe ich dich gerettet. Du schuldest mir etwas, Kaishi. Eine Schuld, die du jetzt begleichen kannst, indem du mit mir kommst. Dich mir anschließt."

„Um was zu tun, Ignos?", rufe ich. „Was kann ich tun, was dein Oratus-Körper nicht kann?"

„Meine Spezies retten!" Ignos stürzt sich mit dem letzten Wort nach vorne, und ich versuche zurückzuweichen.

Selbst mit der Maske bin ich nicht schnell genug. Selbst geschwächt hat der Oratus zu viel Kraft. Ignos erwischt mich, peitscht seinen Schwanz hinter meine Beine und wirft mich zu Boden.

Es ragt über mir auf, und für einen Moment sehe ich in seinen gelb-schwarzen Augen etwas anderes als Bosheit. Und ich greife danach.

„Du willst mich nicht töten", versuche ich zu sagen.

„Ich will nicht", antwortet Ignos. „Aber wenn du nicht freiwillig mitkommst, habe ich keine Wahl."

„Aber wenn du mir wehtust, uns wehtust, bekommst du nicht, was du willst?"

„Sieh dir das an." Ignos flext seine Klauen. „Es ist nicht perfekt, aber nah genug dran. Und mit der Zeit werden wir es perfektionieren. Ich brauche dich nicht lebendig, um zu bekommen, was ich will."

Ignos hebt seine rechte Vorderklaue, und dann ist es nicht mehr auf mir. Es gibt einen Blitz, und ich sehe einen verrückten Knäuel aus Gliedmaßen. Schwarzes Haar, das ich erkenne.

Malo. Seine Fäuste fliegen und treffen, bis Ignos eine Klaue in den Rücken des Mannes bekommt, zubeißt und Malo von sich weg und gegen die glatte Wand des Docks schleudert.

In dem Moment zwischen Malos Aufprall an der Wand und Ignos' Aufstehen wird mir klar, dass wir bei weitem nicht die einzigen Personen im Raumhafen sind. Hinter uns, weiter in dem riesigen Raum, kommen und gehen viele Schiffe. Ihre punktuellen Raketen fügen dem anhaltenden Grollen ferner Zerstörungen und dem näheren Zischen platzender Rohre ein gepfeffertes Hintergrundgeräusch hinzu.

Es gibt auch Zuschauer – Spezies, von denen ich annehme, dass sie von Sevora, Flaum und anderen kontrolliert werden, die uns aus sicherer Entfernung anstarren.

Ein Publikum, das sich zerstreut, sobald Viera in die Hocke geht und ein paar Warnschüsse in ihre Richtung abfeuert. Sie schickt auch einen zu Ignos rüber, der knapp über dessen duckendem Kopf einschlägt.

„Wir müssen rennen, Kaishi", flucht Viera, während sie halb gehend, halb stolpernd zu mir kommt.

„Wir können Malo nicht zurücklassen", erwidere ich, obwohl ich unbewaffnet bin.

„Kein Problem, du holst den Krieger, ich kümmere mich um die Schnecke." Viera hebt den Bergarbeiter und geht auf Ignos zu.

Aber sie kommt nicht dort an. Eines dieser Shuttles, von denen ich annahm, es würde den Raumhafen verlassen, saust auf uns zu, rast über die Köpfe der fliehenden Zuschauer hinweg und setzt sein Fahrwerk neben mir auf. Das Shuttle ist wie ein Diamant geformt, mit riesigen Raketen, die aus einem Ende einer glatten, rosafarbenen Hülle herausragen.

„Ihr solltet alle besser sofort hier reinkommen, oder ihr werdet eure Mitfahrgelegenheit verlieren!", T'Olis Stimme, die über die Lautsprecher dröhnt. „Sapphrite hat mir gesagt, ich soll euch von diesem Felsen runterholen, aber es hat nicht gesagt, ich müsse mich dafür umbringen, also habt ihr eine Chance!"

„Ich muss noch etwas erledigen!", rufe ich zum Schiff zurück, obwohl ich keine Ahnung habe, ob T'Oli mich hören kann.

Auf jeden Fall renne ich auf Malos schlaffen Körper zu. Ich werde ihn nicht zurücklassen.

Ignos, mit Viera, die sich ihm nähert, dreht sich um und rennt weg. Der geschundene Körper kann sich immer noch bewegen, alle sechs Klauen und Krallen arbeiten zusammen. Viera versucht einen Schuss, verfehlt links, als Ignos unter ein ruhendes Raumschiff taucht und weiterläuft.

Ich komme Malo näher, rufe seinen Namen, und es gefällt mir nicht, dass er sich nicht bewegt. In meinem Rücken breitet sich eine Kälte aus, die mir nicht gefällt, eine Realität wächst heran, die ich nicht anerkennen will.

Er ist nur einen Meter entfernt, als ein heller Blitz den Dockbereich spaltet, vor mir in die Wand schießt und den Fels zerschmettert. Ihm folgt ein zweiter Schuss, rot gefärbt, der den Boden vor mir einschmilzt und den Metallboden in eine geschmolzene Suppe verwandelt.

„Beim nächsten Mal werden sie nicht danebenschießen!", ruft T'Oli.

„Kaishi!", schreit Viera, die auf T'Olis Schiff zuläuft. „Hol ihn und komm!"

Ich springe über den beschädigten Boden, dann stürze ich auf Malo zu, als ein weiterer Blitz die Welt vor mir erhellt. Er trifft die Wand, wo Malo liegt, und sprengt Steine, Metall und Schlimmeres über ihn.

Ich beginne vorwärts zu krabbeln, als sich rosa Metall vor mir schiebt und mich von Malos Körper abschneidet. Eine Tür öffnet sich am Boden des Schiffs, eine dünne Rampe gleitet herunter. Mein rechter Fuß setzt auf und ich springe, komme über die Rampe und steuere direkt auf Malos Körper zu, als mich etwas packt, die Robe festhält, die ich noch trage, und mich zurück auf die Rampe zieht.

„Du kannst ihn nicht retten, Kaishi", sagt Viera und zieht mich die Rampe hinauf.

„Doch, können wir! Er ist direkt da!" Aber selbst als ich die Worte ausspreche, spüre ich, wie das rosa Shuttle bebt, als die Sevora-Verteidigung ihren nächsten Angriff darauf richtet.

„Malo hat sich für dich geopfert, Kaiserin. Lass es nicht umsonst gewesen sein", sagt Viera, und in diesem Moment höre ich auf, mich gegen sie zu wehren.

Ich bin nicht dumm – für Malo hinunterzugehen würde bedeuten, T'Oli, Viera, uns alle zu töten. Also drehe ich mich um, ich wende mich von dem Krieger ab, der so lange an meiner Seite gestanden hat, und überlasse ihn dem Tod.

KAPITEL 24

KEINE GNADE

KEINE VERBINDUNG. Er ist in einem Nichts. Nein, da ist etwas. Ein Funke. Er kann sich daran festhalten. Drücken.

Härter.

Sax schafft es, seine Augen einen schmalen Spalt zu öffnen. Es reicht kaum zum Sehen.

Aber irgendwo muss er ja anfangen.

Um ihn herum ist überall Netzwerk. Ein Wald davon. Er muss in einem der Shuttles sein, was die Reihe von Terminals vor ihm und die beiden Oratus erklärt, die daran arbeiten. Das Cockpitfenster zeigt puren schwarzen Weltraum. Sterne. Gelegentlich zuckt ein Laserblitz vorbei ins Nichts.

Sax sollte die Vibrationen der Triebwerke spüren, aber er kann es nicht. Sollte den Beigeschmack der recycelten Luft schmecken können, aber seine Lüftungsschlitze arbeiten jetzt nur noch instinktiv, aus reflexartiger Nerventätigkeit. Kein bewusster Gedanke nötig.

Sein Mund funktioniert auch nicht.

Das muss sich anfühlen wie für die Sevora im Gehirn eines Menschen.

Gar dreht seinen Kopf herum, blickt zu Sax. Er zeigt ein breites Grinsen. „Sieht aus, als würde unser Freund aufwachen."

Lan zuckt mit ihrem eigenen Kopf herum und schnappt ihn dann wieder nach vorne. Zu den Terminals, den Radargeräten und Flugkontrollen.

„Betäub ihn, wenn er sich bewegt."

„Seine Beine und Arme sind gefesselt." Gar zuckt mit den Schultern. „Er geht nirgendwohin. Obwohl ich schon ein paar Bissen nehmen könnte, wenn wir sichergehen wollen."

„Solange sie nicht beweisen, dass er Evva hilft, ist Sax immer noch Vincere. Wir sollten ihm nicht mehr Schaden zufügen als nötig."

„Klingt für mich nach einer Grauzone."

Lan bemüht sich nicht weiter zu streiten, was typisch für sie ist. Gar davon abhalten, zu weit zu gehen, aber ihn weit genug gehen lassen. Sax versucht, mehr Kontrolle zu erlangen, versucht seine eigenen Nerven zu finden, während Gar von den Terminals weggeht. Auf ihn zukommt.

„Wir sind fast bei der Fregatte", krächzt Gar, als er sich neben Sax hinhockt. „Weiß nicht, wo Bas hingegangen ist. Hätte nicht gedacht, dass sie dich im Stich lässt, aber wir dachten schon immer, ihr zwei wärt ein seltsames Paar. Vielleicht nutzt sie ihre Chance."

Sax versucht finster dreinzublicken. Es gelingt ihm nur, seine Augen so weit zu schließen, dass alles verschwommen grau wird.

„Gefällt dir der Gedanke nicht? Du wirst genug Zeit haben, darüber nachzugrübeln. Die Amigga werden dich eine ganze Weile grillen, um sicherzugehen, dass sie jeden nützlichen Bissen aus dir herausbekommen." Gar wackelt mit seinen Klauen vor Sax. „Und was macht man dann mit einer guten Waffe, die schlecht geworden ist? Ich werde ein paar Vorschläge machen."

Irgendetwas lässt das Shuttle erzittern, denn plötzlich lehnt sich Gar zur Seite und fegt mit seinem Schwanz aus, um sich zu stabilisieren.

„Was passiert da draußen?" Gar blickt zurück zu Lan.

„Wir werden verfolgt", antwortet Lan.

„Offensichtlich. Von wem?"

„Ich weiß es nicht, aber ich kann es mir denken."

Sax schafft es, seine Augen zu öffnen, und sieht, wie Lan das Shuttle nach rechts schwenkt, wodurch das Sternenfeld durch die massive perlweiße Form der Fregatte ersetzt wird. Es ist ein wunderschönes, geripptes federartiges Schiff mit scharfen Kanten, die sich auffächern, um die vielen Andockpunkte für Jäger, Shuttles und andere Schiffe zu bieten. Ein Schiff, auf das Sax noch vor kurzem stolz gewesen wäre, zu dienen.

Eines, das seinen Tod bedeuten wird, wenn er jetzt dort landet.

Von einem betäubenden Miner getroffen zu werden, ist wie einen massiven Schock zu erleiden. Der Schuss überlastet die Nerven, verbrennt ihre Verbindungen und lässt sie in einem verkümmerten Zustand zurück, unfähig Informationen zu senden, bis sie sich erholen. Je nach Schuss – Sax ist sich sicher, dass dieser von einem schwereren Miner kam als der, den Lan früher benutzte – und der Abschirmung – Sax trug keine volle Maske – könnte die Betäubung Stunden oder Minuten anhalten.

Es gibt einen weiteren Faktor, der schwerer zu quantifizieren ist – Wille. Bedürfnis. Verlangen. Sax kann seine Nerven nicht schneller heilen lassen, aber er kann versuchen, Bewegungen zu seinen Muskeln durchzudrücken. Er kann seinen Klauen befehlen sich zu verkrampfen, seinem Mund zu beißen, seinem Schwanz zu wedeln, und während nichts davon intakt durchkommt, beginnt der Oratus zu zucken.

Was Gar dazu bringt, sich zum Waffenregal zu bewegen – einem buchstäblichen Ort, um Miner an der Wand zu lagern, während das Shuttle in Bewegung ist. Sax kann seinen Kopf nicht weit genug drehen, um zu sehen, was Gar greift, aber er denkt, er hat noch ein paar Sekunden, bis seine Welt wieder schwarz wird.

Gar kommt wieder in Sicht. Zielt mit dem Miner direkt auf Sax' Brust.

„Man sagt, das beschädigt keine Muskeln", krächzt Gar. „Nur die Nerven. Nicht dass es für dich eine Rolle spielt."

Das Shuttle schaukelt erneut. Ein Warnlicht blinkt auf und laute Klingeltöne erfüllen das Cockpit.

„Dachte, du könntest so ein Ding fliegen?", brüllt Gar und blickt über seine Schulter.

Sax drückt härter. Sein Schwanz wedelt.

„Das ist kein Jäger!", erwidert Lan.

Gar schüttelt seinen schuppigen Kopf, wendet sich wieder Sax zu und scheint dann eine Idee zu bekommen. „Lan, öffne eine Verbindung zu ihnen. Sag ihnen, wenn sie uns noch einmal treffen, stirbt Sax."

„Das wird den Amigga nicht gefallen!"

„Wir werden tot sein, also ist es egal!"

Sax muss Gar in diesem Punkt zustimmen. Das Gespräch kauft ihm allerdings etwas Zeit. Mehr Wedeln. Seine Augen sind jetzt vollständig geöffnet. Die Luft schmeckt abgestanden – nicht viel davon hier drin, aber die Tatsache, dass Sax überhaupt einen Geschmack wahrnimmt, ist gut.

„Na gut", Gar hebt den Miner wieder. „Zeit zu schlafen."

Sax sieht, wie Gars Klaue den Abzug drückt, und Sax konzentriert all seine Kraft auf eine Sache: eine Rolle. Sein Rücken verschiebt sich, seine Klauen und Krallen, zusammengepresst, schwingen Sax zurück ins Netz, das tiefer in das Shuttle einsackt. Und Gars Schuss, ein blendend helles Blau, trifft genau die Stelle, wo Sax hätte sein sollen.

Dann federt das Netz zurück und schleudert Sax wieder an seinen Platz.

„Netter Versuch." Gar blickt auf den Miner, vergewissert sich, dass er noch Energie hat. Hebt ihn erneut.

„Gar!", schreit Lan plötzlich. „Sie sind-"

Und der Rest ihrer Worte geht unter, als das Dach des Shuttles kracht und auseinanderbricht.

Die Decke über Sax' Kopf wechselt von ihrem langweiligen Hellgrau zu einem Rot, dann Orange und Weiß. Teile der Struktur beginnen zu fallen, und wieder drängt sich Sax dazu, wegzurollen von den flüssigen Tropfen geschmolzenen Metalls. Auch Gar tanzt zurück, vergisst seinen Gefangenen und richtet den Miner auf die Stelle, wo sich das Loch bildet.

Dorthin, wo sich, als die Hülle des Shuttles zurückschält, Agra-Reds wahnsinniges, behelmtes Gesicht zeigt. Direkt hinter dem Whelk ist das aufgeblähte Beige eines Andockschlauchs zu sehen, der gegen den nicht geschmolzenen Teil der Shuttlehülle abgedichtet sein muss. Notwendig, um zu verhindern, dass alle ins Vakuum gesaugt werden.

Sax fragt sich kurz, warum Plakes Schiff die nötige Ausrüstung für diese Art von Überfall haben sollte, legt es unter Dinge ab, die er überdenken wird, wenn er nicht gerade in einem lebensbedrohlichen Kampf steckt, und fährt fort, sich entlang des Netzes zur Seite des Shuttles zu treten und zu schieben.

„Gebt auf, Gar! Lan!", schallt Bas' raues Rufen ins Shuttle. „Ihr seid in der Falle. Ergebt euch, und ihr werdet mit dem Leben davonkommen!"

„Sie wirken dem Schub entgegen", sagt Lan zu Gar. „Die Triebwerke des Shuttles sind nicht stark genug, um uns weiter vorwärts zu bringen."

„Sag der Fregatte, sie soll sie wegsprengen." Gar zielt mit dem Miner durch das Loch, drückt aber nicht ab. Wenn Gar den Tunnel zerstört, werden Sax und alle anderen ins All gesaugt. Zum ersten Mal zeigt der Oratus Zurückhaltung.

„Und riskieren, dass sie uns treffen?", sagt Lan. „Ich funke die Jäger an. Die sind besser."

„Wenn jemand auf uns schießt, sprengen wir euer Schiff", sagt Bas, der immer noch nicht versucht, durch das Loch herunterzukommen.

Ihre Drohungen gehen hin und her, während Sax an seinen Fesseln arbeitet. Es sind harte Klammern, energetisiertes Eisen. Er kann seinen Schwanz nicht für Hebelkraft herumbekommen, aber es gibt etwas, das er hat, etwas, das dafür gemacht ist, durch fast alles durchzukommen.

Zähne.

Sax bringt seine Klauenklammern zu seinem Mund, während Gar etwas zu Bas zurückschreit. Er schiebt die dünne Kante des Kreises, der eng an seiner rechten Vorderklaue sitzt, an seiner Lippe vorbei und knabbert. Er spürt, wie die Spitzen seiner Zähne Schmerz widerhallen lassen, aber er schmeckt auch Metall. Fortschritt.

Er ist fast durch das Glied – und Sax' Zähne mahlen sich durch –, als Gar das Risiko erhöht.

„Wenn ihr da runterkommt, wird Lan das Shuttle in die

Luft jagen. Oder ich", zischt Gar. „Wir werden nicht verlieren. Entweder ihr lasst uns landen, oder wir werden alle sterben."

Sax ist sich nicht sicher, wie Gar glaubt, dass es für das Shuttle möglich ist, jetzt anzudocken, wo ein Loch in der Decke ist, aber Gars wahre Bedeutung ist klar; sie ergeben sich nicht.

„Lan", ruft Bas. „Du weißt, dass das nicht richtig ist! Du weißt, dass wir nicht der Feind sind!"

Lan, immer noch bei den Kontrollen, antwortet nicht. Stattdessen tippt sie auf etwas herum. Sax weiß nicht, was es ist, aber je eher er sich befreien kann ...

Da. Die Klammer springt nicht genau auf, aber die Kraft, die sie zusammenhält und Sax' rechte Vorderklaue am Herausrutschen hindert, verschwindet. Sax bleibt jedoch für einen Moment still. Vergewissert sich, dass Gars Aufmerksamkeit immer noch auf den Tunnel gerichtet ist, auf den möglichen Angriff von der *Mobius*.

Dann befreit Sax seine Klaue und durchbohrt mit ihren rasiermesserscharfen Spitzen die zentrale Kontrollbox, die die Klammern zusammenhält. Sie fallen ab, und in der gleichen Bewegung schwingt Sax seine Beine hoch und befreit auch diese.

Die Betäubung ist noch nicht ganz weg, also fühlt sich das Aufstehen ein wenig wie ein Traum an – Sax kann nicht jedes Nervenende spüren und weiß nur, dass seine Muskeln das tun, was er will, durch das, was er sehen kann – nämlich dass Gar und sein Miner jetzt auf Augenhöhe sind.

Und Gar entgeht Sax' Bewegung auch nicht. Der Oratus knurrt hörbar, schwingt den Miner in Richtung Sax.

„Zu spät", sagt Sax.

Gar ist im Begriff zu antworten, als ein Blitz durch das

Loch schießt. Blau und hell, vergräbt er sich in Gars Schulter. Ihm folgen ein zweiter und dritter, die den Oratus hart zu Boden werfen. Sax geht zum paralysierten Körper seines ehemaligen Freundes, schnappt sich Gars Miner vom Boden des Shuttles und richtet ihn auf Lan.

„Weg von den Terminals", sagt Sax zu Lan. „Entscheide dich. Jetzt. Wir oder sie."

Lan blickt zu Gar. „Wir sind nicht perfekt, aber wir sind loyal, Sax. Der Sache gegenüber, nicht irgendeinem Kommandanten."

„Ich glaube nicht, dass es eine Sache gibt, Lan", zischt Sax zurück. „Es ist nur das, was die Amigga wollen. Du bist ein Bauer in ihrem Spiel."

„Vielleicht ist das, was wir sein sollen", erwidert Lan. Dann zeigt sie auf eine Luke am hinteren Ende des Shuttles. Das einzige Fluchtmodul des Schiffes. „Wir nehmen diesen Weg."

Sax schaltet den Miner ohne nachzudenken um, stellt ihn von Betäubung auf Töten. Jeder Instinkt sagt ihm, dass er diese beiden nicht lebend zurücklassen darf. Ihnen keine weitere Chance geben darf.

„Wenn du ihn mitnimmst, wenn du gehst", beginnt Sax.

„Beim nächsten Mal gibt es keine Gnade." Lan hebt Gar vom Boden des Shuttles auf und geht zum Fluchtmodul. Tippt mit ihrem Schwanz auf das Bedienfeld, um die Tür zu öffnen. „Sax, du wählst die falsche Seite."

„Ich treffe eine Wahl, Lan, was mehr ist, als die Amigga dich jemals tun lassen werden."

Lan nickt nur, dann schlüpft sie mit ihrem Partner hinein, verschließt die Tür und schießt davon.

Bas springt in das Shuttle, nachdem Sax das Alles-klar gibt, und sie hilft ihrem Partner zurück, durch den kurzen Andocktunnel zur *Mobius*. Das Lösen der Andockdichtung beinhaltet die gleiche Überhitzungsmethode – nachdem Agra-Red den Tunnel hinter einer Luke versiegelt hat, schmilzt ein Energiestoß die Dichtung weg, und der Tunnel zieht sich zurück.

Und Plake schickt die *Mobius* sofort in einen spiralförmigen Wirbel.

„Jäger, Laser, sie kommen alle!", schreit der Vyphen-Kapitän über das Bordfunksystem.

Da Lan und Gar frei und weg sind, haben die Fregatte und die Jäger keinen Grund mehr, vorsichtig zu sein, und offenbar ist jede Information, die Sax und Bas haben, es nicht wert, sie lebend entkommen zu lassen.

„Geschütztürme?", fragt Sax Agra-Red, als der Whelk sich in Richtung Vorderteil des Schiffes bewegt.

„Keine, die für dich gemacht sind", sagt Agra-Red und gleitet auf die Plattform, die ihn zur zweiten Ebene der *Mobius* bringt. „Oratus sind zu groß, zu hässlich für unsere Waffen."

„Zu hässlich?", sagt Bas, aber der Whelk ist bereits durch eine Geschützluke verschwunden.

„Witzig, ausgerechnet von einem Whelk", krächzt Sax.

Die beiden machen sich auf den Weg zur Brücke, wo Plake damit beschäftigt ist, die *Mobius* durch einen Sturzflug und eine Drehung nach der anderen zu steuern. Sax und Bas greifen nach einem Sicherheitsnetz und beobachten, wie sich das Universum dreht und verschiebt. Laserfeuer blitzt um sie herum auf, und die *Mobius* erzittert, als Treffer ihr Ziel finden.

„Spring weg!", ruft Sax.

„Wenn ich auch nur für eine Sekunde stillhalte, werden wir zu Asche verbrannt", schreit Plake zurück und lässt das Schiff in einen Sturzflug zurück zur *Scrapper Station* gleiten.

Sax erlebt einen stolzen Moment, als er sieht, dass die *Scrapper Station* immer noch heiße Energie auf die Jäger der Vincere und die sich zurückziehenden Shuttles abfeuert.

Zurückziehend.

„Haben wir sie tatsächlich vertrieben?", fragt Sax.

Plake lacht und Bas schüttelt den Kopf. „Sie wollten nur uns. Nachdem sie erkannt hatten, dass du gefangen genommen wurdest und ich auf diesem Schiff war, nachdem Engee es durch Hangar Eins gerammt hatte, begannen sie sich zurückzuziehen."

„Aber die Station wird überleben?"

„Sentimental, Sax?", fragt Bas. „Ich dachte nicht, dass sie dir etwas bedeutet."

Plake steuert die *Mobius* unter die *Scrapper Station*, wobei er deren Speichen als Barrieren nutzt, um das Feuer zu blockieren. Davon gibt es jetzt auch weniger, da sie außerhalb der Reichweite der Fregatte sind. Sax beginnt zu glauben, dass sie es diesmal lebend herausschaffen könnten.

„Sie haben es nicht verdient, für uns zu sterben", erwidert Sax.

Obwohl Sax, selbst während er diese Worte ausspricht, weiß, dass er die gesamte *Scrapper Station* immer und immer wieder für ihre Sache opfern würde. Und als Plake die *Mobius* auf einen geraden Kurs bringt, bereit zum Sprung, weiß er, dass sie es vielleicht tun müssen.

„Wohin fliegen wir?", fragt Sax, als der kurze Countdown auf dem Cockpitglas erscheint.

„An einen Ort zum Verstecken", sagt Plake. „Damit wir herausfinden können, wie wir deinen Freund finden."

Dann biegen und verzerren sich die Sterne, genau wie Sax selbst, und sie sind verschwunden.

ALS T'OLI aus dem Raumhafen rast, werfe ich einen letzten Blick auf die Körper von Rackt, dem Whelk, der dem Absturz entkommen ist, und sogar Ignos, dessen Oratus-Form ein paar neue Schusswunden aufweist.

„Du hast Ignos erschossen?", frage ich Viera benommen, die hinter mir steht, während sich die Einstiegsrampe schließt.

„Es hat versucht, dich zu töten. Es hat Malo getötet. Es hat den Tod verdient, Kaishi." Viera wendet sich von mir ab und geht zurück in das Shuttle.

Ich folge ihr und werfe einen glasigen Blick über den Raum, den wir betreten haben. Die grau-metallenen Wände und die Decke sehen aus wie bei meiner allerersten Raumschifffahrt mit den Oratus, wo sie uns gefesselt im hinteren Teil gehalten hatten. Wo wir einen Sprung zwischen Kisten und Kisten voller Nährstoffbrei durchgestanden hatten.

Hier gibt es jedoch nicht viele Kisten - stattdessen gibt es eine Reihe breiter, cremefarbener Kreise, die, wenn wir uns nähern, Möbel hervorbringen, die zu unseren Körpern passen. Stühle, Sofas und kleine Tische.

Es ist zu viel, und ich habe sowieso kein Interesse daran, mich hinzusetzen.

„Ich gehe nach oben", sage ich zu Viera, die auf eines der Sofas fällt und nicht im Geringsten daran interessiert zu sein scheint, was ich tue.

Nach oben bedeutet in diesem Shuttle eine breite Perlentreppe mit doppelten Bronzehandläufen, die sich, sobald ich die erste Stufe berühre, der Höhe meiner Hände anpassen. Ich denke nicht, dass ich sie brauchen werde, bis das Shuttle erneut erschüttert wird und mich zur Seite wirft, sodass ich mich an einem der Geländer festhalten muss, um nicht zurück zu Viera geschleudert zu werden.

„Ich würde mich hinsetzen, denn diese Sevora scheinen uns nicht gehen lassen zu wollen."

T'Olis Anweisung reicht aus, um mich die Treppe hinaufzutreiben. Ich werde nicht auf den Tod warten - wie Malo werde ich ihm ins Gesicht sehen. Sehen, was mich umbringen wird. Also drücke ich meine Beine durch und kämpfe mich zwischen den Salven die Stufen hinauf, gelange nach vorne zu einem schmalen Cockpit, das sich in der rosa Nase des Shuttles befinden muss. T'Oli hat sich um die verschiedenen Schalter und Knöpfe herum ausgebreitet, sodass es aussieht, als wäre das gesamte Kontrollpanel mit weißem Gips überzogen.

„Dachte, ich hätte gesagt, du sollst dich hinsetzen?", T'Olis einziger flüssiger Fleck mit seinem Paar Augenstiele flattert mich an.

„Werde ich nicht", erkläre ich. „Werden wir es schaffen?"

„Kommt drauf an", sagt T'Oli, „ob sie geradeaus schießen können."

Vom Cockpit aus kann ich den sich schnell nähernden Rand des Weltraums sehen. Der beigefarbene Himmel verblasst zu einem tiefen Blau und dann zu Schwarz. T'Oli hält das Shuttle in Bewegung, sodass sich die Aussicht ruckartig verdreht, während wir fliegen. Blitze unterbrechen die Bewegungen; Laser, die in den Raum jenseits von uns beißen. Der, wie ich erkenne, alles andere als leer ist. Selbst hier oben schwirren Horden von Sevora-Shuttles und anderen Schiffen wie Wespen herum und fliegen wer weiß wohin.

„Sie sind alle in Panik, weil Sapphrite gerade Vimelias Position an die Galaxis sendet", sagt T'Oli, und ich bin verblüfft, wie ruhig der Ooblot ist. „Ich wette, sie werden ihre Sachen zusammenpacken und abhauen. Sie werden hoffen müssen, dass der Chor nichts in der Nähe hat, um das Signal aufzufangen."

„Wie lange werden sie haben?" Die Gelegenheit, über etwas so Belangloses und Unzusammenhängendes mit dem, was gerade passiert ist, zu sprechen, ist irgendwie notwendig.

„Kommt drauf an. Angenommen, niemand entkommt, angenommen, der Chor hat niemanden in benachbarten Systemen, dann hast du eine lange Zeit." T'Oli lacht dann. „Aber dann hast du ja auch uns."

Das Shuttle wackelt erneut, und ich glaube, ich höre T'Oli eine Art Ooblot-Fluch ausstoßen, der wie eine Mischung aus kratzenden Steinen und knirschenden Zähnen klingt.

„Tut mir leid", sagt T'Oli. „War ein bisschen abgelenkt."

Ich beschließe, dass es vielleicht ein guter Plan ist, still zu sein, bis wir außer Gefahr sind, und als T'Oli erwähnt, dass wir in ein paar Momenten springen werden, verstehe ich den Wink und gehe zurück nach unten. Viera starrt immer noch schweigend in eine vage Ferne, also setze ich mich hin und lasse mich treiben.

Ich traf Malo zum ersten Mal, als er am Fuße des Tempels meines Dorfes zu Ignos, unserem Tier, erschien. Er riss mich von meiner Familie weg, von dem Leben, das ich bis zu diesem Zeitpunkt jeden wachen Tag gekannt hatte, und erklärte, dass ich diejenige sein könnte, die sein Volk führen würde. Er hatte von diesem allerersten Moment an Vertrauen in mich. Er glaubte, dass ich Großes vollbringen könnte, und als ich seine Hilfe brauchte, hatte Malo ohne zu zögern getan, worum ich ihn bat.

Irgendwann während dieser Gedanken lässt T'Oli das Shuttle in einen Sprung übergehen. Wie bei den anderen werde ich verdreht, gewendet, gefaltet und ausgefranst, aber durch all das halte ich Malos Gesicht im Fokus und gehe unsere Erinnerungen durch.

„Kaishi", Vieras Stimme reißt mich aus der Träumerei. „Ich brauche dich hier. Jetzt."

Ich blinzle. Wir waren gerade aus unserem Sprung herausgekommen, und T'Oli hatte noch nichts gesagt. Was brauchte Viera?

Um uns herum stehen die glänzenden weißen Möbel des Shuttles steril und matt. An der Decke sind die Wände zu einer Transparenz verblasst, die einen leichten Blick auf den dunklen Weltraum und die funkelnden Sterne ermöglicht. Ich würde es schön nennen, wenn das Wort in diesem Moment auch nur annähernd über meine Lippen kommen könnte.

„Malo hat Ignos nicht angegriffen, damit du herumjammerst", sagt Viera, obwohl das Rot um ihre Augen verrät, dass sie während unserer Reise nach Hause selbst etwas gejammert hat.

„Das musste er nicht", antworte ich. „Ignos hätte mich nicht getötet. Nicht, wenn ich mitgemacht hätte."

„Was keine Option war."

„War es das nicht? Ich hatte schon einen Sevora in meinem Kopf. Ich weiß, wie man sie kontrolliert. Ihr beide hättet fliehen können."

„Wir hätten dich nicht zurückgelassen", Viera seufzt, als sie das sagt. „Weil wir dumme Leute sind, haben wir beide zugestimmt, dich zurückzuholen. Wir haben uns dir verschworen."

„Als ob du diesen Schwur nicht brechen könntest."

„Kaishi, alles hat sich verändert. Ich weiß nicht mehr, was passiert. Manchmal denke ich, der einzige Grund, warum ich noch durchhalte, ist genau wegen dieses Schwurs, also nimm ihn mir nicht weg."

„Als ob ich es überhaupt wert wäre, beschützt zu werden." Ich blicke auf meine Hände hinab. Die Hände, die nicht einmal meinen liebsten Freund retten konnten.

„Hör auf damit." Viera ist jetzt genervt. „Keine Kaiserin darf so reden."

Sie hat Recht. Das weiß ich. Ich hole tief Luft, stoße sie zitternd aus und blicke zu der Treppe hinüber. Zeit zu gehen und zu sehen, wohin T'Oli uns gebracht hat.

„Tut mir leid, Kaishi, aber es sieht so aus, als wären wir ein bisschen spät dran", verkündet T'Oli fröhlich, als ich es im Cockpit treffe. „Siehst du all diese Formen um deinen Planeten herum?"

Die Erde, in ihrer funkelnden blauen Schönheit, erscheint durch ein Dutzend dunkler Schnitte, die sich über ihre Oberfläche ziehen, entstellt.

„Das sind Sevora-Schiffe. Ich vermute, sie haben die Koordinaten von dem Shuttle genommen, mit dem du nach Vimelia geflogen bist."

„Sie können aber noch nicht lange hier sein", erwidere ich. „Wir waren doch nur ein paar Tage auf Vimelia!"

„Wenn du Glück hast, bedeutet das, dass sie bis jetzt nur *den Großteil* des Planeten kontrollieren", scherzt T'Oli. „Wie auch immer, da deine Heimat verloren ist, wohin sollen wir fliegen? Rackt und einige der anderen sollten eigentlich einen Plan haben, aber sie, äh, sahen nicht besonders lebendig aus, als wir abgeflogen sind."

„Wir fliegen nirgendwo hin." Daran gibt es jetzt keinen Zweifel mehr. „Bring uns runter, T'Oli. Bring mich nach Hause."

„Könnte sein, dass es nicht mehr dein Zuhause ist, Kaishi."

„Dann hole ich es mir zurück."

———

Um auf einer fremden Welt zu überleben, muss Kaishi entscheiden, ob sie dem Wesen in ihrem Kopf vertrauen oder es ablehnen und alles riskieren soll, um für ihre Freiheit zu kämpfen.

Setzen Sie das Abenteuer fort Das Ende des Schöpfers, Die Himmelwärts Saga Buch Vier!

DANKSAGUNG

Dieser Roman ist das Ergebnis davon, dass meine Familie und Freunde einen Traum nicht sterben ließen. Meine Frau Nicole dafür, dass sie mich in den frühen Morgenstunden schreiben ließ und sicherstellte, dass ich nicht verhungerte. Meine Brüder und Eltern für ihre ständigen Kommentare, ihre Unterstützung und ihren Enthusiasmus.

Und natürlich dir, dem Leser, dafür, dass du mir einen Grund zum Schreiben gibst.

A.R. Knight spinnt Geschichten in einem frostigen Haus in Madison, WI, das hauptsächlich von zwei Katzen bewohnt wird. Nachdem er während der Wirtschaftskrise 2008 in den Arbeitstrott geraten war, fand er sich in langweiligen Meetings wieder, in denen er gedanklich durch den Weltraum flog und große Abenteuer erlebte.

Schließlich, nach einiger Zeit mit Podcasting, Drehbüchern, Kurzgeschichten und anderen Romanen, fand er eine Geschichte, in die er eintauchen konnte, und eine Besetzung von Charakteren, die sowohl unterhaltsam als auch voller Herz waren.

Von hier aus plant A.R. Knight, in andere Welten zu springen und neue Geschichten zu erzählen, innerhalb der grenzenlosen Weiten unserer Vorstellungskraft.

Wie immer, danke fürs Lesen!

Für weitere Informationen:
www.blackkeybooks.com

OHNE TITEL

Für Clyde und Emma